강원도의 맛

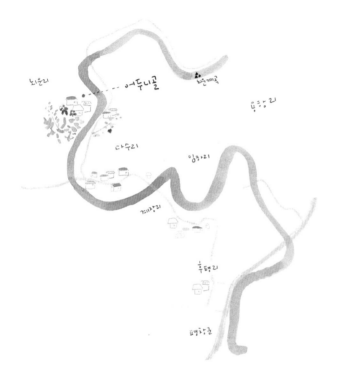

노룬리
어두니골
노룬계곡
유등리
다두리
잉카리
기자울리
두텡리
대망군

일러두기

이 책에 나오는 강원도 사투리 등은 최대한 저자의 입말을 살려서 넣었습니다. 저자의 주석은 대부분 단어 옆에 간단한 설명을 넣었으나, 필요한 경우 독자들의 이해를 돕기 위해 각주로 처리했습니다. 단행본은 《 》, 잡지, 노래 등은 〈 〉로 표기했습니다.

강원도의 맛

전순예 지음

송송책방

차례

2부 동네 사람들과 함께 살아가다

3부 온 가족이 일을 하다

4부 한가한 날, 술 한잔 같이하다

산 좋고 물 좋은 자그마한 동네, 어두니골

내 나이 일흔네 살인데도 항상 어머니가 그립습니다. 어린 날 어머니가 해주신 음식은 달고 맛있었습니다. 어머니의 손맛을 떠올리며 내 손으로 직접 음식을 만들어 먹지만, 무엇인가 항상 2퍼센트 부족한 맛입니다. 효녀이기에 항상 어머니를 생각하는 줄만 알았는데, 알고 보면 어머니가 만들어주신 음식이 먹고 싶어서 어머니 생각이 났던 것 같습니다.

나의 어린 시절은 한국전쟁 직후라 돈은 귀했지만 산과 들에는 먹을거리가 풍성했습니다. 고향인 강원도 평창군 평창읍 뇌운리 어두니골은 동화에 나오는 시골처럼 산 좋고 물 좋은 자그마한 동네였습니다. 강가에 밤나무가 줄지어 서 있고, 강가 옆에 있는 우리 집 뒤로는 뒷동산이, 강 건너엔 높은 산이 있었습니다. 길게 엎어지면 앞산에 코가 닿겠다고 이웃 마을에 사는 사람들이 놀리기도 했습니다.

이른 봄, 밤나무 밑에는 싱아*부터 많은 나물들이 나고, 뒷동산엔 고사리, 취나물, 더덕 같은 먹을거리가 많아서 산에 올라가기만 하면 금세 한 다래끼^{싸리로 엮은 바구니}씩 뜯어올 수 있었습니다. 앞의 강에는 쏘가리, 메기 등 각종 큰 물고기들이 많았습니다. 한번은 어른들이 너무 큰 뱀장어를 잡았습니다. 사람들은 '수삼'이라고 좋아하는데 어린 내가 볼 때는 뱀이 변신한 것 같았습니다. 식구들이 뱀장어를 먹을까봐 걱정되어 절대 먹으면 안 된다고 졸라서 팔았던 적도 있습니다.

우리 집은 일이 많았습니다. 주업인 농사 외에 부업으로 소, 돼지, 개, 고양이, 닭, 오리를 키웠습니다. 그때는 강물을 먹고 살았습니다. 모든 음식 재료를 일일이 강에 가서 씻어와야 했습니다. 500미터가 넘는 완만한 언덕을 오가며 물을 긷는 것은

● 들풀의 한 종류. 동글납작하고 빨간 이파리가 난다. 식초처럼 시어서 아이들의 간식거리가 되었다. 자라면서 초록색으로 변하고 장다리가 길게 날 때 먹기 좋다. 꽃이 피면 맛이 없어진다.

힘든 일이었습니다. 나는 여섯 살 때부터 어머니를 도와 나물을 씻어 나르고 음식을 만들고 함께 일했습니다.

아니 그전부터 심부름을 했던 기억이 납니다. "순예야, 고추 서너 개만 따오너라." "엄마, 서너 개가 어떤 거야?"라고 물으면 어머니가 손가락 세 개를 펴들고 이만큼이라고 합니다. 잊어버릴까봐 손가락 세 개를 펴들고 가서 고추를 손가락에 대보고 그만큼만 따온 기억이 납니다.

가을이면 학교를 작파하고 밤을 주워야 했습니다. 날씨가 좋은 날은 어른들이 모두 밭에 나가 집에서 동생을 보느라 학교에 가지 못해서 어머니가 야속하기도 했습니다. 그래도 항상 요술처럼 음식을 만드는 어머니가 신기했습니다.

아버지는 큰오빠와 작은오빠와 함께 별이 반짝이는 새벽부터 일어나서 나무를 하고 소에게 먹일 풀을 베고 밭일을 했습니다. 밭은 퇴비를 많이 줘서 팔뚝만 한 옥수수가 한 대궁^대에 세 개씩 달리고, 붉고 길쭉한 올감자^{제철보다 일찍 되는 감자}는 아버지 장뼘이 넘도록 잘되었습니다.

몇 천 평 되는 옥수수밭 가장자리에 배추씨도 뿌리고 오이도 여기저기 심어, 봄부터 가을까지 사람뿐만 아니라 짐승들까지도 채소를 실컷 먹을 수 있었습니다. 마당가 채소밭엔 푸성귀가 나고, 울타리에는 호박이 열립니다. 지붕 위 하얀 박도 때로는 반찬이 되었습니다.

아버지가 상추나 열무 솎은 것을 다듬어 부엌에 한 다래끼씩 갖다 놓으면, 그걸로 생절이^{겉절이}를 해 밥을 비벼 먹었습니다. 배가 든든해야 힘든 일을 할 수 있다고, 어머니는 바깥일 하는 남자들을 위해 새벽부터 일어나 끼니때마다 아궁이에 불을 때서 가마솥에 나물을 삶고 데치고 볶으면서 음식을 만들었습니다. 어머니는 음식이 완성될 때까지 부엌 앞을 떠나지 않고 정성스레 음식을 만들었습니다. 때맞춰 아궁이의 불을 화로에 옮기지 않으면 음식이 타거나 넘쳐서 열심히 만든 음식을 망쳐버리기 때문입니다.

화롯불은 중요한 연료입니다. 화로에 재를 반쯤 담고 큰 숯을 올려 꼭꼭 눌러놓고 아궁이의 불을 모두 담고, 그 위에 다시 재를 덮어 꼭꼭 눌러놓으면 화롯불이 꺼지지 않고 오래갑니다. 그렇게 만든 화롯불에 된장찌개도 끓이고 자질구레한 반찬을 만들었습니다.

철 따라 한 번만 먹던 자연 간식이 있었습니다. 계절 따라 즉석 반찬이 달랐습니다. 철 따라 끓이는 죽도 맛있었습니다. 철 따라 한 번만 먹던 떡도 있고 밥도 있었습니다. 눈 감으면 거기

그곳에 변함없이 철 따라 꽃이 피고, 맛있는 음식이 보이는 듯합니다.

오늘도 어머니가 해주시던 맛있는 음식을 먹으러 고향으로 떠나볼까 합니다.

1부

꽃이 피던
그때
그 시절

며느리와 시아버지가 싸우게 된 원인

풋고추석박김치

봄 늦게 먹을 풋고추석박김치는 집에서 멀리 뚝 떨어진 산비탈 밭가 나무 그늘에 큰독 하나를 별도로 묻어 저장합니다. 사람들은 별나다고도 하고 바쁜데 멀리까지 갖다가 묻기 귀찮지 않냐고들 하지만, 평지밭에 묻는 것보다 농사지을 때 갈구치지도_{방해하지도} 않고 나무 그늘이 있어 덜 시어서, 수고한 만큼 시원하고 맛있는 김치를 먹을 수 있어서입니다.

늦은 봄에 먹을 김치는 양념이 너무 많이 들어가도 안 되고 너무 적게 넣어도 안 되기 때문에 넘치지도 모자라지도 않도록 특별히 신경을 많이 써서 만듭니다. 젓국도 넣지 않고 설탕이나 찹쌀 풀도 넣지 않습니다. 파, 마늘, 생강에 새우젓만 약간 넣고 소금 간을 잘 맞추는 것이 비결입니다.

미리 묻어놓은 김장독 옆에 시들시들한 풋고추 한 광주리를 씻어서 건져다 놓습니다. 양념을 많이 하지 않은 배추김치 한 켜를 맨 밑에 놓고 그 위에 풋고추 한 바가지를 훌훌 뿌립니다. 아버지의 두 손으로 잡아도 모자라도록 큰 무를 한 토막 툭 치고 반으로 쭉 쪼개 고추 위에 듬성듬성 올려놓습니다. 무쪽마다 간이 될 만큼 소금을 정성스럽게 올리고 그 위에 고춧가루를 훌훌 뿌립니다. 무쪽 간을 잘 맞추는 일이 김치의 맛을 좌우합니다. 어머니는 '이만큼이면 간이 맞을라나 알 수가 있어야지'라며 혼잣말을 하면서 조심스럽게 소금을 얹습니다. 김장을 날라주던 남정네들이 "걱정도 하지 마유. 그만하면 간이 딱 맞아유. 딱 맞아." 하면서 김장독은 들여다보지도 않고 너스레를 떱니다.

큰독이 가득 차도록 계속 담습니다. 한 밤 지고 나면 무쪽이 절여져 항아리에 7부쯤 내려가 있습니다. 절여놓았던 무청과 배추 겉잎에 소금 간을 잘

하여 7부쯤 내려간 독에 우거지를 덮습니다. 동글납작하고 잘생긴 무게가 조금 나가는 강돌을 주워와 우거지 위에 꼭꼭 눌러 얹습니다. 김칫독 주둥이를 비료포 종이로 덮고 고무줄로 꼭꼭 동여맨 후 항아리 뚜껑을 덮고, 그 위에 거적때기를 덮고 흙을 수북이 끌어 묻어놓습니다.

비닐하우스도 없고 냉장고도 없던 시절, 풋고추석박김치는 가을 고추를 걷을 때 고추를 섶째로^{통째로} 뽑아 그늘진 곳에 잘 보관해야 담글 수 있었습니다. 고추 설거지^{고추밭 정리}는 추석 전후 된서리가 내리기 전에 합니다. 김장을 하는 입동까지 풋고추를 보관하는 것은 여간 어려운 일이 아닙니다. 장대 여러 개를 위쪽을 묶어 밑을 벌려 세우고, 새끼줄을 총총히 둘러칩니다. 고추 섶을 뿌리째 뽑아 맨 밑에 친 새끼줄부터 거꾸로 바짝바짝 붙여서 걸어 올라갑니다. 꼭짓점까지 걸어 올리고 맨 위에 짚주저리를 씌웁니다. 그러면 비가 와도 빗물이 들어가지 않고, 속은 비어 있어 바람이 잘 통하여 풋고추가 상하지 않아 연하고 시들시들해집니다.

어느 봄날, 밭에 일하러 가시던 아버지가 집으로 쏜살같이 뛰어 내려오시는 것이 보입니다. "무슨 일이냐"고 물으니 도둑놈이 김치를 훔쳐가려고 흙을 다 파헤치고 열어서 김치를 뜯어 먹어보고 다시 살짝 덮어놓고 갔답니다.

"이놈의 도둑놈, 남의 김치를 어디 날로 먹을라구 하나."

온 식구가 배추와 무와 풋고추가 노르스름하게 삭아 군침이 도는 김치를 집으로 날라 겨울 김장을 다 먹은 빈 독으로 옮겼습니다.

배추김치를 쭉쭉 찢어 밥숟가락에 걸쳐 먹고 두툼하고 살찐 무쪽을 절갈^{젓가락}에 꿰어들고 점심을 먹으니 피곤이 싹 풀립니다. 무와 배추, 고추가 잘 삭아서 어우러진 김치 국물에 고로쇠 물을 타고 달래를 송송 썰어 넣어서 시원하고 찡한 국물도 함께 먹습니다.

'도둑놈이 밤에 김치를 가지러 왔다가 얼마나 허탈하겠나.' 이렇게 생각하면 자꾸만 웃음이 납니다. "도둑놈 가져갈 거 조금이라도 남겨놓을 걸 그랬나." 하고 또 웃습니다.

이웃집 연세 많은 할아버지 집에 풋고추석박김치를 한 양푼 갖다드렸습니다. 저녁때 할머니가 양푼에 엿 한 반대기를 담아 가지고 오셨습니다.

"언나^{아기} 어머이^{엄마}, 김치 조금만 더 줘. 김치 때문에 며느리랑 시아버지가 싸움이 났어."

할아버지는 오늘 점심은 잘 먹겠다고 좋아하셨는데, 막상 먹으려고 보니 며느리와 시누이 셋이 풋고추석박김치를 다 뜯어 먹고 배추 껍데기만 남겼더랍니다.

"그 귀한 것을 어째 어른 한쪽 안 주고 느네^{너희}끼리 다 먹었나. 어디서 배워 먹은 버르장머리냐!"

할아버지는 고래고래 소리치며 김치 그릇을 패대기쳐버렸답니다.

그래서 어쩔 수 없이 할머니가 풋고추석박김치를 더 얻으려 오신 것입니다.

미역을 메고 오빠가 돌아왔다

미역국

농사가 시작되는 이른 봄입니다. 밭에서 일을 하시던 어머니가 어둑어둑할 때에 수제비국이나 끓여 먹어야 되겠다고 물을 끓이기 시작했습니다. 그때 동원 훈련을 갔던 작은오빠가 한 달 만에 돌아왔습니다. 그것도 그냥 온 것이 아니고 파랗고 올이 길고 잘생긴 장 미역을 한 아름 메고 왔습니다. 우물집 댁이랑 친척 아주머니가 "이 집 아들*은 어디서 미역 장사를 하다 오는갑소." 하면서 따라왔습니다.

● 여기서 '아들'은 남자 자식을 이야기하지만, 이 책에서는 일반적으로 '아들'은 '아이들'을 뜻합니다.

어머니는 너무 반가워서 수제비 끓이려던 물을 솥에서 도로 퍼내고 밥을 안칩니다. 미역 단을 푸니 비쩍 마른 북어 두 마리가 싸여 있습니다. 마른 문어도 한 마리 나왔습니다. 큰 버럭지입이 넓고 큰 용기에 큰 미역 한 올을 다 담았습니다. 미역이 금세 불어납니다. 미역 줄기가 큼직하고 파랗고 파들파들한 것이 바다에서 금방 건져 올린 것 같습니다. 미역 한 올이 큰 버럭지에 가득 찼습니다. 어른들은 애를 낳았을 적에도 이렇게 좋은 미역은 먹어보지 못했다고 합니다.

미역의 올이 얼마나 큰지 삼분의 이는 국을 끓입니다. 미역을 들기름에 들들 볶다가 조선간장으로 간을 맞춥니다. 쌀뜨물을 받아 넣습니다. 북어 한 마리도 찢어서 넣고 미원도 반 수저 정도 넣어 버글버글 센 불에 끓이다가 약한 불로 은근히 끓입니다.

미역국이 정말 부드럽습니다. 미역 줄기도 얼마나 맛있는지 모두 먹고 더 먹고 합니다. "세상에서 이렇게 맛있는 미역국은 처음 먹어본다, 넓적한 미역 줄기가 얼마나 부드러운지 세상에서 가장 부드럽고 맛있는 미역국이다"라고 얘기하고 또 얘기하며 먹습니다. 남은 미역은 초장에 쌈을 싸 먹었습니다.

1968년 이른 봄, 작은오빠는 제대한 지 얼마 되지도 않았는데 동원 훈련에 소집되었습니다. 간첩 김신조[*] 때문에 예비군이 창설되기 한 달 전의 일입니다. 작은오빠는 처음에는 동원 훈련을 가는 것이 너무 싫고 억울했습니다. 그것도 평창에서 아주 먼 삼척 근덕이라는 곳으로 가게 되었습니다.

작은오빠는 동원 훈련을 갈 적에는 고개를 타래미고[**] 억지로 갔는데 막상 삼척 근덕에 가보니 파도가 시원스럽게 치는 바닷가였습니다. 작은오빠는 산골 강가에서만 살다가 넓은 바다를 보니 가슴이 시원하게 뻥 뚫리는 것 같고 정말 좋았다고 합니다.

동원 훈련 막사는 바로 바닷가였습니다. 작은오빠는 한 밤을 자고 다들 잠든, 별이 반짝이는 이른 새벽에 바닷가를 홀로 거닐었습니다. 어렴풋이 무언가 보입니다. 자세히 들여다보니 미역이 돌자갈밭에 널려 있었습니다. 작은오빠는 정신없이 미역을 주워 모았습니다.

옷을 다 적시며 물이 줄줄 흐르는 미역을 한 아름 안고 막사로 돌아왔습니다. 아침 반찬으로 물미역쌈을 먹었습니다. 작은오빠는 물미역이 그렇게 맛있는 줄 처음 알았답니다. 다음 날

---

[*] 1968년 청와대에 침투하려고 북한에서 내려온 무장공비.

[**] 고개를 어깨에 닿을 정도로 기울이고 아주 싫은 표정을 하는 것.

도 일찍 바닷가에 나가 미역을 한참 주워 모으고 나니 사람들이 몰려 나왔습니다.

어떤 할머니 이야기로는 미역을 여러 장 겹쳐서 말리면 마른미역을 만들어 먹을 수 있다고 합니다. 작은오빠는 사람들이 잘 올라가지 못할 바닷가의 험한 바위 위로 미역을 가지고 올라가서 바위에 미역을 길게 여러 장씩 붙여 말렸습니다. 미역을 안고 바위로 올라가다가 쭐쩍 미끄러져 바다에 빠질 뻔한 적도 있었답니다.

천성이 부지런한 작은오빠는 한 달 내내 새벽마다 바닷가에 나가서 파도가 쓸어온 먹을거리들을 모았습니다. 파도에 휩쓸려왔다가 돌아가지 못한 명태도 두 마리나 주워 말렸습니다. 한번은 바닥에 뭐가 꾸물꾸물하는 게 있어 만져보았는데, 갑자기 철썩 손에 달라붙었습니다. 문어였습니다. 어찌할 바를 모르고 쩔쩔매고 있자니, 지나가던 남자애가 다가와 손에서 문어를 떼어내 머리를 홀랑 뒤집어 먹물을 쏟아내고 바닷물에 설렁설렁 헹궈서 주었답니다. 작은오빠는 문어도 같이 말려 가지고 왔습니다.

삼척 근덕 바닷가는 미역이 자라는 바위들이 있어서 미역 바위마다 임자가 따로 있었답니다. 작은오빠는 동원 훈련이 끝나는 날, 미역을 새끼줄로 꽁꽁 묶어 억지로 들어서 멜 수 있는 만큼 많이 가지고 돌아왔습니다. 새벽마다 미역을 주워 말리느라고 훈련이 힘든 줄도 모르고, 한 달이 어떻게 갔는지도 모르고 지냈다고 합니다.

이로 박박 긁어 먹다

우유 가루떡

어느 날 학교에서 내일은 우유 가루를 배급해줄 테니 보자기를 하나씩 가져오라고 합니다. 아들아이들은 학교가 끝난 후 보자기를 들고 줄을 서서 우유 가루를 배급받습니다. 미국 우유 가루는 신기하게도 도루마^{드럼통} 깡통 비닐 자루 속에 들어 있습니다. 나도 처음 보는 신기한 물건입니다. 비닐도 처음 봅니다.

학교의 소사 아저씨가 됫박으로 하나씩 아들한테 퍼줍니다. 나는 무명 보자기에 우유 가루를 받아 행여나 쏟아질까봐 잘 묶어서 들고 부지런히 집으로 옵니다. 뒤에서 낯선 남자 아들이 따라오면서 "이 간나^{여자를 욕할 때 쓰는 말. '년'에 해당}는 찬학이 닮

27

았다"면서 우유 가루 보자기를 걷어찹니다. 엉글엉글한 천 조직이 촘촘하지 않고 엉성한 무명 보자기 틈으로 우유 가루가 픽석픽석 연기처럼 빠져나갑니다. 우유 가루 보자기를 걷어찰 때마다 '차라리 나를 걷어차면 좋겠다'는 생각이 듭니다. 우유 가루 보자기를 꼭 붙들고 이를 악물고 뛰었습니다. "야아~. 이 쪼그만 간나가 날아가는 것 같네. 찬학이 닮아서 뜀도 잘 뛰네." 나는 뛰면서 찬학이 오빠를 닮았다면 얼마나 좋을까 생각합니다.

큰오빠는 점잖고 공부도 잘해서, 큰오빠를 알고 나를 아는 사람들은 찬호 동생이라고 예뻐해주었습니다. 둘째 찬학이 오빠는 아주 빠르고 운동도 잘해서 누구한테 지는 성질이 아닙니다. 작은오빠는 한국전쟁 직후 정상적으로 여덟 살에 입학을 했습니다. 그때는 열여섯 살에 국민학교에 입학한 사람도 있고, 열네 살에 들어온 입학생도 있었습니다. 어리고 재빠른 찬학이 오빠는 나이 많은 학생들과 싸워도 지는 법이 없어 미움을 샀습니다. 그래서 찬학이 오빠를 아는 사람들은 내가 동생이란 걸 알면 지나가다가도 쥐어박곤 했습니다.

우유 가루가 반으로 줄었습니다. 그나마도 아들 집보다 우리 집이 더 멀어서 우유 가루가 남은 것입니다. 집에 와서 "아들이 찬학이 닮았다고 우유 가루 보자기를 걷어차서 조금뿐이 남

지 않았다"고 엉엉 울었습니다. 할머니가 "괜찮다. 그놈들이 아
아이를 걷어차지 않아서 다행이다"라고 하셨습니다. 내 우유 가
루는 절반 넘게 빠져나갔지만, 큰오빠와 작은오빠도 우유 가루
배급을 받아와서 집에 우유 가루가 많이 생겼습니다.

우유 가루는 물에 잘 풀어서 끓여 먹으라고 하지만 끓이면
밍밍한 게 정말 맛이 없습니다. 우유 가루에 물을 조금 붓고 잘
풀어서 밥솥 위에 올려 쪄서 떡처럼 만들면 간식으로 먹을 만
합니다. 처음에는 말랑말랑하지만 시간이 조금 지나면 아주 딱
딱하게 굳어서 이가 잘 들어가지 않습니다. 학교에 가져가서
이로 박박 긁어 조금씩 먹습니다. 처음에는 모양이 네모였는데
쉬는 시간마다 긁어 먹다 보면 동그랗게 됩니다. 우유 가루를
쪄오지 않은 아들 중에 아주 친한 친구한테만 한 번씩 긁어서
먹게 해줍니다. 우유 가루를 쪄오지도 않고 친한 친구도 없으
면 종일 남이 먹는 모습을 구경만 하고 침만 꿀꺽꿀꺽 삼켜야
합니다.

1학년 우리 반에서 기운이 제일 센 춘자는 열네 살이고, 춘자
동생 대용이는 열두 살입니다. 둘 다 한글을 잘 모릅니다. 공부
시간에도 다른 아들의 머리끄덩이를 잡아당기거나 그저 선생
님의 눈을 속이며 장난만 칩니다. 둘이 같이 덤비기 때문에 아

들이 꼼짝없이 당하고 맙니다. 춘자랑 대용이는 즈네[저희] 우유 가루떡을 공부 시간에 선생님 몰래몰래 열심히 갉아서 다 먹었습니다.

점심시간입니다. 다른 아들이 먹는 우유 가루떡을 한 번만 갉어 먹어보자고 춘자는 자꾸만 조릅니다. 짝꿍인 순덕이가 책보자기에 우유 가루떡을 싸놓고 변소에 갔습니다. 춘자는 자기 것인 양 우유 가루떡을 꺼내 갉어 먹습니다. 자기만 먹는 것이 아니고 "대용아, 대용아~." 하며 대용이도 불러 갉어 먹으라고 합니다. 순덕이가 변소에서 돌아왔을 때 대용이는 마지막 남은 우유 가루떡을 우적우적 깨물어 꿀꺽 삼켜버렸습니다.

화가 난 순덕이가 재빠르게 대용이를 한 대 쳤는데 코피가 터졌습니다. 평소 감정이 좋지 않았던 아들이 "어허야. 어허야. 우유 가루 먹다 코피 터지면 죽는다는대, 죽는다는대~." 하고 놀렸습니다. 대용이는 정말로 죽는 줄 아는지, "누나야, 나 어떡해 어떡해~." 하며 서럽게 우는데 점심시간이 끝나는 종이 울렸습니다. 공부 시간에 대용이는 훌쩍훌쩍 웁니다.

춘자는 순덕이한테 눈을 부라리며 주먹을 견줍니다. '너, 시간 끝나면 보자!'

공기 천 판 내기 결전의 날들

주먹밥

공기 천 판 내기의 결전이 시작되는 날입니다. 공기 천 판이
끝나는 날까지 점심은 돌아가면서 한 번씩 주먹밥을 싸다 먹기
로 하였습니다. 어머니는 "바쁜데, 그냥 밥 싸 주기도 힘든데."
하시면서 주먹밥을 만드십니다.

좁쌀, 강냉이쌀, 검정콩에 약간 쌀이 섞인 밥에다 무수^무 장
아찌를 들기름에 무쳐 쫑쫑 다져 넣고 김치도 쫑쫑 다져 넣었
습니다. 손끝에 들기름을 꾹 찍어 온 손바닥에 쓱 바르고 밥을
한입에 들어갈 만큼 꼭꼭 몇 번 주물러 양은 도시락에 담아주
셨습니다.

큰오빠가 6학년, 작은오빠가 4학년 때의 일입니다.

학교 운동장에 있는 두 그루의 아름드리 백양나무 아래서 공기 천 판 내기를 시작하였습니다. 각자 자기의 공깃돌 천 알을 가지고 운동장에 뿌려서 다섯 알 집기로 공기 천 알을 먼저 따는 사람이 이기는 내기입니다. 공기 천 판 내기에서 이기는 사람에게는 진 사람들이 일 년 동안 일주일에 한 번씩 맛있는 것을 싸다 주기로 했습니다.

일주일이 걸려 공기 천 알을 준비했습니다. 각자 자기 이름을 쓴 작은 자루도 두 개씩 준비했습니다. 공깃돌은 어머니 엄지손가락 한 마디만 한 것으로, 될 수 있는 대로 동글동글한 것을 온 강가를 헤매며 주워 모았습니다. 공깃돌 천 알을 담으니 자루가 아주 묵직합니다.

처음에는 공기 천 판 내기를 하자고 하니까 도전하는 아들이 열 명이었습니다. 점심시간에 밥을 빨리 먹고 공깃돌을 주워 모았습니다. 공깃돌이 될 만한 것을 천 알 줍기가 쉽지 않아서 이틀 만에 두 명은 하지 않는다고 했습니다. 이떤 아들은 지루가 없어서 기권하고 돌 사이에서 벌러지^{벌레}가 나온다고 기권했습니다.

끝까지 남은 사람은 큰오빠와 작은오빠, 나이는 큰오빠보다 많은데 늦게 입학해 작은오빠 친구인 종열이, 5학년 반장까지 네 명입니다.

학교가 시작하기 한 시간 전에 일찍 모여서 공기를 합니다. 4천 개의 공깃돌을 네 사람이 함께 운동장에 뿌리고 다섯 알 집기를 합니다. 다섯 알 집기라서 다섯 알 이상은 집다가 놓치지만 않으면 됩니다. 네 사람이 한 차례씩 한 다음에는 공깃돌을 한 군데 모아서 다시 흩뿌리고 합니다.

손이 큰 종열이가 먼저 하게 되었습니다. 종열이는 큰 손바닥으로 욕심을 내 한 번에 많이 집다 보면 떨어뜨리고 옆의 것을 울어서^{건드려} 자주 틀립니다. 작은오빠는 다섯 알이 모여 있는 곳에서 손가락 끝으로 살포시 집어 올립니다. 자기 차례가 되면 틀리지 않고 오랫동안 착실하게 공깃돌을 따 모읍니다. 처음에 작은오빠는 작다고 시켜주지 않는다고 했는데, 작은오빠 앞에 제일 많은 공깃돌이 쌓입니다.

공부가 잘되지 않습니다. 수업 시간에도 공깃돌이 눈앞에서 왔다 갔다 합니다. 쉬는 시간이 되면 그 잠깐 동안에도 공기를 합니다. 점심시간에는 주먹밥을 먹으며 공기를 합니다. 두 손가락으로 쥐고 먹으면서 '손때가 묻은 밥은 버려야지.' 하고 먹었는데 공기에 정신이 팔려서 손가락을 쭉쭉 빨아 먹으면서 합니다.

학교가 끝나고도 한 시간은 남아서 공기를 합니다. 자기가 딴 공기가 든 자루는 무슨 보물인 양 꼭꼭 묶어 아직 아무도 따지 않은 공깃돌이 든 자루와 함께 교무실에 맡깁니다. 선생님들이 "아이고, 큰 재산이다. 잘 두었다 줄게." 하십니다.

다음 날은 종열이가 잡곡밥에 콩보생이^{볶은 콩가루}를 무친 주먹밥을 싸왔습니다. 아들이 갑자기 와르르 모여들더니 주먹밥을 하나씩 들고 냅다 뺏습니다. 종열이는 도시락에 붙은 콩보생이와 밥알을 핥아 먹습니다. 중간 부분을 핥아 먹고 도시락을 내밀면서 너들도 돌아가면서 한 번씩 핥아 먹으라고 합니다. 넷이서 이 구석 저 구석에 남은 콩가루 한 점을 남기지 않고 도시락을 핥아 먹었습니다.

3일째 되는 날입니다.

무슨 큰일이나 하는 것처럼 선생님들과 교장 선생님도 응원을 하십니다. 5학년 반장 어머니가 닭고기를 잘게 다져서 볶아 넣은 특별한 주먹밥 한 함지박을 이고 오셨습니다. 모여든 아들과 선생님들도 함께 주먹밥을 먹으며 응원을 합니다. 3일이 되니 천 판의 끝이 보이는 것 같습니다. 학년마다 자기 학년 선수의 공깃돌을 세느라고 난리입니다.

갑자기 큰오빠의 공깃돌을 챙기던 친구가 "천 개다!" 소리쳤습니다.

우레 같은 박수가 터졌습니다.

보솔산 수리취는 누가 다 뜯어갈까?

수리취떡

우리 동네에는 수리취떡이네가 있습니다.

할아버지보고도 '수리취떡이네 할아버지'라고 하고, '수리취떡이네 할머니', '수리취떡이네 아들', '수리취떡이네 손주'라고 부릅니다. 그 집 식구들의 이름을 아는 사람이 없습니다. 무조건 수리취떡이네입니다.

일 년에 오월 단옷날이나 한 번 해 먹는 취떡을 매일 주식처럼 해 먹어서 붙여진 별명입니다. 사람들은 취떡이 먹고 싶으면 무슨 구실이라도 만들어 취떡이네 집에 지싯거리고 갑니다. 수리취떡이 할아버지한테 "왜 하필이면 '수리취'라 하느냐"고 물어보는 척하고 가서 취떡을 얻어먹습니다.

옛날 단오 때 풍년을 기원하며 수레바퀴 모양의 절편을 만들어 먹던 나물이라고 하여 '수리취'라 했다고 하는데, 수리취떡이 할아버지의 생각에는 취잎이 크고 끝이 뾰족하면서 가생이_{가장자리}는 톱니 같고 뒷면이 흰색이어서, 바람이 불면 희끗희끗 날리는 것이 독수리의 날개처럼 생겨서 '수리취'라 하는 것 같다고 합니다.

수리취떡이네가 취떡을 좋아하게 된 내력이 있습니다. 아주 위 조상 때부터입니다. 가족들이 천식이 심하고 감기를 달고 지내고 잘 체하는 매우 병약한 집안이었다고 합니다. 아들을 낳으면 비실비실 앓다가 죽기 일쑤라 아주 키우기가 힘들었다고 합니다. 어떤 의원이 수리취 나물을 많이 먹으면 병 없이 튼튼해진다고 하여 수리취를 먹기 시작했는데, 그때부터 병도 없고 장수하는 집안이 되었답니다. 수리취떡이네 가족은 보통 사람들보다 덩치도 크고 튼튼하게 생겼습니다.

보솔산_{보를 막느라고 소나무를 벌채한 산}에는 수리취가 일부러 심은 것처럼 많습니다. 큰 나무가 없으니 봄이면 수리취잎이 바람에 희끗희끗 날려 수리취를 잘 모르는 사람들도 떡취_{떡 해먹는 수리취}를 구분하기 쉽습니다. 수리취떡이네 할아버지는 여든 살인데도 보솔산 수리취를 누가 뜯어갈까봐 아침 일찍부터 산에 가서 뜯어옵니다. 봄부터 가을까지 열심히 기회만 생기면 어떤 방법이든지 써서 수리취를 모읍니다.

취를 넣고 떡을 하면 잘 굳지 않고 쉬지도 않아 여름에도 3일 정도는 두고 먹을 수 있습니다. 취는 물을 많이 붓고 팔팔 끓을 때 소다를 약간 넣고 삶아야 물렁하고 새파랗고 곱게 삶아집니다. 취떡은 찹쌀을 충분히 불린 다음, 시루에 찌면서 삶은 취를 꼭 짜고 짜고 또 짜고 아주 꼭꼭 짜서 찹쌀 위에 얹어 김을 올려 뜸을 들입니다. 그다음에 암반*에 쏟아놓고 떡메로 슬슬 문지르는 것처럼 시작하여 취와 쌀이 어우러져 튀어 나가지 않을 정도가 되면 떡메로 퍽퍽 칩니다. 이때 여자들이 손에 물을 묻히면서 너무 넓게 퍼지지 않게 잘 접어줍니다. 쌀알이 마들마들조금 남아 만져지거나 혀끝에 약간 걸리는 상태 남아 있어야 맛있습니다.

떡에 콩고물을 많이 묻혀 먹지만 단오 때는 송화 가루를 묻혀 먹습니다. 송편은 멥쌀가루에 취를 꼭 짜서 넣고 함께 빻아서 반죽을 만듭니다. 수리취떡이네는 빨간 팥을 삶아서 넣고 큰 주먹만 하게 송편을 빚어놓고 간식으로 하나씩 먹습니다.

● 떡을 치는 나무판. 두께가 10센티미터, 길이가 1.5미터쯤 되는 나무판에 다리를 달아 떡을 친다.

취떡을 자주 해 먹다 보니 웃지 못할 일도 자주 생깁니다. 수리취떡이네는 암반이나 떡메가 취떡을 하기에 항상 편리하게 준비되어 있어서, 심심하면 동네 사람들이 떡거리를 들고 와서 해 먹습니다. 예전에 여럿이 모여서 서로 떡을 치겠다고 다투다가 떡 반죽이 떡메에 붙어 땅바닥에 털썩 떨어져서 흙을 뜯어내니 먹을 것도 없던 적도 있었습니다.

수리취떡이네는 취로 떡만 해서 먹는 것이 아니라 밥도 해 먹습니다. 우선 취를 삶아 깨끗이 헹궈 널어 말립니다. 취가 바짝 마르면 방아에 풍풍 찧어서 부서트려놓고 밥을 할 적에 그냥 한 쪽박을 떠 넣고 하면 됩니다.

아낙네들이 비가 구질구질 내리는 날이면 수리취를 뜯어 취떡이네 집으로 모입니다. 강냉이 가루나 밀가루나 그때그때 집에 있는 대로 가져와서 수리취를 넣고 반대기를 해 먹고 놉니다. 먹고 남은 수리취는 말릴 수 없으니 깨끗이 씻어 건져 독에다 짭짤하게 절여놓고 먹을 때 헹구어 삶아 떡도 하고 밥도 하고 무쳐도 먹습니다.

그러는 수리취떡이네가 절대 먹지 않는 것이 있습니다. 바로 꿩고기입니다. 수리취떡이네 할아버지가 취를 뜯으러 갔다가 갈포기도토리 나무의 일종. 땅에서 50센티미터~1미터쯤 자람 밑에 꿩알꿩의 알이 있어 주워왔답니다. 삶아서 어린 손주까지 둘러앉아 먹으려고 다들 하나씩 알을 들고 깠는데 알이 꿩병아리가 거의 다 되어 있었답니다. 할아버지는 꿩한테 너무 미안하고 손주 보기가 너무 부끄러웠습니다. 그때부터 꿩고기는 절대 먹지 않고, 겨울이면 꿩한테 속죄하는 마음으로 산속에 콩이나 곡식을 가끔씩 뿌려준다고 합니다.

할머니의 누에 사랑

꽁치구이

할머니의 누에 사랑은 대단했습니다. 누에는 돈이 되는 벌레입니다.

부업이 흔치 않던 시절, 오월 단오 무렵 면사무소에서 가정에 누에씨를 분양해, 키워 고치가 되면 수매해갔습니다. 깨알보다 작은 벌레 알을 종이판에 붙인 것 한 판을 누에 한 장이라고 합니다. 일 욕심이 많은 할머니는 남들은 한 장 내지 한장 반 정도 받는 것을 서너 장씩 받았습니다. 누에씨를 깊숙한함지박에 담아 수건으로 덮어 서늘한 방구석에 놓아두면 며칠이 지나 바늘 끝 같은 애벌레가 태어납니다. 뽕잎을 아주 잘게 다져 애벌레 위에 살짝 뿌려주고, 다 먹으면 또 주기를 반복합니다.

누에가 크면 방 안에 덕나무 기둥 사이에 널을 얹어 만든 시렁을 매고 잠박누에 채반에 나눠 담아 키웁니다. 누에가 커갈수록 잠박은 점점 늘어납니다. 누에는 밤낮으로 먹다가 사나흘이 지나면 하루쯤 꼼짝 않고 잠을 잡니다. 그러고는 허물을 벗고 또 자랍니다. 그렇게 일생 동안 정해진 양을 다 먹고 네 번 잠을 자면 고치를 짓습니다. 누에가 자라면 뽕잎을 크게 썰어주다가 다 자라면 통째로 먹입니다. 할머니와 한방에 살았던 나는 밤마다 누에들이 '와사사사삭~' 비 오는 소리를 내며 뽕잎 먹던 소리를 들었습니다.

그렇게 한 달 동안 누에와 같이 먹고 잡니다. 할머니는 누에가 사랑스럽다고 하는데 나는 아주 징그럽습니다. 그래도 누에는 다른 벌레처럼 돌아다니지 않고, 충실하게 먹고 자고 하여 일생이 끝나는 날 자기 몸에서 실을 뽑아 고치를 짓고 스스로 자기 몸뚱이를 가둬 생을 마감합니다. 나방으로 환생해 알을 낳고 생을 계속할 수도 있고 귀한 실크가 될 수도 있습니다.

할머니는 누에를 기르는 한 달 동안은 어디 가지도 않고, 먹는 것도 가려 드셨습니다. 누에는 영물이라 집 안에 비린내를 풍겨도 안 되고 부정한 것을 보고 와도 안 된다고 하셨습니다. 누에에게 뽕잎을 줄 때마다 손을 씻고 세수를 하고 강에서 목욕도 자주 하셨습니다. 누에는 추위를 많이 타서 자다가도 불을 때고, 밤에도 등잔불을 켜놓고 두세 번 밥을 더 주어 고치를 만드는 시간을 단축시켰습니다.

할머니의 정성 덕분에 우리 집은 늘 누에고치를 특등급으로 남보다 일찍 수매할 수 있었습니다. 누에 수매 날은 꽁치를 두어 드럼^{두름} 사다가 꽁치 잔치를 합니다. 한 드럼은 스무 마리인데, 비료 포대로 싸고 새끼줄로 묶어서 사 가지고 옵니다. 보리가 날 때쯤 나오는 꽁치는 '보리꽁치'라 하여 특별히 더 맛이 있었습니다.

해가 중천에 있을 때부터 저녁 준비를 합니다. 마당에 멍석을 깔고 화롯불을 준비하고 싸릿가지도 준비합니다. 꽁치를 강에서 씻어오면 쉽지만, 모처럼 비린내 나는 것을 먹으니 꽁치를 씻은 물은 창자랑 함께 끓여 개에게 주려고 강물을 길어다 집에서 씻습니다. 평소에는 잡곡을 많이 섞어 밥을 하지만, 이날만은 하얀 이밥^{쌀밥}입니다.

상추와 배추 속고갱이 쌈도 준비해서 상을 차려놓고, 화롯불에 굼벙쇠^{화로 위에 올리는 삼발이}를 올려 그 위에 싸릿가지를 총총히 놓고, 미리 씻어서 소금을 뿌려놓은 꽁치를 올려 굽습니다. 싸릿가지가 노랗게 익으면서 꽁치도 함께 익습니다. 한참 지나 싸릿가지가 타면서 구수한 향이 꽁치에 배어들어 맛있는 꽁치구이가 됩니다. 싸릿가지가 타면 새 가지로 바꿔서 올립니다. 참깨를 볶는 냄새보다 더 고소하면서도 구수한 냄새가 멀리까지 퍼져 나갑니다. 이웃집 고양이도 '야옹' 하며 달려오고, 개도 쫓아옵니다.

"이놈들아, 우리도 아직 밥 안 먹었다. 기다려라."

모두들 와르르 한바탕 웃습니다.

40마리를 다 구워 잿불 화로에 굼벙쇠를 얹고 석쇠에 올려 식지 않도록 놓고 실컷 먹습니다. 통째로 들고 바삭하고 고소하고 짭조름한 꽁치 살을 등뼈를 따라 뜯어 먹습니다. 금세 머리만 남긴 채 한 마리를 다 먹고, 또 한 마리를 먹습니다. 40마리도 적을 것 같았는데 아이들은 두 마리 반, 어른들은 세 마리씩 먹으니 배가 부릅니다. 잔칫날이라고 우리 집 개와 고양이에게는 꽁치를 한 마리씩 먹이고, 먹고 남은 뼈와 머리는 밥을 섞어 이웃집 고양이와 개에게 나눠줍니다.

훗날 할머니가 돌아가시고 내가 누에를 맡아 몇 년 동안 기른 적이 있습니다. 농촌지도소에서 나온 책《누에 기르는 법》

에 나오는 대로 온도를 맞추고 깨끗한 뽕을 먹이니 누에는 건강하게 잘 자랐습니다. 할머니는 초장에는 잘되다가 막판에 원인 모를 실패를 하고 안타까워하신 적이 많았습니다. 누에가 크면 자체 온도가 높아지는 걸 모르고 불을 너무 많이 때서 생긴 일이었습니다. 실패의 원인을 알지 못해 애쓰시던 할머니의 모습이 지금도 안타까움으로 남아 있습니다.

멀리까지 나물 뜯으러 가는 날

곤드레밥

곤드레밥은 큰 산의 나물을 많이 뜯어온 다음 날에 해 먹는 것이 제일 맛있습니다.

어머니는 나물을 신경 써서 삶습니다. 큰솥에 물을 많이 붓고 잘 타는 나무로 물을 설설 끓입니다. 솥 주위에 물을 그릇그릇에 나누어 담아놓습니다. 나물을 너무 빽빽하게 많이 넣지 않고 나물이 훌훌히게 풍덩 잠기게 해서 빨리 삶아내야 합니다. 나물을 넣고 끓기 직전에 건져 파랗고 아삭한 나물로도 먹고, 한소끔 끓으면 건져 빨리 찬물에 헹궈 파랗고 물렁한 나물 무침도 해 먹습니다.

큰 산의 나물이 한창일 때 곤드레가 제일 맛있고, 다른 여러 가지 나물들도 제철이라 가장 맛있습니다. 잡냄새가 없고 독성이 없는 곤드레를 저녁에 삶아 물에 담가놓았다가 아침밥을 합니다. 나물을 많이 넣고 밥을 할 때는 역한 나물 냄새를 제거하지 않으면 독이 있을 수도 있고, 냄새에 물릴 수도 있다고 해서 어머니는 여러 번 헹구어 나물밥을 합니다.

깨끗이 헹군 나물을 먹기 좋은 크기로 썰어서 들기름과 들깨 소금을 듬뿍이 넣고 소금으로 간하여 무쳐놓습니다. 쌀을 씻어 미리 밥물을 맞춥니다. 이때 밥물은 평소보다 적게, 아주 고두밥이 될 만큼만 붓고 위에 무쳐놓은 나물을 올려 밥을 해야 고슬고슬하고 맛있는 곤드레밥이 됩니다. 밥물을 잘못 맞춰서 밥이 질게 되면 정말 맛이 없습니다.

양념간장은 마늘을 채쳐 잘게 다져 넣고 파와 고춧가루, 참깨소금, 아껴두었던 참기름을 넣고 만듭니다. 막장에 박아두었던 고추 장아찌를 다져 넣고 파와 마늘잎과 멸치를 넣고 빼듯하게 끓인 막장에 비벼 먹는 것이 간장에 비벼 먹는 것보다 더 맛이 있습니다. 반찬으로는 싸리나물을 막장으로 양념을 해서 무치고 참나물은 고추장으로 양념을 하여 무칩니다. 나물밥에 나물 반찬은 정말 맛있습니다.

대추나뭇잎이 피면 큰 산에 나물이 난다고 합니다. 대추나뭇잎이 너무 퍼지기 전 동네 여러 가족들이 모여 연중행사처럼 일 년에 한 번, 멀리 있는 사제산으로 곤드레를 뜯으러 갑니다. 산불이 나서 나무들이 없고 시커먼 땅속에서 흐들스럽게^{흐드러}^{지게} 나물들이 많은 곳을 수소문하여 찾아가야만 좋은 나물이 많이 있습니다. 산세를 잘 아는 남자들이 지게를 지고 함께 가야 나물을 많이 뜯을 수 있고 돌아올 때도 고생을 하지 않습니다. 사제산으로 나물을 뜯으러 갈 사람들은 어둑어둑한 새벽에 점심밥을 싸 가지고 하일 동네 어귀에서 만나서 갑니다.

큰 산의 나물은 야산의 나물이나 들나물처럼 비리비리하지 않고 포기가 아주 실합니다. 싸리나물은 키가 60센티미터씩 되는 포기의 윗부분을 자르면 두 손이 넘칩니다. 20~30센티미터 정도 자란 곤드레는 뜯으면 줄기에서 펑펑 소리가 나는 것이, 한 포기가 두 손에 넘치도록 실합니다. 참나물은 많이 뜯지 않습니다. 얕은맛은 있지만 묵나물을 만들기는 재미가 좀 없어서입니다. 곰취도 많고 나물취^{참나물}도 많지만 가장 독성이 없는 곤드레를 제일 많이 뜯습니다. 무같이 큰 더덕을 일곱 뿌리나 캤습니다. 낙엽이 썩어 쌓인 땅은 폭신하여 더덕이 마음 놓고 깊이 뿌리를 내려 아주 곱고 미끈하게 자랐습니다.

처음에는 보자기와 점심 보따리를 어깨에 엇메고 다래끼를 하나씩 차고 큰 산 구릉을 따라 이쪽저쪽으로 흩어져 올라가며 흐들스러운 나물을 뜯어 어깨에 멘 보자기에 넣습니다. 점점 무거워지면 보자기를 한데 모아놓고 다래끼만 차고 흩어져서 뜯고, 다시 보자기가 있는 곳으로 와서 나물을 모아 쌓습니다. 너무 멀리 가지 않도록 "누구야~." 하고 부르기도 하고 노래를 부르기도 합니다. 자칫 산등성을 넘으면 완전히 딴 마을이어서 길을 잃지 않도록 극히 조심합니다.

골짜기에서 나물을 뜯는데 등 너머 쪽에서 '사륵사륵 소륵소륵' 가랑잎 밟는 소리가 나서 우리만 떨어진 줄 알고 등성이에 올라가서 보니, 까맣고 하얀 점이 있는 뭉툭하고 몸통이 큰 한 발이나 되는 뱀이 낙엽 위를 열심히 기어가고 있었습니다. "흙질 백질이다~." 동시에 소리쳤습니다. 옆집 아줌마가 "엄마야~, 뱀이 어떻게 이렇게 잘생겼누. 잡아다 팔아야 되겠다"고 설쳐서 무서워 죽는 줄 알았습니다.

너나 할 것 없이 보자기가 다 찼습니다. 모두 맑은 도랑물가에 모여 싸온 점심밥을 먹습니다. "꼬시네고수레~. 나물을 보자기가 철철 넘치도록 뜯게 해주소서. 산삼을 캐게 해주소서." 하며 먹기 전에 밥을 나무젓가락으로 집어 주위에 뿌립니다. 반찬은 막장이나 고추장을 싸 가지고 와서 싱그름한 싱싱하고 향기로 운 참나물, 호박잎처럼 큰 곰취 나물, 도랑물 가까이에서 자란 앞은 파랗고 등은 빨간 '얄가지'라는 취나물에 쌈을 싸서 먹습니다. 백김치와 막장에 넣은 긴 마늘종 장아찌를 싸온 사람도 있습니다. 백김치를 물에 헹궈 밥을 싸 먹고 긴 마늘종 장아찌는 고개를 벌렁 젖히고 깔깔 웃으며 먹었습니다. 진이 나는 하얀 더덕과 더덕 줄기도 고추장을 찍어 먹습니다.

점심을 먹고 나니 나물을 뜯을 마음들이 없어졌습니다. 술렁술렁 한 다래끼씩 더 뜯어갈 준비를 합니다. 뜯을 때는 좋았는데 갈 길이 아득합니다. 네 폭 보자기 삼베의 네 쪽을 붙여 정사각형이 되게 만든 가장 큰 보자기에 가득 담은 나물은 혼자 들어서는 머리에 일 수가 없습니다. 싸릿가지 껍질을 벗겨 멜빵을 만들어 지고 산 밑까지 내려와서 여자들은 이고 남자들은 지게에 지고 옵니다. 괜히 많이 뜯었다고 후회하며 옵니다.

서둘러 온다고 했지만 어둠이 깔릴 때 집에 도착했습니다. 마당에 밍식을 여러 징 깔고 종일 보따리 속에서 고생한 뜨끈뜨끈해진 나물을 헤쳐놓습니다. 대강 저녁을 챙겨 먹고 큰 가마솥에 나물을 데쳐 물에 헹구지 않고 그냥 뺑대발 마른 쑥대를 엮어 만든 발에 건져 널어놓습니다. 묵나물을 깨끗이 한다고 헹궈서 널면 나중에 맛이 없습니다. 아침에 먹을 곤드레는 물에 담가 놓습니다. 아침에 일어나 여러 발에 나누어 널고 말려서 내년 봄까지 나물밥과 반찬으로 씁니다. 남겨놓은 나물은 나물을 뜯으러 가지 못한 집에 한 다래끼씩 나누어주기도 하고, 시원한 곳에 두고 하루 이틀 삶아 먹습니다.

전나무 잎으로 살아난 팔불출 할아버지

전나무 물

....

사람들은 송일원 할아버지를 '팔불출' 또는 '전나무 물 할아
버지'라고 부릅니다. 송일원 할아버지는 입만 벌렸다 하면 자
기 아내 얘기만 합니다. 또 누가 아프기만 하면 '전나무 물을
해 먹으라'고 해서 붙여진 별명입니다.

한국전쟁이 끝나고 아군 선발대가 동네를 지나면서 빨갱이
와 내통한 사람을 찾아 총부리를 겨누고 위협했습니다. 그 사
람은 혼자 죽기가 억울해서인지 친하게 지내던 착한 송일원
씨와 몇 사람을 손가락질했습니다. 송일원 씨 부인은 남편과
마을 사람들을 끌고 가는 군인들 뒤를 숨어서 따라갔습니다.

군인들은 총알도 아깝다고 돌로 때리고 큰 돌을 굴려 눌러놓고 갔습니다. 송일원 씨 부인은 돌무덤을 헤치고 송일원 씨를 찾아 돌을 굴려내고 남편을 번쩍 들어 들쳐 업고 집으로 왔습니다.

송일원 씨는 가끔씩 숨만 쉴 뿐, 산 사람이 아닌 것 같습니다. 미음을 끓여서 멀건 물을 송일원 씨의 입에 흘려 넣습니다. 무슨 약도, 의원도 있는 것이 아닙니다. 어른들이 은절^{육체적, 정신적 충격으로 골병이 든 상태} 들고 담이 결릴 때 먹던 전나무 물뿐이 먹여 볼 것이 없습니다.

송일원 씨 부인은 있는 힘을 다하여 산에 가서 전나무 연한 잎을 따옵니다. 전나무 잎을 깨끗이 씻어 돌절구에 팡팡 찧어서 물을 붓고 삼베 보자기를 눌러 덮어 장독 위에 올려놓고 밤 이슬을 맞혀 삼베 보자기 위로 고인 물을 먹입니다. 한 달을 미음과 전나무 물을 먹였더니 송일원 씨는 자기 몸을 뒤척이며 일어나 앉을 수 있게 되었습니다. 송일원 씨 부인이 어떻게 그 큰 돌을 굴려내고 남편을 업고 왔는지 알 수 없습니다. 하늘이 도왔다고 생각합니다.

전나무 잎을 삶아 건져내고 개똥집^{개의 똥집}을 넣고 술을 만들어 석 달만 먹으면 묵은 담까지도 다 낫는다고 합니다. 하루는 송일원 씨 부인이 술을 만들려고 욕심내 전나무 잎을 많이 뜯어서 이고 오다가 갑자기 온몸에 힘이 빠지면서 주저앉았습니다. 보자기를 베고 누웠습니다.

정신을 차리고 보니 칠흑같이 어두운 밤입니다. 지척이 보이지 않습니다. 호랑이가 얼굴을 핥고 있습니다. '이 산에 호랑이가 있다더니 아마 호랑이가 나를 잡아먹고 있나 보다. 꼼짝없이 죽었구나. 한두 달만 더 고생하면 남편이 건강해질 텐데, 이렇게 허무하게 죽다니….'

송일원 씨 부인이 애달파 하는데, 호랑이가 '낑낑' 하며 워리* 같은 소리를 냅니다. 어두워도 오지 않으니 워리가 찾아온 것입니다. 워리의 목을 끌어안고 송일원 씨 부인은 어둠 속에서 마음 놓고 '엉엉' 아주 입을 크게 벌리고 산이 떠나가라 울었습니다. 속이 후련해졌습니다. 한바탕 마음껏 울고 나니 힘도 생겼습니다. 워리가 따라오라고 낑낑거리며 앞장서서 갑니다. 워리가 뒤돌아보면 두 눈에서 불빛이 나옵니다. 전나무 잎이 든 보자기를 이고 한 발 한 발 더듬거리며 워리를 따라 집으로 왔습니다.

● 그 당시에는 동네 개를 다 '워리'라고 불렀다.

54

송일원 씨는 아내가 없는 밤이 너무 어둡고 무섭습니다. 아내를 찾으러 가고 싶은 마음은 굴뚝 같지만 아무리 애써도 일어설 수가 없습니다. '아내가 다쳐서 못 오나, 혹시 호랑이가…. 무슨 방정맞은 생각을 하는 거여. 도망갔구나. 그래, 나라도 도망가겠다. 도망을 갔더라도 건강하게 잘 살았으면 좋겠다. 워리는 두고 가지. 워리까지 데리고 가나. 아니야, 워리는 데리고 가려고 안 했어도 어미처럼 여기니 따라갔을 거여. 나는 우찌 살아서 아내를 고생만 시켰나….' 영양가 없는 생각이 끝없이 오고 갑니다.

칠흑 같은 어둠 속에서 불빛이 번쩍하더니 워리가 나타났습니다. 아내가 둥둥 산 같은 보따리를 이고 워리 뒤에 나타났습니다. 아무리 애써도 움직일 수 없었는데, 아내를 보자 송일원 씨는 벌떡 일어섰습니다. 송일원 씨는 아내의 목을 얼싸안고 꺼이꺼이 목 놓아 울었습니다. 전나무 잎 개똥집 술을 해서 수시로 먹습니다. 송일원 씨는 건강해져서 '팔불출 할아버지'가 되었습니다.

팔불출 할아버지는 환갑이 지났는데도 젊은 사람들과 품앗이를 같이합니다. 누구네 일이든지 자기 집 일처럼 열심히 합니다. 저녁은 두 몫을 싸 달라고 해 집에 가서 꼭 할머니와 같이 먹습니다.

시골에서 농사일을 하다 보니 맨 결리고 아픈 사람들이 많습니다. 누가 어깨만 두드려도 '이 사람아, 전나무 물을 해 먹게. 전나무 물을 먹으면 묵은 담도 다 낫는다네.' 하며 권합니다.

팔불출 할아버지는 산에 가서 직접 전나무 잎을 뜯어옵니다. 팔불출네 할머니는 돌절구에 팡팡 찧어서 전나무 물을 만들어 먹입니다. 팔불출 할아버지는 전나무 물과 아내가 있어 열심히 일하고 행복한 말년을 삽니다.

나물 한 다래끼와 바꿔 먹는다

요술양념장

새댁 서정분이는 물푸레 골짜기 중목재 밑에서 나물을 뜯어 먹고 삽니다. 봄이면 매일같이 나물을 뜯어 날라 장날엔 풋나물로 팔고 무싯날^{예삿날}은 데쳐서 말려놓고, 일 년 내내 나물을 팔아 돈을 모읍니다.

이른 봄, 나물이 났나 보러 산에 올라갔다가 쭐쩍 미끄러지면서 발을 헛디뎌 다리를 삐었습니다. 큰일입니다. 소식을 들은 친정어머니가 침쟁이를 데리고 오셨습니다. 침쟁이는 3일을 그 집에 묵으면서 침을 놓았는데도 정분이는 별 차도가 없습니다. 침쟁이는 '인생지사 새옹지마 人生之事 塞翁之馬'라며 다리도 고치지 못하면서 변방 노인의 말 이야기만 늘어놓고 갔습니다. 친정어머니는 다친 데 좋다는 전나무와 오가피, 엄나무를 푹 삶은 물에다 감주를 한 항아리 만들어놓고 새댁에게 줍니다.

새댁은 처음 하루는 먹을 만했습니다. 먹고 조금 있으면 "야야, 감주 한 사발 먹어라." 먹고 조금 있으면 "야야, 감주 먹어라." "그놈의 감주 먹으라는 소리 맴썰나네몸살 나도록 싫다는 표현!" 정분이는 자기도 모르게 소리칩니다. 친정어머니는 화도 내지 않으시고 감주가 쉴까봐 항아리에서 퍼서 끓입니다. 한소끔만 끓인다는 것이 잊어버려 거의 조청에 가깝게 돼버렸습니다. "그렇게 짜증을 내더니 약이 다 망가졌네. 죽든지 살든지 네가 알아서 해라!" 친정어머니는 엄청 화가 나서 뒤도 돌아보지 않고 가버리셨습니다.

정분이는 "어떡하지, 아이구 어떡해." 하며 웁니다. 메아리도 같이 통곡을 합니다. 사흘 밤을 뜬눈으로 고민하다 좋은 생각이 났습니다. 양념장을 많이 만들어 산나물과 바꾸기로 했습니다. 신랑을 들들 볶아 양념장을 만듭니다.

막장에다 친정어머니가 실수로 만든 조청도 넣고 들깨가루도 넣고, 남편보고 장날에 사과와 배도 사오라고 하여 몇 개를 갈아서 넣습니다. 산에서 캐온 더덕 껍질을 까서 잘게 썰고, 인삼 한 뿌리도 썰어서 곰팡이가 나지 않게, '풍년 소주' 한 됫병에 담가서 맷돌에 곱게 갈아서 넣습니다. 더덕이 보이면 사람들이 따라서 만들어 먹을까봐 보이지 않게 갈아 넣었습니다.

큰독으로 하나를 만들어 샘물 곁에 담가놓고 '요술양념 한 사발과 나물 한 다래끼를 바꿉니다'라고 크게 써 붙였습니다.

한창 나물 뜯을 때가 되었습니다.

"여보, 일찌감치 나물 한 다래끼만 뜯어다줘유."

"다리가 부러져 가지고도 그놈의 나물 타령이나. 그놈의 나물 몸썰머리가 난다."

"그러지 말구 뜯어다줘유. 내가 요술양념 장사가 잘되어 돈 벌면 반 뚝 잘라줄게유."

"그 약속 안 지키기만 해봐라. 가만 안 둔다."

"꼭 지킬게유."

통사정하여 남편은 나물을 뜯어옵니다.

저녁때 산에서 나물꾼들이 나물 보자기를 이고 지고 내려옵니다. 서정분이는 절룩거리는 다리로 사람들 보는 데서 나물 함지박에 요술양념 한 쪽박이를 떠 넣고 들기름을 넣고 조물조물 무쳐서 잡숴보시라고 함지박에 싸리나무 젓가락을 죽 꽂아 돌립니다.

아주 묘하게 정말 희한하게 맛이 있습니다. 무엇을 넣어서 이렇게 맛있냐고, 어떻게 만들었냐고, 사람들이 묻습니다. 서정분이는 웃으면서 "그저 이것저것 많이 넣었다"고, 인삼 손가락 같은 거 한 뿌리를 넣어놓고는 건강에 좋은 인삼을 넣었다고 내세웁니다.

사람들은 돈을 주고 사는 것도 아니고, 나물도 많이 뜯었겠다, 다들 맛있는 나물 무침을 먹으려고 나물을 요술양념장으로 바꾸어갔습니다. 산에 가서 애써서 나물을 뜯어온 것보다 나물이 더 많이 쌓였습니다. 서정분이는 절룩거리는 다리로 신이 나서 밤늦게까지 남편과 나물을 삶아서 널어 말립니다.

처음에는 막장 양념만 만들어 팔았는데 고추장 양념도 만듭니다. 고추장에는 사과와 배를 갈아 넣고 고운 고춧가루를 넣고 더덕과 인삼 한 뿌리도 갈아 넣고, 참깨보생이^{깨소금}도 넣고 설탕도 넣고 시어머니가 물려주신 막걸리 식초도 넣습니다. '고추장 요술양념은 한 술잔에 나물 한 다래끼와 바꿉니다'고 써 붙였습니다.

며칠이 지나니 애써 나물을 무쳐주지 않아도 소문이 나서 다들 요술양념장과 나물을 바꾸어갑니다. 나물이 넘쳐납니다. 널어서 말릴 데가 없어 밤새 엮어서 나물 타래를 만들어 데쳐 나무 그늘에 매달아 말립니다.

정분이는 말을 타고 달리는 꿈을 자주 꿉니다. 봄이 지나가고 서정분이는 다리가 다 나았습니다. 장날마다 묵나물을 삶아 읍내에 내다 팔 생각에 잠이 오지 않는 행복한 밤을 보냅니다.

아이가 계란을 깨뜨려도 좋다

계란찜
....

원내네 집은 마당가로 길이 난 집입니다. 툇마루는 지나다
걸터앉아 쉬어가기가 좋습니다. 사람들은 원내네 마루에서 쉬
다가 어린 원내를 보면 뭐를 가지고 있든 나누어주고 갑니다.
자연히 아는 사람도 많아지고 친한 사람도 많아졌습니다.

원내 어머니는 어린 원내를 데리고 닭을 키웁니다. 닭들은
어린 원내의 친구이기도 합니다. 이른 봄, 병아리를 까서 원내
와 같이 손끝에서 키우다 보니 닭이 되어도 사람을 무서워하
지 않습니다. 닭들은 원내만 얼씬하면 모여들어 서로 안기려고
합니다. 암탉은 안아줄 만한데 수탉은 너무 무거워서 안아주지

않으려 해도 자꾸만 안겨 아가 힘들어 합니다.

원내 어머니에게는 계란 광주리가 따로 있습니다. 계란을 열심히 모아서 짚 꾸러미에 싸서 팔아 용돈으로 씁니다.

장날입니다. 원내 어머니는 계란 광주리를 마루에 내어놓고 계란 꾸러미를 쌀 짚을 가지러 갔습니다. 다섯 살 난 원내보고 "잠깐만 계란 광주리 옆에 있으라"고 했습니다.

원내 어머니가 잠깐 자리를 비운 사이 닭들이 모여왔습니다. 원내는 계란으로 닭을 때립니다. 계란이 털썩 떨어져 깨집니다. 원내는 깔깔 웃습니다. 또 계란을 들어 닭한테 던집니다. 닭들은 깨진 계란을 먹느라고 난리입니다. 계란 맛을 본 닭들은 계란 광주리에 올라서 짓밟으면서 계란을 먹습니다.

원내는 닭하고 싸우느라 얼굴이 시뻘게지도록 계란을 던집니다. 힘들어 울상이 돼서 힘이 다 빠진 팔로 억지로 던지고 털썩 계란이 깨지면 깔깔 웃으면서, 뭐 꼭 다 깨야 되는 것처럼 던집니다. 원내 어머니가 짚을 가지고 왔을 때는 이미 난장판이 되었습니다. 닭들이 계란을 누렇게 뒤집어쓰고 줄줄 흘러내리는 채로 돌아다니고 있습니다.

원내 어머니는 아를 혼내주려고 했는데 웬 웃음이 그렇게 나는지.

"허허, 하하, 하하, 호호~."

허리를 잡고 웃습니다. 한참을 웃다가 정신을 차리고 계란 광주리를 보니 거의 다 깨지고 금이 가고 성한 것이 없습니다. 어이가 없고 난감합니다. 식구도 많지 않은데 이 계란을 다 어떡하나 고민하다가 친하고 신세 진 사람들을 불러 저녁을 먹어야겠다는 생각이 듭니다. 장에 가는 건 접어두고 큰 대야도 찾아오고 물도 한 양푼 퍼오고 행주도 가져오고 분주합니다.

깨지고 금 간 계란을 잘 씻고 닦아 대야에 모아서 담습니다. 나무젓가락으로 코 같은 것을 뜯어내고 가위로 자르면서 곱게 젓습니다. 큰 대야에 넣고 물을 계란 반만큼 붓습니다. 감자 가루를 섞고 소금도 약간 넣어 고운체에 걸러줍니다. 파도 한 아름을 다 썰어 넣습니다. 당근도 한 바가지 곱게 채쳐서 넣습니다. 돌미나리도 뜯어다 넣습니다.

큰 가마솥에다 엉그레솥에 무엇을 찔 때 흘러내리지 않게 하는 받침대를 지르고 넓은 장독소래기를 서너 개 올려놓고 먼저 김을 확 올립니다. 바짝 달아오른 장독소래기에 들기름을 바르고 질 풀어놓은 계란을 손가락 두 마디만큼 부어 안칩니다. 가마솥 뚜껑을 덮고 한 김이 확 오른 다음에 열어 미나리 잎으로 무늬를 놓습니다. 통깨도 뿌리고 실고추도 위에 뿌려 꺼냅니다. 보기만 해도 침이 꿀꺽 넘어갑니다.

　계란찜은 조금 식힌 다음에 칼로 가생이를 살짝 돌려 그어서 쏟으니 장독소래기에 붙지 않고 아주 예쁘게 떨어집니다. 계란찜을 썰기 전에 위에다 참기름을 바릅니다. 네모지게도 썰고 마름모꼴로도 썰어 큰 접시에 수북수북 담아냅니다.

　아주 멋쟁이 계란찜이 되었습니다. 고소하고 부드럽고 맛있습니다. 사람들은 '세상에서 이렇게 부드럽고 맛있는 음식은 처음 먹어본다'고 좋아합니다. 원내 어머니는 이웃 사람들한테는 깨진 계란으로 한 것이 아니라 일부러 대접하려고 만든 것처럼 많이 드시라고 권합니다.

고기 맛이 나는 맛있는 가루

미원국

횡성집은 도시에 사는 친척들이 많습니다. 항상 도시에 사는 친척들이 오가며 무엇이나 새롭고 좋은 것을 많이 갖다 줍니다. 횡성집 댁은 반찬을 잘하기로 소문이 났습니다. 사람들이 모여 "횡성집 댁은 뭐든 해놓으면 꿀드라미_{꿀이 든 가상의 벌레}를 잡아다 넣었는지 꿀드리~한_{꿀이 든 것처럼 맛있다는 표현}게 맛있다"고 합니다.

아무도 모를 적에 그 집은 시내에 사는 친척들이 아지나모도_{조미료}를 날라다 주었습니다. 뒤늦게 소문을 들은 사람들은 명절 때 아지나모도를 사다 떡국을 끓여 먹었습니다. 혹시 아이들에게 심부름을 시키면 잊어버릴까봐 손바닥에 써 가지고 들여다보면서 가서 사왔습니다. 떡만둣국에 아지나모도를 넣고 끓였더니 고기를 한 점도 넣지 않았는데 고기를 넣은 것 같이 '맛있다 맛있다.' 하면서 국물도 남기지 않고 알뜰히 먹었습니다. 아지나모도가 비싸서 명절 때나 조그만 것 한 봉지를 사서 손님이 오면 약처럼 조금씩 넣어 먹고 살았는데, 1960년 추석 때 미원 세트를 선물받고부터는 꾸준히 미원을 먹고 살게 되었습니다. 미원은 아지나모도처럼 비싸지 않고 맛이 있어 집집마다 미원을 먹게 되었습니다.

1950년대 말, 미원을 처음 먹기 시작할 적에는 말도 많았습니다.

"미원은 뭐로 만들어서 고기 맛이 나나?"

"미원은 뱀 가루로 만들었대~."

그런 소문이 돌기도 했습니다. 모심기를 하거나 타작을 할 때면 동네 사람들이 다 모여서 점심을 먹습니다. 특별히 반찬 솜씨가 좋은 공씨네가 제일 먼저 모심기를 하는 날입니다. 동네 촉새 할머니는 이 집 저 집 다니며 할끔할끔 눈치를 살핍니다. '이 집은 오늘 뭘 맛있는 걸 하나.' 하며 할끔거리며 가더니 친구 노인들한테 말합니다.

"나는 오늘 공씨네 집에 점심 먹으러 안 갈 거여."

"왜서?"

"내가 보니까 음식마다 뱀 가루를 넣고 하잖여."

그 말 때문인지 일이 있을 때면 꼭 오시던 노인들 몇 명이 오지 않으셨습니다.

일꾼들이 먼저 밥을 먹고 동네 할머니들과 아낙네들이 한참 밥을 맛있게 먹고 있었습니다. "공씨 댁은 참 솜씨가 그만이여. 어떻게 반찬을 이렇게 맛있게 하나?" 칭찬을 아끼지 않고 먹습니다. 짓궂은 청년들이 "에에이~. 그거 뱀 가루를 넣고 해서 맛있는 건데~. 그전에 어른들이 뱀을 삶아 먹을 때 먹어봤는데 미원 맛하고 똑같았어." 여기저기서 "맞아. 맞아. 나도 먹어 봤는데 똑같았어." 비위가 약한 어른들과 아낙들이 '우웩 우웩' 토하면서 밥을 먹다 말고 뛰어나가 창자에서 똥물이 올라오도록 토했습니다.

미원을 먹지 않겠다고 끝까지 버틴 집들도 몇몇 있었습니다. 여자들은 집에서 밥을 먹으니 잘 모르는데 남자들은 남의 집 일을 돌아가면서 하다 보니 자연히 미원과 가까워지게 되었습니다. 미원을 쓰지 않는 집의 남편은 아내에게 "원, 쥐꼬리를 만졌는지, 이걸 반찬이라고 했나? 통 맛이 있어야 먹지." 하며 일하러 나가는데 성을 내고 아침밥을 먹지도 않고 갑니다. 하루 이틀이지, 날마다 남편이 밥을 먹지 않고 반찬 타박을 하니, '에라 모르겠다, 뱀 가루면 어떠냐. 남들도 다 먹는 건데.' 하며 끝까지 먹지 않겠다고 버티던 몇 집도 다 손을 들고 말았습니다.

그렇게 말도 많던 미원이 이제는 집집마다 미원을 넣지 않으면 음식이 되지 않습니다. 나물 무침이나 국, 김치에도 미원을 조금씩 넣어야 감칠맛이 납니다. 어느 날인가 '미풍'이 나왔는데, 사람들은 '미풍'은 거저 줘도 먹기를 꺼려 했습니다. 분명 '미풍' 봉지를 들고도 거기 있는 미원 봉지 좀 달라고 합니다.

"미원을 만든 양반은 참으로 훌륭한 양반이여~." 아는 소리를 잘해서 '군수'라는 별명이 붙은 아랫마을 사람 이야기로는 1955년 미원 사장이 일본으로 건너가 아지나모도 회사를 만든다고 입사 광고를 냈답니다. 누구든지 아지나모도를 어떻게 만들 것인지, 아는 대로 자세히 기록하여 제출하라고 하였답니다. 며칠을 모집하고 면접을 보면서 참으로 많은 자료를 모을 수 있었답니다. 많은 자료가 모아지자 "가만히 냅다 빼와서 미원을 만들었다잖여~." 믿거나 말거나 아랫마을 '군수'가 앉으면 하는 미원 얘기였습니다.

산에서 나는 으뜸가는 자연 간식
송기

흰 산이 푸른 옷으로 갈아입고 솔바람 솔솔 풍기기 시작하면 뒷동산은 간식 창고가 됩니다. 애써 끓이지 않아도 먹을 것이 있고 돈을 주고 사지 않아도 맛있는 것이 있는, 산이 참 좋습니다. 산에서 나는 것 중 으뜸가는 간식은 송기입니다.

송기는 소나무의 속껍질입니다. 봄이면 나물을 뜯으러 갔다가 잔솔밭에서 송기를 해 먹곤 했습니다. 어른 손가락만 한 소나무 곁가지를 꺾어 쥐고 위에서 아래로 힘주어 밀면 하얀 속대만 남고 솔잎 붙은 껍질이 벗겨져 내립니다. 속대를 쓰윽쓱 빨아 마른 목을 축입니다. 쌉싸래한 솔바람 향기와는 다른 달콤한 솔맛입니다. 물이 너무 적어 감질이 납니다.

솔잎이 붙은 껍질은 거꾸로 들고 솔잎을 아래로 뽑아 내리고 속 버물_{얇고 떫은 맛이 나는 속껍질}만 먹는 개털송기도 있습니다. 달착 지근한 솔 향기가 나는 게 꽤 먹을 만합니다. 그래도 아버지가 해주시는 국수송기_{국수 가닥같이 생겨서 '국수송기'라 불렸음} 맛과는 비교 할 수 없습니다.

어른들 말씀이 '송기를 해 먹어도 솔 가운데 순을 꺾는 장래 성 없는 짓은 하면 안 된다'고 하셨습니다. 그래서 가운데 순을 꺾는 대신 잔솔 곁가지를 잘라 솔잎을 뽑고 칼로 속 버물 다치 지 않게 겉껍질만 잘 벗기고 두 손으로 들고 입으로 훑어 먹기 도 합니다.

송기를 해 먹고 "송기대 만기대 꽁알 열두 개." 하며 던져서 땅에 꽂히면 재수가 좋아 꽁알을 줍는다고 합니다. 꽁알을 주 우면 그해 농사가 잘된다고 해서 아무리 "송기대 만기대~." 하며 던져보지만 한 번도 땅에 꽂힌 적이 없습니다. 남자 아들 이 소 풀 베러 갔다가 꽁알을 주우려고 개털송기를 저녁때 내 내 먹고 "송기대 만기대." 하며 던졌는데, 어떤 아는 너무 많이 먹어 항문이 막혀 죽을 뻔했다고 합니다.

아버지가 뒷동산에서 큰 기둥만 한 소나무 하나를 지고 오시는 것이 보입니다. 한창 물이 올랐을 때 기둥이 될 만한 소나무를 베어다 송기를 훑어 먹고 잘 말렸다가 필요할 때 기둥으로 사용합니다. 아버지는 정말 맛있는 국수송기를 아이들을 위한 특별 간식으로 한봄에 한 번씩만 해주십니다. 매끄럽고 고운 참소나무를 베어다 송기를 만들려면 시간이 많이 걸려서 하루 저녁때 일을 접어두고 해야 하기 때문입니다.

아버지는 소나무 밑에다 나무토막을 받쳐 낫이 땅에 닿지 않도록 합니다. 낫으로 겉껍질을 쭉쭉 훑어 내립니다. 소나무는 누런 겉껍질을 다 벗고 하얀 속살을 드러냅니다. 하얀 속살을 한 30센티미터 간격으로 낫으로 둥글게 돌려 금을 내고 길이로 세로로 칼집을 쭉 긋습니다. 속살이 다치지 않게 하얀 속 버물을 잘 벗겨냅니다. 소나무는 한창 물이 올라 둥글게 껍질이 잘 벗겨집니다.

하얀 소나무만 남았습니다. 하얀 소나무에는 양파의 얇은 막처럼 맑고 투명한 막이 있습니다. 그것이 바로 송기입니다. 우리는 둘러서서 국수송기를 먹기 전에 속 버물을 찢어서 물을 빨아 먹습니다. 개털송기보다 달지만 질겨서 물만 빨아 먹고 버립니다. 해방 전 흉년에는 속 버물로 떡을 해 먹었다고 합니다.

하얀 소나무 밑에 함지박을 받쳐놓고 나무가 깎이지 않게 투명한 막을 조심스럽게 낫으로 길게 줄줄 훑어 내립니다. 향기로운 송기 냄새를 맡고 있자니 입안에 침이 고입니다. 뽀얀 국물과 함께 송기가 국수 가닥같이 함지박에 흘러내립니다. 한쪽 면을 다한 다음 굴려 뒤집어놓고 또 위쪽에서 아래로 길게 훑어 내립니다. 기둥만 한 소나무 하나를 다 훑어 내리면 큰 놋대접 하나 정도 나옵니다.

큰오빠만 좀 많이 주고 온 식구가 다 똑같이 나눴습니다. 송기는 윤기가 자르르 흐르는 게 너무 예뻐서 먹어버리기가 아깝습니다. 아주 부드러운 솔 향이 나는 달착지근하고 매끌매끌한 국수송기는 입안에서 살살 녹습니다. 세상에서 어떤 맛도 '송기 맛'을 따라갈 수 없을 것 같습니다. 어떤 맛과도 비교할 수 없는 송기는 '송기 맛'이라고 할 수밖에 없습니다.

간식을 나누고 나면 할머니는 거의 손주들한테 다 덜어주고 아주 조금만 잡수십니다. 우리는 할머니가 주시는 것을 다 먹고도 더 먹고 싶었습니다. 저녁을 차리느라고 왔다 갔다 하시던 어머니도 딱 한 젓가락만 잡숴보시고 우리한테 나눠주셨습니다. 어머니의 것도 금세 다 먹고 빈 그릇을 빡빡 긁는 우리들한테, 결국 아버지도 한 젓가락만 드시고 나눠주십니다.

어른들이 주시는 송기는 잘 먹었지만 근심이 생겼습니다. 내가 어른이 되면 이렇게 맛있는 것을 아이들만 주고 나는 먹지 않을 자신이 없습니다. 송기뿐이 아닙니다. 맛있는 과자도, 엿도, 어른들은 거의 드시지 않고 아이들만 주셨습니다.

어느새 세월이 흘러 나도 손주를 둔 할머니가 되었습니다. 손주들은 밥 한 그릇을 다 먹고도 아이스크림 한 통을 서로 더 먹겠다고 다투며 먹다가, 멋쩍었는지 할머니는 이렇게 맛있는 아이스크림을 왜 드시지 않느냐고 묻습니다. "할머니도 어린 날에는 단것이 너무 맛있었던 날들이 있었지." 대답합니다. 그 옛날 송기만큼이나 아이스크림이 맛있는가 보다 생각이 듭니다. 세월이 지나 어릴 때는 맛없었던 올챙이 묵이나 칼국수 같은 것이 맛이 있어졌습니다. 어른이 되면 입맛도 변하는 것이 세상 순리인 걸 몰라 엄청 걱정했던 날들을 생각하고 혼자 웃었습니다.

신랑이 제대하기 전에 한글을 배우자

삶은 감자

작은 어두니골 새댁은 신랑이 심어놓고 간 감자를 혼자 캡니다. 소영이 새댁은 가을에 결혼했는데, 신랑이 봄에 감자를 심어놓고 군인을 가게 되었습니다.

그전에는 붉은색이 나는 올감자와 자주색이 나는 돼지감자를 심었습니다. 올해부터 정부에서 미국 감자씨를 수입해와서 면사무소를 통하여 사다 심었습니다. 신랑이 옆에 있는 것처럼 이야기를 하며 캡니다.

"여보, 소똥 거름을 듬뿍했더니 감자가 햇아^{처음 난 아기} 머리통 같이 크네요. 올감자는 장뼘이 넘도록 크네요. 꽃도 예쁘고 감자도 예뻐 화초처럼 몇 포기 심은 돼지감자도 한 다래끼나 되네요. 썩지 않게 잘 갈무리할게요. 당신이 휴가 오면 좋아하는 감자 수제비국도 끓여주고 감자기정도 해주고 감자 시루떡은 어렵지만 많이 연습해보고 해줄게요."

"소영씨, 편지요! 군대에서 왔습니다~." 하는 소리가 들립니다. 새댁은 얼굴이 뺄개졌습니다. 뭔 잘못이라도 하다가 들킨 것 같습니다. 우체부는 밭가에 편지를 놓고 횡 하니 가버렸습니다.

소영이 새댁은 글을 읽을 줄 모릅니다. 학교를 가야 할 나이에 한국전쟁을 겪다 보니 차일피일하다가 학교를 가지 못했습니다. 참으로 갑갑스럽습니다. 신랑의 편지를 읽지 못하니. 큰 어두니골 반장 댁에 가서 읽어달라 해야겠다고 작정합니다. 편지가 궁금해서 일이 손에 잡히지 않습니다.

새댁은 빈손으로 가기는 뭣하니 감자라도 삶아가기로 합니다. 큼직한 올감자와 미국 감자를 골라 빡빡 문질러 씻어 통감자로 그냥 쪄서 가기로 합니다. 큰솥에 물을 많이 붓고 채반 위에 감자를 찝니다. 통감자는 빨리 익지 않습니다. 물이 많아야 김이 많이 확 오르면서 속까지 잘 익습니다. 그리고 빨리 쪄야 분 감자를 찌면 포슬포슬하게 일어나는 것이 팍신팍신하게 나고 맛깔스럽

습니다. 물을 조금 붓고 찌다가는 시간도 많이 걸리고 설컹설
컹하게 익어 맛이 없습니다. 잘 여문 감자는 껍질이 툭툭 터지
면서 빤짝빤짝 분이 보입니다. 새댁은 옷을 입으면서 급한 마
음에 껍질도 까지 않고 하나 집어 먹어봅니다. '누가 쪘는지 정
말 맛있네!' 새댁은 고추장에 박아 한참 맛이 든 마늘종 장아찌
도 함께 쌉니다.

종철이네 집 앞을 지나는데 종철이 어머니가 부릅니다.

"새댁, 어디를 그렇게 급하게 가나, 손에 든 것은 뭐나?"

"군인 간 남편 편지를 읽으러 반장 댁으로 가요."

"새댁, 이리 줘봐. 뭘 반장 댁까지 가나. 내가 읽어주면 되지."

종철이 어머니는 얼른 편지를 뺏어서 읽습니다.

사랑하는 아내에게!

여보, 이 편지를 받거든 빨리 답장을 해주오.

보름달 같은 얼굴에 반달 같은 눈썹의 당신이 보고 싶소!

마늘쪽 같은 코에 홑잎 같은 입술의 당신이 보고 싶소!

사진이 있으면 한 장만 부쳐주오.

부대가 어디론가 이동을 한다고 하니 빨리 보내주지 않으면 영

소식을 못 들을 수도 있고 편지를 못 받을 수도 있소.

종철이 어머니는 골필과 종이가 없어서 답장을 써주지 못하니 읍내에 가서 써서 부치라고 합니다. 새댁은 삶은 감자 보따리를 종철이 어머니에게 주고 얼른 편지를 뺏어들고 집으로 달려갑니다. 사진이라고는 도민증에 붙이던 콩알만 한 게 한 장 있어서 그나마도 다행입니다.

새댁은 읍내로 가느라고 땀을 뻘뻘 흘리며 석지 비리어두니골에서 하일 가는 벼랑에 난 길 험한 산길을 갑니다. 물이 적을 때는 봇물을 건너서 가면 훨씬 질러갈 수 있건만, 물이 많아 하일 배를 타야 갈 수 있습니다. 새댁은 별것이 다 야속스럽습니다.

종철이 어머니는 분이 빤짝거리는 삶은 감자의 껍질을 홀홀 벗기며 아주 맛있게 먹습니다. 마늘종 장아찌를 손으로 집어 먹고 "아이, 맛나다." 하며 손을 쪽쪽 빨아 먹습니다. 한참 맛있게 먹고 있는데 반장 댁이 상추가 너무 실해서 뜯어왔다며 들어섰습니다. 종철이 어머니는 자랑스럽게 얘기합니다. 작은 어두니골 새댁의 편지를 읽어주고 벌어서 먹는다고.

"글쎄, 언나 어머이아. 새댁이 글을 읽을 줄 모르대. 떡해시 내가 읽어줬지."

반장 댁은 조금 의아하기는 했습니다. 종철이 어머니도 난리가 끝나고 한글 해득 도장을 받지 못해서 구장님이 억지로 만들어준 걸로 알고 있었습니다. '언제 혼자 글을 배웠나?' 반장댁이 갸웃거리자 "뭐 해. 감자는 상추를 싸 먹으면 찰떡궁합이여. 편지 읽어주고 번 감자여~." 하며 어서 먹자고 재촉합니다. 미국 감자가 얼마나 큰지 둘이 앉아서 두 개를 쌈 싸서 먹으니 배가 벌떡 일어났습니다.

소영이 새댁이 얼굴이 사색이 되어 엎어지며 자빠지며 코고무신짝을 벗어들고 허둥대며 배를 탑니다. 뱃사공 할아버지가 무슨 일이냐고 묻습니다. 새댁은 빨리 가야 한다며 신랑 편지를 내보입니다. 뱃사공 할아버지는 큰소리로 편지를 읽습니다.

사랑하는 여보야.

혼자 농사지으며 집을 지키느라고 수고 많겠소.

나는 요즘 운전병으로 뽑혀 운전을 배우고 있소. 군인에 온 것이 다행스럽소. 어두니골하고도 작은 어두니골 촌놈이 완전 출세한 것 같소. 나는 아무래도 기계에 소질이 있는 것 같소. 이상하게도 운전대를 처음 잡았는데도 낯설지 않고 운전을 곧잘 한다고 칭찬을 받았소. 내가 운전을 열심히 배워서 제대하면 읍내로 나가 차를 사서 운전하고 살까 하오.

우리 사랑하는 여보야 손에 흙 묻히지 않고 살게 할 작정이오.

> 그러니 내 걱정일랑 말고 일도 적당히 하고, 먹는 것도 잘 챙겨
> 먹고 건강하게 사시오.
> 얼마 안 있으면 휴가 날이 다가오고 있지 않소.
> 만나는 그날까지 건강하시오.

새댁은 듣기가 좀 민망하기는 하지만 '후유' 한숨을 쉽니다. 뱃사공 할아버지는 한학자여서 유식하고 점잖기로 소문난 분입니다. 몸이 좋지 않아서 서당 일을 그만두고 그냥 놀기가 심심해서 한 해 동안만 하일 뱃사공 노릇을 하기로 했습니다. 오고 가는 사람들의 말벗이 되어주고 어려운 일이 있을 때마다 의논할 수 있어 뱃사공 할아버지를 모두 좋아들 합니다.

뱃사공 할아버지는 답장도 써주겠다고 하십니다. 새댁은 종철이 어머니에게 속은 것이 분해서 남편의 편지 속에 종철이 어머니가 새빨간 거짓말을 해서 골탕 먹은 이야기를 써 달라고 합니다.

뱃사공 할아버지는 그런 이야기는 후일 남편과 만나서 직접하고 좋은 이야기만 쓰자고 하십니다. 새댁은 심어놓고 간 감자가 잘되었다는 이야기를 해줍니다. 처음 심은 미국 감자 얘기도 합니다. 워리가 새끼를 여덟 마리나 낳아서 잘 크고 있어

서 가족처럼 예쁘다는 얘기도 합니다. 고양이도 조그만 녀석이 새끼를 다섯 마리나 낳았다는 이야기를 하다가 새댁은 분해서 종철이 어머니가 새빨간 거짓말해서 오늘 고생한 얘기를 또 합니다.

뱃사공 할아버지는 "신랑이 군대에서 운전을 배워온다 하니 새댁도 신랑이 제대하기 전에 한글을 배우자"고 하십니다. 그래야 읍내에 가서 살 거 아니냐고. 뱃사공 할아버지는 새댁이 우체국에 다녀오는 동안에 한글 본문을 만들어놓을 테니 얼른 편지를 부치고 오라고 하십니다. "지금은 급한 일 없으니 세수도 하고 신발도 제대로 잘 신고 갔다 오라"고 하십니다. "한글은 배우고자 마음만 먹으면 그리 어렵지 않으니 오며 가며 배우라"고 하십니다.

새댁은 종철이 어머니에게 준 감자가 아깝습니다. 다음에는 '뱃사공 할아버지에게 잘생긴 미국 감자를 쪄다 드려야지.' 다짐합니다. 그 이상 고마움을 무엇으로 갚아야 할지 생각나지 않습니다.

2부

동네 사람들과
함께
살아가다

옥선이네 집에서 퉁소 소리를 듣다

강냉이냉죽

머리를 엉덩이까지 치렁치렁 따서 내린 옥선이가 갑자기 2학년에 들어와 내 짝꿍이 되었습니다. 나보다 머리 하나가 더 큰 열네 살의 처녀였습니다. 옥선이는 긴 치마저고리를 입었습니다. 선생님은 머리도 단발로 자르고 치마도 무릎 밑까지 잘라서 입고 오라고 합니다. 한국전쟁 직후라 정상적으로 학교 입학이 어려운 때였습니다.

옥선이의 오빠들은 난리 직후 곧바로 학교에 다녔지만, '옥선이는 여자고 막내딸이라 시집만 잘 가면 되지.' 하고 미루다가, 남들이 다 학교를 다니니 늦게라도 한글은 배우라고 보냈습니다. 옥선이는 한글을 모르는 채 2학년으로 온데다 집도 멀어서 학교가 아주 재미없다고 합니다. 시험을 볼 때 내 것을 보고 베끼는 것도 어려워합니다. 선생님도 옥선이가 커닝하는 것을 눈감아줬습니다.

옥선이는 원당 꼭대기 신선골에 산다고 자랑합니다. 저들^{저희들} 집은 삼복더위에도 신선탕에서 목욕을 하고 느릅나무 밑에서 놀다 보면 여름에도 이불을 덮어야 한다고 합니다.

"순예, 너 우리 어머니가 시험 문제를 보여줘서 내가 빵점을 면하게 해주었다고, 고마워서 방학하면 데리고 오라고 했다."

즈네 집의 강냉이냉죽은 아주 시원하고 맛있다고, 내가 오면 강냉이냉죽을 어머니가 해주신다고 했답니다. 즈네 아버지는 수염이 길고 퉁소를 잘 불어서 신선 같다고 자랑합니다.

우리 집도 학교에서 가까운 것은 아니었지만, 옥선이네 집은 가도 가도 끝이 없습니다.

"옥선아, 너희 집이 어디야?"

"조금만 더 가면 돼."

한참을 가다가

"아직도 멀었나?"

"아니야. 요 산모롱이까지만 돌면 돼."

반복하며 몇 시간을 걸어서야 겨우 옥선이네 집에 도착했습니다.

키가 훤칠한 아주머니는 보면 옥선이의 엄마인 것을 알 수 있었습니다. 신선 같다고 자랑하던 옥선이 아버지는 수염이 덥수룩하고 앞니가 빠지고 아주 꾀죄죄해 보였습니다. 뭐를 먹으면 그릇에 수염이 닿습니다. 옥선이 아버지가 먹던 그릇에 먹을 걸 줄까봐 걱정되고, 옥선이 아버지가 드시던 수저를 내줄까봐 걱정이 되었습니다.

옥선이 어머니는 강냉이냉죽을 만드느라 분주합니다. 아직 여물지 않은 강냉이를 삶아 그릇에 세워놓고 칼로 깎아서 맷돌에 갑니다. 여문 강냉이는 맛이 없고 덜 여문 강냉이라야 맛이 있다고 합니다. 콩도 한 홉 같이 삶아 참깨와 함께 맷돌에 갈아 체에 걸러냅니다. 훌훌한 죽처럼 한 동이를 만들어 이고 가서 폭포 밑 웅덩이 옆에 담가놓습니다.

옥선이네 집 바로 옆에는 벼랑 위에서 폭포가 겁 없이 뛰어내려 맑고 깨끗한 웅덩이를 만들어 목욕하고 놀기에 아주 좋습니다. 넓은 물웅덩이의 이름은 '신선탕'입니다. 옛날에 신선들이 하늘에서 내려와 목욕을 하고 놀던 곳이라고 합니다. 정말일 것 같은 생각이 듭니다.

신선탕은 물이 너무 차서 오래 들어가 있을 수가 없습니다. 큰 열목어들이 쫓겨갈 줄도 모르고 함께 목욕을 하고 놉니다. 발을 담그고 있으면 열목어들이 나와서 발을 간질이고 발가락을 물어 당깁니다.

"희한하다, 옥선아. 느네 물고기는 어째 사람을 안 무서워하나?"

물어보니 처음부터 절대 건드리지 않고 먹이도 가끔씩 주면서 같이 살고 있답니다.

폭포 옆으로 너래 반석너럭바위이 깔려 있고 큰 느릅나무 그늘에서는 한여름인데도 홑이불을 덮고 낮잠을 잡니다.

옥선이 어머니는 특별히 강냉이냉죽에 꿀을 타 줍니다. 평소에는 소금과 사카린을 타 먹었는데 오늘은 특별히 꿀을 타 먹는답니다. 옥선이의 어머니는 강냉이냉죽 한 사발에 솔아서굳어서 안 나오는 꿀병에 손가락 같은 긴 싸릿가지를 집어넣어 잡아당겨 꿀이 묻어 나오면 이 그릇 저 그릇에 엄지와 검지 손가락으로 쓱 훑어 넣습니다. 마지막엔 싸릿가지로 휘휘 저어 먹으라고 합니다. 달착지근하고 고소하면서도 시원한 맛이 옥선이가 자랑할 만합니다.

옥선이네 식구들은 신선탕에서 목욕을 하고 강냉이냉죽을

먹고 쉽니다. 옥선이 아버지는 일을 마치고 옥선이 어머니가 직접 삼아 만든 풀 먹인 삼베 중우 적삼을 입고 폭포가 떨어지는 바위 위에서 퉁소를 붑니다.

"느네 아버지는 어디서 퉁소를 배웠나?"

옥선이가 말하기를, 아버지는 퉁소를 배운 적이 없고 악기도 대나무에 불에 달군 송곳으로 구멍을 뚫어 직접 만들었다고 합니다. 혼자서 자꾸만 불다 보니 지금처럼 잘하게 되었답니다.

무슨 곡인지는 알 수 없지만 마음이 점점 숙연해집니다. 꾀죄죄하던 옥선이 아버지가 정말로 신선같이 보입니다. 폭포 소리와 퉁소 소리가 조화를 이루어 정말로 신선이 되어 하늘로 올라갈 것만 같습니다.

참 재미나게 보낸 옥선이네 집에서의 하루였습니다.

탄탄하고 씩씩하게 자란 찐돌이네 아이들
개구리구이

고동골에 사는 찐돌이네는 곡식을 심을 만한 변변한 땅이 없습니다. 그러니 변변히 먹을 것도 없습니다. 그런데 아이는 진수, 진기, 진우, 진아 연년생으로 4남매를 낳았습니다. 진수 어머니가 막내딸을 낳고 일어나지 못하고 시름시름 앓다 몸져누웠을 때, 진수 아버지는 엉머구리 개구리 를 잡아 폭 삶아서 소금을 타서 아들도 먹이고 진수 어미도 먹였습니다. 몇 번을 먹더니 뭔지 꾸수름한기 고소한게 먹을 만하다고 잘 먹었습니다. 며칠 동안 개구리를 다린 물을 해 먹였더니 아 젖도 잘 나오고 어미도 깨성해 원기를 회복해 일어났습니다.

"그동안 뭘 먹인 거냐"고 진수 엄마가 물었습니다.

"여보, 미안하지만 먹을 것이 없어서 요즘 흔한 엉머구리를 잡아다 삶아 식구가 먹고 살아났소."

진수 엄마는 '왝' 하며 구역질을 합니다. 자꾸만 헛구역질을 하며 아무것도 먹지 못합니다.

"비위 약한 내가 개구리를 삶기까지 정말 힘들었소. 엉머구리는 허한 사람에게 보약이 된다고 《동의보감》에도 나와 있단 소릴 들었소. 당신이 먹고 일어난 것 보면 보통 좋은 약이 아닌 것 같소. 아들을 생각해서 독한 마음먹고 살아야 되지 않겠소."

진수, 진기, 진우, 고만고만한 아들을 사람들은 구분이 잘 가지 않아서 찐돌이네라 부릅니다. 찐돌이네 형제는 심심하면 엉머구리를 잡아다 마당에 숯불을 피우고 개구리구이를 해 먹습니다.

아무래도 산골 도랑보다는 논둑이나 보 도랑에 엉머구리가 많으니 찐돌이네 형제는 다수리까지 와서 개구리를 잡아갑니다. 4남매가 개구리를 잡는 것은 구경거리입니다.

옷감을 아끼느라고 남자 애들이 입은 것은 바지가 아니라 팬티 같고, 윗도리는 조끼도 겨우 어깨 끈만 달아서 입혔습니다. 여자애만 오금 밑에 오는 몸뻬와 반팔 적삼을 입었습니다. 형제들이 갖은 익살을 다 떨며 재미있게 개구리를 잡습니다. 여자애는 개구리가 도망가 숨으면 펄쩍 뛰어 엎드리며 돌 밑에 손을 집어넣고 눈을 하얗게 치켜뜨며 오빠들보다 더 잘 잡습니다. 늘 망태기가 무겁도록 잡아갑니다. 또래들이 '다수리에 와서 왜 우리 엉머구리를 잡아가냐'고 시비를 걸어도 늠름한 찐돌이네 형제는 아랑곳하지 않습니다. 사람들은 수군거립니다. '징그러운 개구리를 먹는다고. 먹을 것이 없어서 개구리만 먹고 산다고.'

"그래도 아들 야무지게 큰 것 보면 개구리가 몸에 좋긴 좋은 모양이여."

어떤 할아버지는 '자기네 손주가 키가 크지 않고 뭘 잘 먹지 않아서 개구리를 먹여야겠다고, 어떻게 먹어야 하는지 찐돌이네 가서 물어봤다'고 합니다. 탄탄하고 씩씩하게 자란 찐돌이네 형제를 내심 다들 부러워합니다.

복날, 다수리의 아들이 뼛속까지 시원한 고동골 도랑에 와서 피라미를 잡고 놉니다. 족대_{물고기를 잡는 기구}를 대고 지리대_{지렛대}로 돌을 들썩이며 피라미를 잡습니다. 찐돌이네 집 앞까지 갔을 때 찐돌이네 형제가 개구리구이를 하려고 불을 피우고 준비를 하고 있었습니다.

"이 새끼들, 그거 우리가 키우는 건데, 왜 잡나."

찐돌이네 형제가 피라미가 든 다래끼를 들여다보더니,

"피라미 새끼나 먹으니 피라미처럼 안 크지. 이런 건 키워 가지고 잡아먹어야 된다." 하며 피라미를 도랑 물속에 쏟아버렸습니다.

"이 새끼들, 다수리 도랑에서 개구리는 잘도 잡아가더니 그까짓 피라미 새끼 잡는다고 난리나."

욕하고 씩씩대며 덤벼듭니다. 어떤 놈은 쏟아버린 피라미가 아까워서 질질거리고 웁니다.

달래도 달래도 웁니다. 욕하고 덤비는 것보다 더 귀찮고 안됐습니다. 찐돌이네 형제 중 하나가 엉머구리처럼 배를 잔뜩 내어 밀고 입을 부풀리고 두 팔을 개구리 앞발처럼 구부려 '객객' 개구리 소리를 냅니다. 우는 애 앞에서 '개구리가 뒷다리를 길게 뻗고 뛰어 도망갈 땐 나도 이렇게 잡는다'고 개구리처럼 두 다리를 뒤로 쭉 뻗으며 웅덩이에 풍덩 뛰어들어 개구리처럼 둥둥 뜹니다. 울음을 그치지 않던 울보가 깜짝 놀라 울음을 그칩니다.

찐돌이네 형제는 미안하니 대신 개구리구이를 해주겠다고 합니다. 찐돌이네 형제는 제각기 창칼을 하나씩 들고, 개구리의 엉덩이 윗부분을 탁 잘라내고 위에서 아래로 껍질을 홀라당 벗겨버립니다. 셋이서 금방 한 대야 가득 잘도 손질합니다.

숯불 위에 넓은 철망을 얹고 물이 뚝뚝 떨어지는 개구리 다리를 얹으니 '치지직~' 연기를 내며 익습니다. 굵은소금을 손을 높이 들고 철망 위에 멋들어지게 흔들며 뿌려줍니다. '타다닥, 타다닥.' 한바탕 소동이 지나고 닭고기 냄새가 납니다. 노릇노릇 익은 개구리 다리를 울던 놈이 더 많이 잘 먹습니다.

그렇게 떠들썩하게 하루하루 지내며 찐돌이네 아이들은 별 탈 없이 건강하게 잘 자랐습니다.

쌀보다 옥수수가 맛나네

풋강냉이기정

완식이 할머니의 칠순 잔치에 많은 사람들이 모였습니다. 완식이 할머니는 평소 베풀기를 좋아하여 부자로 잘살고 장수한다고들 합니다.

석이 어머니도 장날이면 완식이네 집 앞을 지나다닙니다. 완식이 할머니가 석이 어머니를 보기만 하면 "언나 어머이, 밥 먹고 가." 해서 신세를 많이 졌습니다. 자기의 칠순 잔치에 꼭 놀러 오라는 초대도 받았습니다.

석이 어머니는 그냥 있기가 섭섭하여 풋강냉이를 맷돌에 갈아 칡 이파리에 붙여 앉은콩*을 드문드문 놓고 풋강냉이기정을 쪘습니다. 밤새워서 만들 적에는 괜찮다고 생각했는데, 막상 잔치에 가져와보니 왠지 주눅이 들어 구석진 자리에 오두마니 서 있었습니다. 남들은 쌀로 예쁜 송편도 빚어오고 쌀기정에 맨드라미꽃을 예쁘게 장식하여 왔습니다. 강냉이떡이라고 해온 것이 촌스럽고 가난이 흐르는 것 같아 기가 죽었습니다.

석이 어미가 쭈뼛거리니 석이도 어미의 치마폭 뒤에 숨어 나오질 않습니다. 다행히도 사람들이 칡잎에 붙은 강냉이떡을 떼어 먹는 것을 재미있어 합니다. 언니들은 칡잎을 제가 뜯겠다고 야단이고, 앉은콩을 쏙 빼서 먹기도 합니다. '뭐로 만들었길래 베리~한 맛이 아주 특별한 맛'이라고 좋아들 합니다.

모두 쌀떡을 내어놓고 먹습니다. 완식이 할머니가 누가 이렇게 맛있고 재미난 떡을 해왔느냐고 좋아하셔서 석이 어머니는 체면이 섰습니다. 그제야 석이가 기가 살아서 얼른 상에 가서 강냉이기정을 하나 집어다 칡잎을 뜯으면서 "우리 어머이가 한 떡은 마시워_{맛있어}~." 하며 자랑스럽게 먹습니다.

믹을 것이 귀한 시절에는 누구네 큰일이 생기면 떡 부조를 했습니다. 완식이 할머니의 칠순 전날, 논농사를 짓지 않는 석

● 땅에서 30센티미터쯤 자라며, 감자밭가에 심어 감자와 함께 수확한다.

이네 어머니는 빈손으로 갈 수도 없고, 가지 않자니 섭섭하여 종일 고민을 했습니다. 해가 질 무렵에야 친정어머니가 해주던 풋강냉이기정이 생각났습니다.

"석이 아부지, 석이 아부지. 어디 있소? 좋은 생각이 났소. 빨리 강냉이를 좀 꺾어다줘유! 풋강냉이기정을 해서 완식이네 가면 되겠소."

"난 또 뭐라구. 누가 큰일 집에 그런 걸 뭔 떡이라구 해가나."

"아니유. 그전에 우리 친정어머니가 해주었는데 엄청 맛있었어유."

"어머니가 해준 것 먹어보기나 한 주제에 어떻게 만들겠나. 그것도 큰일 집에 가져갈 떡을 해? 내 손에 장을 지지겠다."

"말만 많이 하지 말구, 얼른 강냉이나 꺾어다줘유."

네 살 난 석이랑 세 식구가 강냉이를 꺾는데 벌써 어둑어둑해집니다. 어두워지는 순간에 날파리나 모기 같은 날것들도 한순간에 나왔습니다. 날것들을 잡아먹느라고 박쥐들도 설칩니다. 땅을 스쳐 올라갔다 내려갔다 정신이 없습니다. 강냉이를 꺾는 석이의 아버지 얼굴에 뭐가 탁 부딪치고 지나갑니다.

"이놈의 박쥐가 미쳤나. 아이 재수 없어."

침을 퉤퉤 뱉습니다. 박쥐가 어미 치마꼬리를 잡고 따라다니는 석이의 뒤통수를 스치고 지나가 아가 기절할 뻔했습니다. 석이가 "으앙, 아앙앙." 한참을 울었습니다.

덜 여문 풋강냉이를 찰강냉이와 반반 섞어서 꺾어다 밤새 장만합니다. 덜 여문 강냉이는 바수는 것부터가 어렵습니다. 작은 창칼을 강냉이 알의 골을 따라 깊숙이 길게 집어넣어 오른쪽으로 제치면 강냉이 알이 길게 붙어 떨어집니다. 석이는 길게 붙은 강냉이를 엿이라고 잠도 자지 않고 갖고 놀며 좋아합니다.

덜 여문 풋강냉이를 맷돌에 아주 되직하게 갈아야 합니다. 자칫 묽으면 칡잎에서 흘러내리고 맛이 없습니다. 풋강냉이를 간 데다 소금만 약간 넣어 준비해둡니다. 큰 가마솥에 채반을 올리고 그 위에 큰 보자기를 깔고, 약하게 불을 때서 김이 약간만 오르게 합니다. 칡잎에 붙인 풋강냉이기정은 미리 빚어서 옮길 수가 없어, 모양을 만들면서 즉시 가마솥에 돌려 안치면서 찝니다. 김이 오르지 않으면 보자기에 들러붙고, 김이 너무 세게 오르면 손도 뜨겁고 익는 시간이 달라서 맛없게 쪄집니다.

칡 이파리 하나에 풋강냉이 간 것을 두 수저씩 올려 두껍지 않게 떡 모양을 만들고 앉은콩 서너 알씩 올려 찝니다. 석이 아버지와 석이 어머니, 둘이 손이 맞아서 부지런히 만들어 세 가마솥을 쪘습니다. 두 말들이 함지로 수북하게 담고도 남았습

니다. 석이 아버지도 먹어보니 맛도 있고 모양도 "아주 훌륭하
네." 하며 좋아했습니다.

삼복더위에 여자들끼리 가는 피서

생떡 미역국

....

삼복더위에 주진리에 위치한 장바위 폭포를 세 번만 맞으면 여자들이 산후조리를 하지 못하여 생긴 '바람병'이 말끔히 낫는다고 합니다. 영험하기로 소문이 나서 장바위 폭포의 인근 각처로 사람들이 모이기 때문에 일찍 가지 않으면 터를 잡기가 어렵습니다. 부인병에 좋다고 하니 약수를 맞으러 갈 때는 우리 큰이두니골과 작은이두니골 여자들은 물론, 이린아이까지 다 같이 갑니다. 남자들도 가고 싶어 하지만 남자들은 집을 봐야 합니다.

모든 준비는 사람들끼리 분담하여 합니다. 장날이면 미역도 사다 놓고 황태도 두어 마리를 준비합니다. 저녁 늦게 우리 집에 모두 모여 준비물을 챙기고 같이 잡니다. 하지만 내일이면 생떡 미역국을 먹고 약수 맞을 생각에 맘들이 들떠서 잠이 잘 오지 않습니다. 저녁 늦게 쌀을 담가서 불렸다가 새벽에 호야불 석유등불 을 밝히고 디딜방아에 찧어 쌀가루를 만듭니다.

새벽밥을 해 먹고 어둠이 가시기도 전에 떠납니다. 나뭇단을 이고 가는 사람, 솥단지를 이고 가는 사람, 각종 양념과 준비한 쌀가루와 미역을 가져가는 사람, 각자 갈아입을 옷도 싸들고 줄을 서서 피난민같이 갑니다. 한참을 가다 보니 국그릇과 수저를 담은 대야를 빼먹고 와서 도로 집으로 돌아가서 가지고 갑니다. 옥고개재를 넘어 후평 입구까지 갔을 때 미리 부른 트럭이 와서 10리 4킬로미터 가 넘는 장바위골 어귀까지 금세 데려다 줍니다. 서둘러 온 보람이 있어 사람들이 오기 전 폭포 옆에 가장 좋은 자리를 잡고 점심 준비를 합니다.

쌀가루를 대야에 담고 팔팔 끓는 물로 익은 반죽을 해서 작은 그릇에 옮겨놓고, 그 대야에 미역을 담가 불립니다. "원, 이렇게 그릇이 귀해서야 어디 해 먹겠나." 그러면서 미역이 붇는 동안 밥을 해서 바가지에 퍼놓습니다. 밥을 했던 솥을 씻어 달궈 들기름을 두르고 '치지직' 소리가 날 때 미역과 황태를 넣고 한참을 볶습니다. 미역이 차분해지면 조선간장을 넣고 잠시 더 볶다가 약수를 붓고 푹 끓입니다. 국물이 뽀얗게 우러나면 찧은 마늘을 넣고 모두들 둘러서서 미리 해놓은 떡 반죽을 손으로 꼭꼭 주물러 가래떡처럼 만들어 손바닥에 올려놓고 칼로 도톰하게 잘라서 넣습니다. 떡이 끓어오르면 국자로 휘이 저어 조금 더 끓이다가 솥뚜껑을 덮고 잠시 뜸을 들인 다음에 먹습니다. 그냥 미역국보다 엄청 더 뜨겁습니다. 쫄깃하고 투명하고 매끌매끌한 생떡 미역국을 장아찌와 함께 땀을 뻘뻘 흘리며 한 그릇씩 먹습니다. 약수를 많이 먹을 욕심에 장아찌 한 대접을 다 먹었습니다.

더워서 나온 땀이 다 들어가기 전에 폭포 물로 들어가 시원한 물을 맞습니다. 시원하다 못해 뼈가 저려 오래 있을 수가 없습니다. 어른 키의 두 배쯤 되는 벼랑 위에서 시원스럽게 철철 흘러 떨어지는 물줄기에 머리를 들이대면 아프면서도 시원시원한 것이 아주 기분이 좋아집니다. 팔을 들지 못하도록 아픈 어깨에 폭포가 '투두둑둑툭' 떨어지면 손으로 주무르는 것보다 시원하고 팔이 올라갑니다. 아이들도 안아 올려 너무 큰 물줄기를 피하여 폭포 물을 맞게 하고 물도 받아 먹도록 합니다.

평소 늘 화난 사람같이 웃음이라곤 없이 지내던 강릉댁이 허리가 너무 많이 아프니, 사람들에게 자기 팔다리를 들어 허리에 폭포 물을 맞게 해달라고 했습니다. 사람들은 황당했지만 그렇게 해주기로 했습니다. 한참을 들고 섰는데도 그만하라고 하지 않아서 서로 눈짓을 하며 웅덩이에 풍덩 집어넣어 버렸습니다. 주위 사람들까지도 폭소가 터졌습니다.

한참을 허우적거리며 물가로 나가기에 화가 많이 난 줄 알았는데 바가지를 들고 와서는 큰소리로 깔깔거리며 이 사람 저 사람 닥치는 대로 물을 퍼부었습니다. "앗, 차가워~." 다 같이 소리치고 웃으면서 이리저리 뛰며 서로 손으로 물을 끼얹다가 나중에는 대야며 대접이며 그릇을 있는 대로 들고 와서 물을 서로 퍼부었습니다.

한바탕 물놀이를 하고는 해바라기를 하며 이런저런 이야기로 모처럼 한가한 시간을 보냅니다. 옥순이 엄마는 자기는 큰아들을 낳고 미역을 다섯 올[10올은 1단]이나 먹었다고 자랑했습니다. 읍내 부잣집 마나님은 미역을 한 단이나 끓여 먹고 석 달이나 산후조리를 하였다는 전설 같은 이야기도 있다고 합니다.

그 시절 미역은 거의 약으로 먹었습니다. 대관령 아흔아홉 굽이를 트럭을 타고 평창까지 온 미역은 비싸서, 시골 사람들이 옥수수 두어 말을 팔아야 겨우 한 올을 살 수 있었습니다. 미역

한 올을 사면 손바닥만큼씩 떼어 불려 들기름을 넣고 쌀뜨물도 받아 넣어 훌훌하게 끓여 먹었습니다. 몸살이 나서 으슬으슬 춥고 아플 때 북어 넣은 미역국을 한 그릇 먹고 뜨거운 아랫목에서 이불을 뒤집어쓰고 땀을 내면 거뜬히 일어났습니다.

우리는 좀 늦은 시간에 남은 미역국을 데워 먹고 있는데, 비실비실하는 젊은 여자가 간장만 들고 와서 물에 타서 마시고는 병을 고치겠다고 폭포 물로 들어갔습니다. 딱하게 여긴 어른들이 생떡 미역국 한 그릇을 먹였더니 '자기는 은인들을 만났다, 분명히 오늘 병이 다 나을 것이다'고 좋아하였습니다.

"우리가 너무 열심히 놀았나." 모두 열심히 짐을 챙깁니다.

뒤에서 '와지끈 와작와작' 소리가 나 깜짝 놀라 돌아보니 강릉댁이 바가지를 밟아 깨면서 "오늘 온 사람들이 다시는 아프지 않게 해주소서." 하며 빌고 있습니다.

강릉댁이 그렇게 웃기는 사람인 줄 모두 처음 알았습니다.

낮에도 맘 놓고 수영할 수 있는 옷

고얏국

갑자기 천둥 번개가 치며 우박이 쏟아지더니 익지도 않은 과일들을 땅에 쏟아놓았습니다. 자라는 곡식들을 망쳐놓고 언제 그랬냐는 듯 파란 하늘에 날씨는 더워졌습니다. 숙자네 탐스럽던 고얏^{자두}이 땅에 시퍼렇게 떨어졌습니다. 고얏나무가 허퉁해졌습니다^{빼곡하지 않고 듬성듬성해지다}. 너무 아까워서 주워 모았지만 이제 겨우 꽃매자리^{과일에서 꽃이 떨어져 나간 자리} 면한 정도^{꽃이 떨어져 나간 상태}이니 소도 먹지 않고 돼지를 줘도 먹지 않습니다.

숙자는 고얏나무 밑에 화롯불을 놓고 댓^{다섯} 사발 드는 장뚜가리^{뚝배기}에다 시퍼런 고얏을 버글버글 끓입니다. 아직 맛이 들지 않아서 버릴 수밖에 없는 고얏을 당원도 조금 넣고 소금도 약간 넣고 푹 끓였습니다. 고얏나무 밑에 멍석을 깔고 숙자는 친구를 불러 모았습니다. 동생들은 데리고 오지 말라고 당부했습니다. 친구들에게 고얏국을 한 국자씩 퍼주면서 어서 먹으라고 합니다.

친구들은 "숙자, 너 워낙 엉뚱한 짓을 잘하긴 하지만 세상에 꽃매자리 고얏국을 누가 먹나? 너나 많이 먹어라." "그럼 먹지 말고 가든지 말든지."

숙자는 땀을 뻘뻘 흘리며 고얏을 건져 맛있게 먹으며 국물도 홀홀 떠먹습니다. 이상할 거 같았지만 숙자가 하도 맛있게 먹으니 친구들도 먹어봅니다. 하나 먹어보니 맛이 없는 것 같으면서도 은근히 맛이 있습니다. 국물도 먹을 만합니다. 땀을 뻘뻘 흘리며 수저로 국물을 홀홀 떠먹으면서 은근한 맛에 모두 다 정신없이 퍼먹습니다.

친구의 동생 하나가 "언니." 히머 누가 반기는 것처럼 여우 짓을 떨면서 찾아왔습니다. 동생은 내 평생에 고얏국은 처음 먹어본다고 이죽거리면서 잘도 먹습니다. 숙자는 고얏국을 한참 먹고 땀이 흐르자 이상한 옷을 보여주며 수영을 하러 가자고 합니다. 제천에 사는 큰언니가 구제품 수영복을 단짝 친구들과 재미있게 놀라고 다섯 벌이나 사주었답니다. 여태껏 수영복이란 말을 들어본 적도, 실제로 본 적도 없는 친구들입니다.

그때까지는 그저 미역을 감는다고 하면, 처녀들은 밤에 목욕을 하거나 낮에는 옷을 입은 채 물에 풍덩 들어갔다가 집에 와서 옷을 갈아입었습니다. 숙자는 수영복을 입으면 낮에도 맘놓고 수영을 할 수 있다고 합니다. 치마와 팬티가 함께 붙어 있고 가슴을 가리는 것이, 입어보니 기분이 좋아집니다.

모두 수영복을 입고 좋아들 하고 있는데 친구 동생이 자기도 수영복을 입고 싶다고 칭얼거리기 시작합니다. 그것도 숙자 언니가 입은 파란색이 좋다고, 자기도 수영복을 달라고 떼를 씁니다.

"꼬맹아, 너 집으로 가라"고 말해도 가지 않습니다.

"야, 꼬맹아~. 너는 가슴이 빈대같이 납작하니 팬티만 입고 해, 아니면 난닝구만 입은 채로 하든지."

아무리 해도 친구 동생은 울면서 숙자 언니 같은 수영복을 달라고 계속 계속 떼를 씁니다. 할 수 없이 숙자가 수영복을 벗어주었습니다. 숙자는 울면서 자기는 동생이 없는 것이 다행이라고 합니다. 숙자는 팬티와 난닝구만 입고 함께 물놀이를 합니다.

다수리의 아들은 어릴 적부터 물에 풍덩거리며 놀다 보니 누구나 강을 헤엄쳐 건널 수 있습니다. 강기슭 이쪽저쪽을 왔다 갔다 하며 놉니다. '강의 중간쯤 물속에 있는 바위까지 누가 빨리 헤엄쳐 가나' 내기를 합니다. 꼬맹이가 제일 먼저 가고 모두 비슷비슷하게 바위에 도착했습니다. 몸무게가 많이 나가고 덩치 큰 친구를 숙자 친구들은 '왕언니'라고 불렀습니다. 헤엄을 제일 잘 치던 '왕언니'는 몸무게가 늘면서 물에 잘 뜨지 않습니다. 허우적거리며 애써 건너옵니다. 모두 "빨리 오라"고 응원을 합니다.

왕언니는 바위에 발이 닿자 푹 엎어졌습니다. 방심하고 있던 친구들이 밀리면서 바위 밑 깊은 물에 발이 닿도록 빠졌습니다. 원하지도 않는 물을 꿀꺽꿀꺽 마십니다. 올라왔다 다시 가라앉았다가 물을 토해내며 겨우 허우적거리며 헤엄쳐 나옵니다. 다들 힘들어 정신없이 나와서 모래를 밟고 섰습니다. 왕언니가 나오지 못하고 계속 바위 주위를 맴돌며 허우적거립니다. 아무도 다시 들어가 왕언니를 구해올 용기가 없습니다. 발을 동동 구릅니다.

"언니, 정신 차려. 힘내~. 빨리 이쪽으로 헤엄을 쳐 나와야지~."

모두들 소리쳐 불러보지만 큰일 났습니다.

강을 지나가던 아저씨가 그것을 보고 옷을 입은 채 뛰어들어 왕언니를 밀고 나왔습니다. 강가 모래밭에 엎어놓고 등을 두드립니다. 한참 등을 두드리고 난리를 치자 물을 울컥 토해놓습니다. 자기는 고욤씨도 그냥 먹는다고 자랑하더니 고욤씨가 있는 고욤국을 마구마구 토해놓습니다.

우리는 죽을 뻔한 왕언니 앞에서 데굴데굴 구르며 웃었습니다.

아침에 따서 바로 요리해 먹다

첫물 고추무침

음력 유월 초사흘 날은 아버지 생신입니다. 아버지의 생신상에 오를 반찬으로는 첫물 고추무침이 제일 각광을 받습니다. 마침 이맘때에는 첫물 고추를 따주어야 합니다.

고추를 심어 양 가지가 생기고 자라면서 양 가지 사이에 첫물 고추가 달리는데, 이 고추를 따주지 않으면 첫 고추가 영양분을 다 먹고 다음 고추가 잘 열리지 않습니다. 바쁜 가운데도 온 식구가 나서서 넓은 밭의 첫물 고추를 다 땁니다. 어머니의 생신인 오월에 옆가지치기를 한 고추가 양 가지를 뻗어 맺은 첫 열매인 것입니다.

그때는 지금처럼 하우스에서 모종을 만들어 심는 게 아니라, 노지에 씨를 뿌려 싹이 많이 나면 어릴 때부터 점점 솎아내면서 최종적으로 적당한 거리를 두어 하나씩 남겨 키우는 방법으로 고추 농사를 지었습니다. 첫물 고추를 따기까지 고추를 키우는 것이 제일 힘이 듭니다.

농사란 시기를 놓치면 안 되기 때문에 어린 우리들도 고추를 솎고 고추밭을 매는 일을 다 함께 했습니다. 고추밭을 매는 일은 정말 뜨겁고 따분하고 힘든 일입니다.

고추를 솎아내야 하는데 어느 것을 솎아야 하는지 잘 구분이 되지 않아 어른들 앞에서 풀만 뽑고 헛고랑^{밭고랑}을 호미로 벅벅 긁어놓으면 어른들은 뒤에서 제일 실한 것으로 남기고 간격도 맞추는 일을 함께했습니다.

고추를 따는 것도 고추나무를 다치게 하면 안 되기 때문에 고추나무를 잡고 밑에서 위로 살며시 잡아 올려 따야 합니다. 한번은 읍내 사람들이 놀러 와서 자기네가 따준다고 하여 따가라고 하였더니 고추를 마구 잡아댕겨 고추 대궁을 다 망쳐버린 적이 있습니다. 그래도 한 고랑을 땄을 때 봤기에 망정이지, 잘못하였으면 그해 고추 폐농할 뻔한 아찔한 일이 생긴 적도 있어서, 집안 식구들이 다 따서 나누어줍니다. 아버지 생신 전날부터 따고, 생신날 아침에는 어른들은 일찍 밥을 하고 어린 우리들이 고추를 따놓으면 생일상을 먹으러 왔던 사람들에게 나누어줍니다.

아버지 생신날에 먹는 고추는 아침에 따서 찝니다. 따서 오래된 고추보다 금방 딴 고추는 특별한 맛이 납니다. 고추를 한 광주리만큼 씻어 건져 물이 빠지면 함지박에 담고 밀가루를 무쳐놓습니다. 열두 동이들이 큰 가마솥에 물을 많이 붓고 엉그레를 놓고 채반을 깔고 채반 위에 삼베 보자기를 깔고 물을 설설 끓입니다. 물이 끓어 김이 확 올라올 때 밀가루를 무친 고추를 두세 사람이 나누어 가지고 있다가 빨리 이쪽저쪽에서 가마솥에 돌려 안치고 큰 삼베 보자기를 덮고 나무 뚜껑을 덮습니다. 이때 나무는 화력이 강한 솔갑솔가지 같은 것을 준비하여 최대한 빨리 김을 올립니다. 나무 뚜껑 위로 김이 확 오르면 빨리 불을 치우고 곧바로 꺼내야 너무 무르지 않고 파랗게 모양도 좋은 맛있는 고추무침이 됩니다.

한번은 젊은 사람들이 자기네가 찌겠다고 하여 맡겼더니 누렇게 곤죽이 되게 쪄서 바쁜데 새로 고추를 찌느라고 뭐라 하지도 못하고, 어머니는 속이 무지 상하셨던 일이 있어서 어른들이 맡아 신경을 써서 고추를 찝니다.

고추장에 고춧가루와 조선간장, 물엿을 넣고 마늘, 깨소금, 들기름, 파를 넣고 만든 고추무침은 맵지도 않고 약간 매운 것도 같으면서 아주 부드럽고 묘한 맛이 나서 손님들은 다른 반찬을 내어놓고 먹습니다. 손님들은 소뿔같이 큰 고추가 맵지도 않고 맛있다고, 처음에는 작은 접시에 담아 먹던 고추를 여러 번 나르기가 귀찮아서 한 대접씩 퍼다 놓고 먹습니다. 간장 양념으로 무치기도 하지만 고추장 무침이 더 인기가 좋습니다. 고추를 반 갈라서 씻어 건져서 밀가루에 굴려 밀가루 반죽으로 되직하게 옷을 입혀 지진 것도 맛이 있습니다.

아버지 생신의 반찬은 그렇다고 고추만 할 수 없어서 닭도 잡고 자반고등어도 굽습니다. 여러 종류의 나물 무침도 하지만 모두가 고추무침을 제일 잘 먹고, 어른이 계신 집들은 싸 가지고 갑니다. 생고추를 가져가 집에서 쪄 무치면 우리 집에서 먹던 맛이 나지 않는다고들 합니다.

첫물 고추 맛은 일 년 중 딱 이맘때 전에도 후에도 이런 맛이 나오지 않습니다. 풋고추는 언제든지 많은데 무슨 소릴 하느냐고 하는 사람도 있지만 아닙니다. 일 년 후에나 먹어볼 귀한 맛입니다.

옥자는 많이 컸습니다

삶은 강냉이

요즘 저잣거리에선 강냉이 장사가 화제입니다. 꾀죄죄한 남자가 하루 종일 팔아도 팔지 못하고 멀거니 앉았다가 그냥 싸들고 가던 그 자리에 아주 조그만 여자애가 와서 생강냉이도 팔고 삶은 강냉이도 팝니다.

옥자 아버지는 아내가 아파서 약값이라도 마련하려고 강냉이를 팔러 갔습니다. 그러니 아무도 사주는 사람이 없습니다. 옥자 아버지는 살림을 잘하던 옥자 어머니가 아파서 수발을 들어주지 못하자 자기 혼자서는 아무것도 할 수 없습니다. 쉬운 줄만 알았던 살림살이가, 밥도 어렵고 빨래도 어렵습니다. 사는 것이 아주 고생스럽습니다. 자연히 옥자 아버지는 아주 꾀죄죄하게 변했습니다. 아무리 파는 사람이 꾀죄죄해도 생강냉이를 사다가 껍질을 까서 삶아 먹으면 되는 것을, 사람들은 옥자 아버지의 외모만 보고 야속스럽게 한 사람도 사주질 않습니다.

돈을 마련할 길이 없습니다. 그나마도 올강냉이 한밭^{여러 가} ^{지 곡식을 심지 않고 한 가지만 심은 밭} 자리 심은 것이 잘되어서 팔면 약값을 마련하겠다 싶었는데 마음대로 되는 일이 없습니다. 옥자 아버지는 20리^{8킬로미터} 길을 무거운 강냉이 자루를 도로 지고 집으로 돌아왔습니다. 마당가에 쏟아놓고 그 옆에 하염없이 주저앉아 한숨을 쉽니다.

올해 열한 살인 옥자는 낙심하는 아버지를 돕고 싶습니다. 어떡하든지 어머니를 살리고 싶습니다. 아버지가 강냉이를 시장까지만 져다 주면 자기가 팔아보겠다고 졸라서 강냉이 장사로 나섰습니다.

어린 옥자는 마음을 단단히 다집니다.

혼자서 "강냉이 사요! 강냉이 사세요~. 맛있는 강냉이가 왔어요." 자다가도 연습을 해봅니다.

막상 시장 바닥에 앉으니 눈물부터 납니다. '울어서는 안 돼. 기죽어서도 안 돼. 나마저 강냉이를 팔지 못하면 아버지도 어머니도 살릴 수가 없어.' 마음을 다지고 또 다집니다. 옥자는 자기가 강냉이를 잘 팔면 어머니의 병을 분명히 고칠 수 있을 거라고 생각합니다.

옥자 아버지는 멀찌감치 숨어서 강냉이를 파는 옥자를 바라봅니다. 사람들이 옥자 아버지를 보면 또 강냉이를 사지 않을 것 같습니다. 옥자는 아무리 감추려 해도 눈물이 솟지만 아닌 체하고 팝니다. 그것도 아주 기분 좋게 팝니다. 누구든지 강냉이를 사러 오면 항상 큰 것으로 골라줍니다. 끝까지 큰 것만 골라줍니다. 사람들이 모여들어 금방 다 팔았습니다.

"야야, 삶은 강냉이는 없나?"

내일은 삶아서 가져오라는 아줌마들이 많습니다.

옥자는 빈 광주리에 자루를 담아 이고 갑니다. 아는 보이지 않고 광주리만 공중에 떠가는 것 같습니다. 옥자 아버지는 옥자의 광주리를 받아 지고 용하다는 '함약국'에 가서 한약 두 첩을 지었습니다. 함약국 의원은 환자가 오지 않았으니 먹어보고 차노가 있으면 너 시어라고 합니다.

옥자는 아버지를 도와 저녁을 하고 한약을 다립니다. 팔러 갈 강냉이도 베어오고 아주 분주해졌습니다. 옥자는 한잠 자고 일어나 어두컴컴한 벅^{부엌}에서 난생처음 아버지와 강냉이를 삶습니다.

"옥자, 니 솥뚜껑을 열어보지 말그라."

옥자 아버지는 강냉이를 삶다가 소죽을 주러 갔습니다.

옥자는 난생처음 삶은 강냉이가 궁금해서 솥뚜껑을 뒤로 밀었습니다.

"앗! 뜨거워."

뜨거운 김이 확 몰려 올라오면서 팔목 위에서 팔꿈치 사이까지 살가죽이 시뻘게졌습니다.

옥자는 "아이, 뜨거워. 아이, 뜨거워." 팔딱팔딱 뛰면서 벅을 뒤집어엎고 엉엉 웁니다.

벅으로 난 쪽문으로 옥자의 우는 소리가 들립니다. 옥자가 큰일이 난 모양인데 아무리 일어나려고 애써도 옥자 어머니는 일어날 수가 없습니다.

소죽을 주고 온 옥자 아버지는 "그놈의 강냉이가 아 잡겠다"고 소리치고는 옥자의 팔을 물동이에 담가 화독을 뺍니다.

아버지는 "솥뚜껑은 옆으로 열어야지. 앞에서 뒤로 밀면 큰일 난다. 불을 치우고 난 다음이라 그만하지, 끓을 때 뒤로 열었으면 오늘 팔이 아주 날아갈 뻔했다. 그래도 그만하길 다행이다"라고 합니다.

그렇게 시작한 강냉이 장사입니다.

처음에는 "너, 몇 살이냐?" 물으면 "열한 살이오." 모기 소리
만 하게 대답하고 눈물이 뚝 떨어지고, "엄마는 어디 가고 네가
강냉이를 파나?" 물으면 "어머니는요, 많이 아파요." 그렁그렁
금방 눈물이 쏟아질 것 같던 아가 요즘은 아주 능숙하게 강냉
이 장사로 변했습니다. "강냉이 사세요~. 아주 맛있어요! 요즘
은 강냉이가 연하니 물은 강냉이의 반쯤 붓고 당원도 조금 넣고
소금도 조금 넣어야 맛있어요." 삶는 법도 가르쳐줍니다. "삶은
강냉이도 있어요~." 조그만 손으로 삶은 강냉이 두 줄 사이에
작은 창칼을 아슬아슬하게 넣어 손가락 길이만 하게 강냉이 알
을 따서 '맛을 좀 보시라'고 사람들이 모이면 나누어줍니다.

강냉이를 팔다가 틈틈이 책을 들여다봅니다.

"너 이름은 뭐나?"

"옥자요."

"너 학교는 안 다니나?"

"아니요, 강냉이 다 팔면 학교 가야지요."

"늦었는데 이제 뭔 학교를 가나."

"선생님이 늦어도 좋으니 오늘 중으로 학교에 오라고 했어
요."

"이 아가 뭔 소릴 하는 거여."

어른들은 말도 안 되는 소리를 한다고 합니다.

옥자네 선생님은 일이 있으면 일을 하다가 늦어도 오고 종례 시간이라도 좋으니 결석하지 말고 학교에 왔다 가라고 하셨습니다. 외딴집에 사는 옥자가 늦게라도 학교에 오면 숙제도 알 수 있고 오늘 무엇을 배웠는지 알 수 있어서라고 합니다.

옥자 덕분에 시장 사람들도 부지런해졌습니다. 시장 사람들은 옥자의 강냉이를 얼른 팔아 학교를 보내야 되겠다는 생각을 합니다. 아침 일찍 일어나서 부지런히 챙기고 옥자가 빨리 강냉이를 팔고 학교에 갈 수 있도록 돕습니다. 늦었는데도 강냉이가 남아 있으면 떨이로 사서 이웃과 나누어 먹습니다.

옥자가 강냉이를 다 팔 때까지 숨어 기다리던 아버지도 이제는 강냉이만 져다 주고 집에 가서 아픈 옥자 어머니를 돌보고 일을 합니다.

용하기로 소문난 함약국의 약을 여러 번 달여드렸는데도 옥자가 보기에 어머니는 별 차도가 없습니다. 약이 효험이 있으려면 한 첩만 먹어봐도 안다고 합니다. 함약국은 "오늘은 다른 약 처방을 써보기로 했으니 한 첩만 가지고 가서 달여드려보고 내일 오라"고 했습니다. 이 약이 효험이 없으면 다른 약국으로 가보든지 병원으로 가봐야 되겠다는 생각이 듭니다.

옥자는 얼른 저녁 준비를 하고 화롯불에 약을 달입니다. 약탕관에 약 한 첩을 넣고 물을 7부쯤 붓습니다. 물이 약 무거리^{찌꺼기} 위에 자질자질할 때 내려놓았다가 따뜻할 때 짜 드려야 합니다. 옥자는 들여다보고, 들여다보고 옆에서 지키며 온갖 정성을 다해서 달입니다. 조금만 더 달이면 될 것 같습니다.

옥자는 약탕기 옆에 앉아서 어느새 꼬박 잠이 들었습니다. 무언가 빠작빠작 소리가 나며 타는 냄새가 납니다. 정신을 차리고 보니 약탕기는 불이 벌겋게 붙어서 연기가 퍽퍽 나고 있습니다. 급한 마음에 물을 한 바가지 부었습니다. "치지직 칙~." 잿불이 솟아올라 벅이 온통 난리가 났습니다. 약탕기가 아주 깨져버렸습니다.

옥자는 엉엉 웁니다. 생각할수록 타버린 약이 아깝습니다. 눈물이 그치질 않습니다. 옥자는 울고 또 웁니다. 골이 아픕니다.

옥자의 우는 소리가 오랫동안 이어지자, 옥자 어머니는 억지로 기어 나와 옥자를 달랩니다.

"옥자야, 애 많이 썼다. 한약은 금방 먹어서 수암^{효험}이 나타나는 것이 아니고 천천히 병이 나을 것이니 이제는 너무 걱정하지 말고 열심히 공부를 하라"고 하십니다.

강냉이가 다 말라 이제는 더 팔러 갈 강냉이도 없습니다.

옥자 아버지는 누렇게 익은 찰강냉이를 꺾어다 강냉이가 풍덩 잠기게 물을 붓고 삶습니다. 한 시간 정도 푹 삶으니 밥알이 허옇게 튀어나온 것을 옥자 어머니에게 줍니다. 그렇게도 입맛이 없다던 옥자 어머니는 밥알이 허연 찰강냉이를 보자 "바로 이 맛이야." 하며 한 통을 다 드십니다.

여름이 가고 옥자는 많이 컸습니다.

영철이 아부지, 왜 호박잎을 안 먹어유?

호박잎쌈
······················

영철이 아부지는 호박잎쌈을 먹지 않습니다. 호박잎을 보기만 해도 속이 뒤틀리고 매스껍다고 합니다. 자기만 먹지 않는 것이 아니라 가족들도 영철이 아부지가 보는 데서는 호박잎쌈을 먹지 못합니다. 자기 마음 같아서는 아예 호박을 심지도 않았으면 좋겠는데 가족들을 위해서 호박을 심습니다. 영철이네 기족은 아부지 없는 틈을 타 몰래 호박잎을 쪄서 가만히 먹고 얼른 치웁니다. 영철이 아부지는 누구네 집에서도 호박잎이 상에 올라오면 밥을 먹지 않고 일어서 와버립니다.

영철이 아부지도 처음부터 호박잎쌈을 싫어한 건 아니었습니다. 비가 구질구질 내리는 어느 여름날, 동네 어르신이 편찮으셔서 친구 몇 명과 문병을 갔습니다. 잠깐 문안만 하고 오려고 했는데, 어르신은 사람을 보자 너무 반가워서 놔주질 않습니다.

"여보게들, 점심을 먹고 가게."

"어르신, 바빠서 가봐야 되겠는데유."

"비도 오는데 잠깐이면 점심이 되네. 먹고들 가게. 며늘아, 며늘아~." 하고 며느리를 부릅니다.

"예, 아버님."

"얼른 점심 좀 하거라."

"아버님, 나무가 젖었는데유."

"섣달 가뭄에 돌은 안 타도 섣달 장마에 나무는 탄단다. 어서 점심을 해서 차려 온나." 하십니다.

며느리는 할 수 없이 점심을 합니다. 어르신네 집 남자들은 게을러서 언제나 땔감이 궁색스럽습니다. 반찬거리도 변변찮습니다. 며느리는 아궁이 앞에 엎드려 눈물을 찔끔찔끔 흘리며 불을 붙입니다. 날씨는 점점 어두컴컴해지고 비가 쏟아부을 것 같습니다. 연기가 굴뚝으로 빠져나가지 않고 벅 바닥으로 낮게 깔립니다. 불을 붙이는 며느리는 연기 속에 묻혀 억지로 억지로 한참을 고생하여 불을 붙였습니다.

며느리는 비를 구죽죽이 맞으며 풋고추를 따옵니다. 울타리를 돌아다니며 호박잎을 뜯어 나릅니다. 어린 고추는 밀가루를 무쳐놓습니다. 뚝배기에 매운 고추를 쫑쫑 썰어 넣고 파도 쫑쫑 썰어 넣고 마늘을 넣어 막장을 빠듯하게 준비합니다. 호박잎은 실을 앗아서 씻어놓습니다. 미리 지펴놓은 아궁이의 나무는 잘 타기 시작합니다.

　보리밥은 처음에는 보리쌀이 잠길 만큼 물을 붓고 아이(처음 끓일 때를 말함)를 끓입니다. 불을 잠시 멈추고 조금 있다가 물을 좀더 붓고 두번째 끓으면 또 잠깐 불을 멈춥니다. 조금 있다가 보리쌀이 많이 퍼지면 그 위에 쌀을 안치고 밥물을 맞춰야 맛있는 보리밥이 됩니다. 쌀밥을 하는 것보다 많은 시간과 공이 듭니다. 밥이 쏭쏭 잦아 내려갈 때 밥 위에 한쪽으로 막장 뚝배기를 얹습니다. 밀가루를 무친 고추도 옆으로 얹고, 호박 이파리도 한쪽으로 밥솥 위에 얹어서 찝니다. 이때 정신을 바짝 차리고 조금 있다가 호박잎을 꺼내야 맛있는 쌈을 먹을 수 있습니다. 조금이라도 시간이 지체되면 누렇게 되거나 너무 물러서 먹지 못하게 됩니다.

　시아버지는 "아직도 멀었나? 뭘 그렇게 꿈적거리나." 하며 성화를 댑니다.

며느리는 "예, 아버님. 곧 가져가유~." 합니다.

보리쌀에 오다가다 쌀이 한 알씩 보이는 고실고실한 보리밥입니다. 파랗게 찐 호박잎에 막장 쌈은 정말 맛있습니다. 호박막장국에 열무김치도 맛있습니다. 밥 한 그릇을 맛있게 먹습니다. 영철이 아부지가 마지막 호박잎을 펴서 손에 올려놓는데, 손 구부렁이 같은 깻망아지가 빨갛게 익은 게 발을 쫑쫑 쳐들고 발라당 붙어 있습니다. 잘못하였으면 밥상에다 웩 토할 뻔했습니다. 어디다 감출 데가 없습니다.

누가 보지 못하게 손을 오므렸습니다. 영철이 아부지는 '이걸 어떡하나, 애써 점심한 이 집 며느리가 알면 얼마나 민망해할까, 시아버지가 알면 얼마나 수다스럽게 며느리를 들들 볶을까.' 고민하다 막장에 꾹 찍어 몇 번 꾹꾹 깨물어 꿀꺽 삼켰습니다. 뭐, 맛이 그렇게 고약한 것은 아니었습니다.

하지만, 속이 매스꺼운 게 토할 것 같습니다. "어르신, 점심 잘 먹었습니다." 얼버무리고 얼른 일어서서 옵니다. "원, 사람 기껏 점심 잘 먹고 삐친 사람처럼 가나." 하는 소리를 뒤로하고 막 뛰어서 길가에서 '웨웩' 토합니다. 손가락을 목에 집어넣어 토합니다. 그 후 영철이 아부지는 호박잎을, 아니 호박이라면 생각하고 싶지도 않아졌습니다.

삼치라우 여울물을 타고 온 아이들

골뱅이죽

국민학교 4학년 때의 일입니다. 장대 같은 비가 3일 동안 쉬지 않고 쏟아졌습니다. 대낮인데도 어두컴컴합니다. 무서운 기세로 물이 불어났습니다. 강폭이 점점 넓어집니다. 장마가 져도 강가의 큰 밤나무 앞으로 물이 지나갔었는데, 이번 장마는 큰 밤나무 뒤로 시뻘건 진흙물이 굽이굽이 흘러갑니다. 밭둑이 넘쳐 집까지 물이 들이덕칠 것 같습니다. 집 용마루에 돼지가 올라앉아 떠내려가는 것이 보입니다. 큰 소가 떠내려갑니다. 아름드리나무들이 여러 가지 잡동사니들과 강이 빽빽하게 그득하니 떠내려갑니다. 집채 같은 물줄기가 구부렁구부렁 끝없이 흘러서 보기만 해도 현기증이 납니다. 큰 바위도 굴러갑니다. 강 속에 아무것도 남는 것이 없을 것 같습니다.

할머니가 "아범아, 어멈아, 아무래도 피신을 해야 할 것 같다. 집문서와 등기 같은 중요한 것을 챙기고, 아들 옷을 단단히 입혀 여차하면 뒷동산 큰 벼랑 밑으로 피신하자"고 하십니다.

며칠이 지나 온통 세상을 삼킬 것 같던 폭풍우가 그쳤습니다. 여기저기 개샘비가 많이 내린 후 갑자기 솟아 일시적으로 흐르는 샘물이 터져 맑고 투명한 예쁜 물이 졸졸 흐릅니다. 앞산 높은 곳에서도 개샘이 터져 허연 물줄기가 시원스럽게 흘러내립니다. 장마는 한번은 흙탕물이 가라앉아 물 밑이 아주 더럽고, 한번은 수정처럼 맑은 강바닥이 드러나게 합니다. 매년 틀림없이 그런 과정이 반복됩니다.

날이 지나니 물이 차츰 줄어들더니 강바닥이 수정처럼 맑고 투명하고 깨끗해졌습니다. 다 쓸려간 줄 알았던 골뱅이들이 깨끗한 돌 위와 돌 틈에 까맣게 붙어 있습니다.

"어머나~. 장하다. 기특하다. 대단하다. 어떻게 산더미 같던 물줄기에 쓸려가지 않고 살아남았나~."

자세히 보니 작은 물고기들이 헤엄을 치고 돌 밑에는 각종 고기들이 그대로 살고 있습니다.

우리 가족은 잠깐 동안 골뱅이를 큰 다래끼로 한가득 건졌습니다. 점심은 밤나무 밑에 솥단지를 걸고 오랜만에 골뱅이죽을 끓여 먹기로 했습니다.

골뱅이를 넓은 그릇에 건져놓으면 골뱅이가 모가지를 길게 빼고 기어가려 할 때 끓는 물을 재빨리 붓습니다. 그러면 목이 채 들어가지 못하고 살짝 데쳐집니다. 납작한 돌로 빡빡 문질러 씻으면 딱지는 다 떨어지고 해감내가 나지 않습니다.

끓는 막장국에 골뱅이를 삶아서 건지고, 그 물에 쌀을 넣고 끓입니다. 골뱅이도 까서 넣고 밀가루 수제비도 넣고 끓입니다. 골뱅이죽에 들어가는 수제비는 쌀알보다 조금 더 크게 만들어 넣어야 맛있습니다. 대야에 밀가루를 담고 물을 조금씩 부으며 누긋하게 반죽하여 마른 가루를 섞으면서 쌀알보다 조금 더 크게 손끝으로 비벼 만들어, 쌀이 거의 다 익었을 때 넣고 한소끔 끓으면 파와 마늘을 넣고 먹습니다.

원래는 골뱅이를 까서 넣어야 하는데, 귀찮아서 골뱅이는 각자 까먹기로 하고 그냥 쌀과 밀가루 수제비만 넣고 죽을 끓여 먹기로 합니다.

뇌운리 강가에 사는 아들은 어려서부터 여름이면 매일 강에서 살다시피 합니다. 헤엄도 잘 치고 여울을 타고 놀기를 좋아

해 도무지 물이 무서운 줄 모릅니다. 또래 아들보다 덩치가 큰 덕수와 열대여섯 살 된 아들이 아름드리 허연 물결이 거의 폭포처럼 내려 달리는 삼치라우 여울물을 타고 우리 집 밤나무 밑까지 왔습니다. 장마가 지면 사방에서 샘물이 터져 모여들어 강물이 얼음장같이 차갑습니다. 여울 타기를 하기에는 아직 물이 너무 많습니다. 삼치라우 소沼는 험하고 물결이 여간 거센 게 아닙니다.

"덕수야, 무슨 짓이냐? 삼치라우 소용돌이에 휩쓸려 이무기 밥이 되면 어쩌려고?
다리에 쥐라도 나면 큰일 날라고."

"아직 어린 아들을 데리고 무슨 짓을
하나?"

"아니유. 나 혼자 여울을 타려
구 했는데 쟤들이 따라붙었어유."

무서워서 벌벌 떨고 있는 놈도 있습니다.

덕수는 "저 신통찮은 놈에게 도둑놈 마빡이마 씬씻은 물 같은 푸르딩딩한 골뱅이 국물이나 한 그릇 줘유." 합니다. 말을 해도 꼭 그렇게 맛이 떨어지는 소리를 해야 속이 시원한 모양입니다.

"왠지 와보고 싶었어유. 이렇게 맛있는 것을 하고 있으니 왔지유~."

"너스레는 그만 떨고 골뱅이나 까먹어라."

덕수랑 아들은 골뱅이를 자기네가 까줄 터이니 골뱅이를 듬뿍 넣은 죽을 끓여 먹자고 합니다. 시무나무가지에 길쭉한 가시가 달린 느릅나무과 교목 가시로 여럿이 골뱅이를 까니 잠깐 동안에 한 바가지를 깠습니다. 물을 한 바가지 정도 더 붓고 한 솥 가득히 끓입니다. 맑은 물에서 건진 골뱅이는 흙물에서 건진 골뱅이보다 훨씬 더 맛있습니다. 골뱅이를 깐 아들에게 한 그릇씩 퍼주었습니다. 한 수저를 먹어보더니 벌써 솥단지를 흘끔거리며 먹습니다.

"먹고 남을 테니 욕심부리지 말고 천천히 먹어라."

어른들은 "실컷 먹고 쉬었으니 위험한 짓들 그만하고 집으로 가라"고 권합니다.

빠지직 빠지직 가재 씹는 소리
가재죽

말복 더위에 아들은 어두니골 범석이네 집 앞 웅덩이 가에서 가재국을 끓여 먹고 놀기로 합니다. 덩치가 큰 기동이보고 솥단지를 가져오라고 합니다. 점심을 먹을 수 있게 각자가 재료를 한 가지씩 가지고 모이기로 합니다.

뼛속까지 시원한 샘물이 쫄쫄 흐르는 어두니골 도랑을 뒤져 가재를 잡습니다. 가재는 물이 지질지질한 웅덩이가에 많이 삽니다. 도랑가에서 돌을 살며시 들어 올리면서 잘 살펴야 합니다. 가재가 도망가기 전에 재빨리 잡아내야 합니다.

여기저기서 깔깔거리며 "아이구, 가재가 주먹같이 크다"고

연신 가재를 다래끼에 주워 넣습니다.

소백산 비로사 골짜기에서 살다가 왔다는 덩치 큰 기동이는 개구리를 잡아 껍질을 홀라당 벗겨서 버드나무 가지에 꿰어 가재를 낚는다고 기다립니다. 개구리 다리를 낚싯대에 꿰어 바위 밑에 넣고 잠깐만 있으면 솥단지로 한가득 잡을 수 있답니다. 가재는 개구리를 너무 좋아해서 낚싯대를 끌어 올리면 개구리 다리에 주렁주렁 매달려서 개구리 다리를 먹느라고 정신이 없답니다. 사람이 잡아당겨도 개구리 다리를 잘 놓지 않는다고 합니다.

어두니골 아들은 들어본 적도 없는 얘기입니다. 물이 많은 웅덩이 바위 밑에 개구리 낚시를 넣고 한참을 기다리니 가재가 줄줄이 붙어 올라옵니다. 기동이는 무슨 생각인지 가재를 다래끼에 넣지 않고 물에다 도로 홀홀 털어 넣어버립니다.

"야, 기동아. 왜서 가재를 물에다 도로 놔주나?"

"어미 가재를 잡아야지. 딱정벌레 같은 새끼나 잡아서 어디다 쓰나."

"가재가 원래 그렇지. 얼마나 큰 걸 잡을라고 그러나."

기동이는 큰 손을 내밀며 자기 손목을 훨씬 넘게 잡고 이만한 것을 잡겠다고 합니다. 아들은 "에이, 가재가 원래 딱정벌레만 하지, 그렇게 큰 기 어디 있나?" 합니다.

기동이는 소백산 가재는 자기의 손목을 훨씬 넘을 만큼 커서 한두 마리만 구워 먹으면 배가 부르다고 합니다. 자기는 매일같이 가재를 잡아먹고 컸다고 합니다. 그래서인지 기동이네 식구는 어머니 빼고는 모두 다 덩치가 큽니다.

아들은 기동이를 달랩니다. "여기는 원래 그렇게 큰 가재는 없으니 잡으면 버리지 말고 다래끼에 담아라." 큰 것을 잡겠다고 고집을 피우던 기동이는 계속 작은 것만 올라오자, 포기하고 열심히 잡아서 제법 다래끼가 그들먹하게 찼습니다.

솥 당번인 기동이는 큰 무쇠솥을 지게에 지고 왔습니다. 솥단지를 열자, 바가지, 칼, 도마, 숟가락, 그릇이 줄줄이 쏟아져 나옵니다.

"니 살림 차리나?"

"다 있어야 할 것들만 생각해 지고 왔다."

감자, 파, 마늘, 간장, 된장, 고추장, 고춧가루, 김치. 아들은 나름대로 한 가지씩 재료들을 가져왔습니다. 호박 당번은 누리꾸리한 큰 호박을 한 덩이 가져왔습니다. 쌀 당번은 아들은 열 명이 넘는데 쌀을 한 사발도 안 되게 가져왔습니다.

"이 새끼, 쌀을 그렇게 조금 가져오면 어떡하나."

"누구 코에다 바르나?"

"니 혼자 먹어도 모자라겠다."

그러자 쌀 당번은 엉엉 웁니다. 기동이가 걱정들 하지 말고 빨리 가재 딱지를 떼고 잘 씻으라고 합니다. 기동이는 큰솥을 도랑가에 걸고 물을 한 솥 붓고 끓입니다. 끓는 물에 고추장도 풀고 막장도 풉니다. 감자도 썰어 넣고 쌀도 씻어 넣습니다. 큰 호박 한 덩이도 다 썰어 넣습니다. 펄펄 끓는 국 솥에 손질한 가재를 넣습니다.

아들이 노는 걸 보러 나온 범석이 할머니가 모자라는 거 있으면 얘기하라고 합니다. 펄펄 끓는 국 솥을 범석이 할머니가 바가지로 한 번 휘이 저어보시더니 밀가루를 함지박에 담아 손가락 한 마디만 한 수제비를 만들어다 주시면서, "이거 넣고 한 소끔 끓으면 파랑 마늘을 넣고 먹으라"고 합니다.

가재는 빨갛고, 파는 파랗고, 수제비는 하얗습니다. 호박이랑 야채랑 어울려 가재국이 아니라 아주 예쁜 가재죽이 되었습니다. 입술이 시퍼렇도록 물에서 텀벙거리다 가재죽을 먹느라고 '빠지직, 빠지직, 빠작빠작' 가재 다리를 씹는 소리가 요란합니다. 땀을 찔찔 흘리며 가재죽을 먹습니다.

동네에서 큰 솥단지째 끓여 먹던 죽

어죽

언젠가 여름에는 여느 해보다 더위가 더 기승을 부려서 청년들이 날마다 여울 타기에 열을 올렸습니다. 장마가 끝나고 강물이 불어나면 혈기가 넘치는 젊은 아이들은 큰 바위들 틈으로 넘실대는 여울에서 맨몸으로 미끄럼을 타고 고기를 잡으며 놉니다. 또래 남자아이들 중 대장격인 덕수가 아침 일찍 아이들과 함께 입술이 시퍼레 가지고 "오늘은 어죽을 끓일 테니 큰솥과 족대와 지렛대를 빌려 달라"고 합니다.

"일찍도 왔다. 너들 그렇게 일찍 안 오면 여울물이 어디로 없어지기라도 하나. 덕수, 너 맨손으로 와서 무슨 어죽을 끓이겠

다고 너스레를 떠나. 작은 솥도 아니고 큰솥을 빌려 달라고 하나. 그리고 너 뇌운리 30리 계곡물이 얼마나 좋은데, 하필이면 좁은 어두니골 와서 꼭 개개냐."

어머니가 타박하니 덕수는 "자기 집 근처에는 밤나무 숲이 좋은 데가 없고, 집에 큰솥단지가 없고, 어죽을 맛있게 끓일 사람이 없어서"라고 핑계를 댑니다.

아이들이 몰려와서 놀자 일이 많은 우리 오빠들까지도 덩달아 고기를 잡는 데 가버렸습니다. 걱정도 하지 마시고 점심때가 되면 밤나무 밑으로 어죽을 드시러 가족이 다 오시랍니다.

청년들은 몰려다니며 열심히들 고기를 잡습니다. 어죽은 어떻게 끓이려고, 무슨 꿍꿍이속인지 모르겠습니다. 참을 먹을 때쯤 되자 사방에서 어른들이 손에 무언가를 들고 모여듭니다. 장마 통에 길이 파이고 돌이 삐뚤어지고 해서 더 험해진 길을 먹을 것까지 들고 오느라고 애씁니다.

"철없는 것들. 길이나 좀 고친 다음에 어른들을 오시라 하든가. 무엇이 그리도 급해서 하는 짓들이라고는, 원."

어제저녁 청년들이 집집마다 다니며 "내일 어두니골에서 어죽을 끓일 테니, 누구네는 고추장을 가져오고, 누구네는 계란을 가져오고, 누구네는 쌀을 가져오고, 누구네는 밀가루, 파, 마늘을 가져오고, 누구네는 반찬도 가져오라"고 다 분담을 시켜 놓았답니다. 닭을 몇 마리 길러 겨우 계란 몇 개를 낳으면 팔아 용돈이라고 써보는 혼자 사는 할아버지한테 계란을 가져오라고 해서 할아버지는 계란을 한 꾸러미나 가져오셨습니다. 굳이 힘없는 할머니보고는 감자를 가져오라고 해서 할머니는 무거운 감자를 들고 오시느라 고생을 무지하셨습니다. 오이 노각도 무쳐오고, 비름나물도 무쳐오고, 배추 생절이를 무쳐온 사람도, 풋고추를 따온 사람도 있습니다.

족대를 돌 밑에 대고 지렛대로 들썩이면 고기들이 족대로 들어갑니다. 큰 바윗돌 밑에 지렛대를 대고 여럿이 큰 바위를 '영차, 영차' 골짜기가 떠나가라 소리를 치며 흔들자, 허연 수염이 긴 큰 메기가 족대 속으로 들어왔습니다. "와와~." 운동회 날 계주를 뛸 때처럼 환호 소리가 들립니다. 족대가 없는 아이들은 돌 밑에 손을 집어넣어 고기를 움켜잡겠다고 합니다.

어떤 놈은 미끌미끌한 것이 큰 고기가 있는 것 같다고 하더니, 금저리^{거머리}가 손에 달라붙어 엉엉 울면서 아무리 손을 흔들어도 떨어지지 않아서 담뱃불로 지지니 겨우 떨어집니다. 고기가 숨어 있을 만한 바위를 골라 큰 돌을 들어 올려 '땅이요.' 하며 위에서 내려쳐서 고기가 나오면 잡기도 합니다. 무조건 '땅이요.' 하면서 사람들 앞에 큰 돌을 메쳐 물을 튀기는 녀석들도 있습니다.

아침 일찍부터 골짜기가 떠나가라 수선을 떨더니 여러 가지 고기를 제법 많이 잡았습니다. 여럿이 모여 앉아 창자를 따내고 큰솥으로 하나를 푹 삶습니다. 고기가 푹 삶아졌을 때 덕수는 우리 어머니보고 "어죽을 끓여내라"고 떼를 씁니다.

어머니는 쉬로 얽은 망도 가져가고 엉근^{성근} 얼레미^{구멍이 굵은}^체도 가져가서 익은 고기를 옆 대야에 놓고 바가지로 퍼서 망에 주걱으로 저으면서 1차로 거르고, 그다음 얼레미를 솥에 대고 다시 고기를 곱게 거른 다음, 물을 맞추고 고추장을 풀고 쌀을 넣고 감자도 넣고 끓입니다. 모두 얼큰하게 끓이라고 해서 매운 고춧가루도 듬뿍 넣습니다.

준비한 계란 다섯 개는 수제비 반죽에 넣습니다. 밀가루에 계란을 깨서 넣고 주걱으로 휘휘 섞은 다음 물을 적당히 붓고 다시 손으로 휘휘 젓습니다. 마른 밀가루를 섞어가며 손끝으로 비벼서 얇게 검지 손가락 한 마디만 한 수제비를 만들어놓았다가 쌀이 거의 익었을 때 끓는 죽 위에 솔솔 뿌리며 살살 젓습니다. 한소끔 끓으면 나머지 계란 다섯 개를 풀어 썰어놓은 파에 부어 무쳐 넣고, 썰어놓은 파도 듬뿍 넣습니다. 찧은 마늘을 넣고 한번 수르르 끓으면 완성입니다. 큰 솥단지째로 놓고 뜨거운 어죽을 한 그릇씩 퍼서 땀을 뻘뻘 흘리며 "아이, 시원하다, 시원하다." 하며 먹습니다.

덕수는 너무 설렁거리고 때로는 말썽도 피우지만 좋은 일을 많이 한다고 어른들은 "이다음에 덕수를 국회로 보내자"고 농담들을 합니다.

천렵꾼들이 모였습니다

쏘가리 회

....

　방학이어서 찬호 오빠와 찬학이 오빠는 고기를 잡는 데 더 많은 시간을 투자합니다. 쏘가리를 많이 잡으면 다수리 김진용 교장 선생님네와 김복례 씨네가 천렵을 오겠다고 합니다. 서울에 가서 공부하던 아들, 상기 오빠와 은숙이 언니, 세기 오빠, 광자 언니가 돌아왔습니다. 김복례 씨네, 이화여대를 다니던 큰딸인 동희 언니도 돌아왔습니다. 동생, 동자 언니와 문자 언니도 왔습니다.

　평소에는 잘 가지 않던 삼치라우 소를 따라 마낙^{긴 줄에 한 발마}_{다 30센티미터 정도 되는 끈을 달아 낚싯바늘을 매단 것}을 놓습니다. 삼치라우 소에는 큰 바위가 두 개 있는데 그 밑은 얼마나 깊은지 물이 소용돌이치며 흘러갑니다. 이야기로는 천년 묵은 이무기가 소용돌이를 타고 정선 어디 동굴까지 들락거리며 산다고 합니다. 소용돌이에다 왕겨를 넣었는데 정말로 정선 어디 동굴로 나왔다고도 합니다.

명주 꾸리가 세 개나 풀려 들어가는 깊은 곳이라고도 해서 사람들이 잘 가지 않는 곳입니다. 키도 별로 크지 않은 찬학이 오빠는 여간해서 무서운 것이 없습니다. 찬호 오빠는 한술 더 떠서 자기들 마낙에 천년 묵은 이무기가 걸려 나오면 정말 볼만하겠다고 합니다. '정말로 어마어마하게 큰 뱀이 걸려 나오면 어떡하나' 걱정이 됩니다.

우리 집 위쪽은 배를 타고 갈 수가 없습니다. 중간은 여울물이 흐르고 가생이로는 깊은 물도 있고 웅덩이도 있습니다. 조금 지나면 험한 바윗길이어서 마낙이 든 나무통을 메고 아주 천천히 마낙 줄을 늘이며 삼치라우 소 가생이를 지나 신보새다리 밑까지 마낙 열 틀을 놓았습니다.

삼치라우 소 근방에서 엄청나게 큰 쏘가리가 잡혔습니다. 평소에 고기를 많이 잡지 않아서 그런지 허공다리 밑 소보다 엄청나게 고기가 많았습니다. 아주 밤나무 밑 그늘에서 천렵할 준비를 합니다. 아버지가 두 손으로 잡아도 넘치는 몸뚱이가 큰 쏘가리와 어름치 횟감만 골라 다섯 말들이 통나무 함지에다 담았습니다. 큰 두멍버레기_{바닥보다 위로 올라갈수록 입이 넓어지는 옹기}에는 잡고기를 담았습니다.

배를 타고 고기를 잡을 때는 찬호 오빠가 삿대_{배를 움직일 수 있는 긴 장대. 장대로 강바닥을 짚어 배를 밂}를 젓고 찬학이 오빠가 혼자 고기를 건지느라고 애썼는데, 삼치라우 소에서는 큰오빠도 작은오빠도 따로따로 고기 다래끼에 고기도 건져 담고 낚시도 낚시 판에 사리면서 마낙을 건집니다. 고기가 얼마나 많은지 큰오빠와 작은오빠의 다래끼가 다 찼습니다.

천렵꾼들이 모였습니다. 은숙이 언니, 광자 언니, 동희 언니, 동자 언니, 문자 언니는 고기 구경을 하느라고 난리가 났습니다. 통나무 함지를 휘젓고 다니는 쏘가리는 구경거리입니다. 언니들은 다들 천연기념물로 키우자고 합니다. 송 선생님네 아들 형제와 교장 선생님네 막내아들은 같은 또래입니다. 방학 숙제로 물고기를 조사해오라 했다고 막대기로 고기들을 휘젓고 찌르고 괴롭힙니다.

새까만 눈에 얼룩얼룩한 몸뚱이를 한 큰 쏘가리가 갑자기 펄떡 뛰어올라 함지박 바깥 돌 위에 털썩 떨어져 펄떡펄떡 마구 뜁니다. 순식간에 지느러미를 척 세우고 좋이 1미터는 뛰어올라 짓궂은 아들이 놀라 "앙앙앙." 울어대는 꼴이 강변을 박장대소하게 합니다. 어른의 팔뚝 길이가 넘는 어름치는 은빛 비늘을 반짝이며 좁은 함지 속에서 아주 고고하게 우아함을 잃지 않고 유유히 헤엄치며 놉니다.

서울에 가서 고등학교를 다니는 문자 언니는 학교에서 자기네 고향 강의 물고기 표본을 만들어오라고 했답니다. 가장 큰 쏘가리가 탐이 나서 자꾸만 자기를 달라고 합니다. 어른들은 모처럼 좋은 횟감을 만났으니 양보하기가 싫습니다. 문자 언니에게 그렇게 큰 고기가 들어갈 만한 병이 없으니 뿔이 사나운 빠가사리_{동자개}로 표본을 만들면 아주 특이하고 보기가 좋을 것이라고, 빠가사리가 들어갈 만한 좋은 병이 있다고 달래서 어른들은 쏘가리를 차지했습니다.

쏘가리는 회를 떠서 먹기로 했는데, 아무도 회를 뜰 생각들은 하지 않고 모두 다 구경들을 하느라고 정신이 없습니다. 남자들이 회를 뜰까 하고 기다려도 다들 평소에 일을 해보지 않던 사람들이어서 아무도 할 줄을 모릅니다.

동자 언니네 어머니는 옛날 강릉 바닷가에 살다 와서 동자 어머니가 하겠다고 나섭니다. 객지살이할 때 횟집에서 일을 해

봤다는 아시네 사는 윤필 씨가 지나갑니다. "여보게, 여보게
~." 불러 물을 건너오라고 합니다. "너무 바쁘지 않으면 여기
서 쏘가리 회도 먹고 매운탕도 끓여 먹고 하루쯤 놀다 가라"고
붙들었습니다. 큰 고기가 물 반, 고기 반 담긴 함지를 보자 윤필
씨는 좋아서 회를 뜨고 매운탕을 끓입니다.

쏘가리를 많이 잡아먹어보기는 하였지만 아무렇게나 썰어서
먹었지, 체계 있게 회를 뜨는 것은 처음 보는 일입니다. 동자 언
니네는 큰 접시도 가져오고 초고추장도 맛있게 해왔습니다. 우
리 집에서는 상추와 배추를 한 광주리 뜯어다 씻어놓았습니다.
파도 많습니다. 풋고추도 아주 많이 따다 씻어놓았습니다.

윤필 씨 덕분에 여자들이 편해졌습니다. 밥만 하고 심부름만
하니 아주 그럴듯한 점심상이 강변에 차려졌습니다. 윤필 씨는
무를 가져오라고 해서 매운탕에 넣는 줄 알았는데, 무채를 곱
게 썰어 접시 밑에다 깔고 쏘가리 회를 담습니다. 아주 발그스
름하고 탱탱한 쏘가리 회도 뜨고 어름치 회도 뜨고 꺽지도 회
를 뜹니다. 회를 여러 접시로 만들어 아들도 아낙들도 아주 실
컷 먹을 수 있었습니다.

매운탕은 회를 뜨고 남은 뼈들을 집어넣습니다. 아들이 모여
들어 일일이 고기 이름을 물어보면서 지들이 집어넣겠다고 귀

찮게 합니다. 뚝구뱅이모양은 쉬리와 비슷. 화려하지 않고 검은 줄이 있고 눈이 약간 튀어나온 민물고기, 뱀장어, 메기, 수구기름종아리미꾸라지의 일종, 붕어, 두루치, 빠가사리, 불거지, 메자, 돌나리, 어름치, 쏘가 리, 송사리, 꺽지…. 윤필 씨는 지루하고 귀찮아서 나머지 고기를 솥에 한꺼번에 쏟아 넣어버립니다. 윤필 씨는 아들이 툴툴대도 못 들은 척하고 매운탕을 뻑뻑하고 푸짐하게 한 솥을 끓입니다.

어린 아들도 땀을 뻘뻘 흘리며 매운탕도 잘 먹고 회도 어른처럼 잘 먹습니다. 어른들은 풍년 소주를 한 잔씩 하십니다. 안경 너머로 무섭기만 하시던 교장 선생님이 "사공의 뱃노래가 가물거리며 삼학도 파도 깊이 스며드는데이난영의 노래〈목포의 눈물〉 중" 간드러진 목소리로 노래를 하십니다. 이에 질세라 김복례 씨도 "물새 우는 고요한 강 언덕에 그대와 둘이서 부르는 사랑 노래 ~ 흘러가는 저 강물 가는 곳이 그 어데뇨. 조각배에 사랑 싣고 행복 찾아 가자요~백설희의 노래〈물새 우는 강 언덕〉 중." 하며 부릅니다.

둥근 달이 어두니 골짜기 중앙에 시리도록 밝게 떠올랐습니다. 허공다리 깊은 물에 벼랑의 천년 노송이 거꾸로 섰습니다. 싸리꽃과 각종 꽃들이 모두 다 물속에 거꾸로 섰습니다. 사람들은 줄밤나무 그늘에서 나와 뱃놀이를 하려고 줄을 섭니다.

발 빠른 상기 오빠랑 언니 들은 배를 타고 노를 저어 허공다리 아래서 유유히 뱃놀이를 합니다. 우리 식구들은 교통수단으로 쓰고 고기를 잡아 용돈을 쓰는 배인데, 언니들과 오빠들은 아주 환상적이라고, "찬호, 이 복도 많은 놈. 어떻게 이렇게 좋은 곳에 사나, 동생들 데리고 낭만을 즐기며 살라"고 고달픈 오빠에게 계속 계속 이야기합니다.

어렵게 수확한 보리를 타작할 때

보리밥

더운 여름에는 보리밥에 생절이랑 강된장을 넣고 비벼 먹는 게 제격이지요. 1950년대에는 보리밥을 먹기가 쉬운 일이 아니었습니다. 10월 초에 보리를 파종하여 보리 싹이 나면 얼어 죽지 않도록 꼭꼭 밟아주어야 했습니다. 보리밭 밟기는 처음에는 재미있는 것 같은데 한참 하면 무척 지루하고 힘이 듭니다. 겨울에 눈이 많이 와 보리밭을 푹 덮어줘야 보리가 얼어 죽지 않고 봄이면 실한 보리 싹을 볼 수 있었습니다.

봄이면 가을에 수확한 모든 곡식이 떨어져 보리가 익을 때를 기다리는 보릿고개가 있었습니다. 양식이 다 떨어진 집은 보리가 익기 전에 물보리를 베어와 손으로 훑어 가마솥에 볶아서 디딜방아에 찧어 죽을 끓여 그 시기를 연명했습니다.

때로는 보리 수확기에 비가 많이 와서 긴 겨울을 기다려 지은 농사를 다 망쳐버릴 때도 있었습니다. 그때는 일기예보도 들을 수 없었습니다. 하늘을 쳐다보고 바람의 방향으로 짐작하여 비가 오기 전에 보리 수확을 서둘러 합니다. 보리가 덜 말랐을 때는 보리 가리더미를 만들어 보리가 마를 때를 기다리지만, 장마가 3개월씩 계속되어 보리 가리가 완전히 다 썩어 한 알도 건지지 못한 때도 있었습니다. 그만큼 보리농사는 쉽지 않았습니다.

어렵게 수확한 보리를 타작할 때면 온 집안이 깔끄러운 보리 가시 때문에 온통 난리가 납니다. 보리타작은 보리 탯돌에 메쳐 합니다. 사방 1미터쯤 되는 탯돌을 허벅지까지 오는 비스듬한 받침대에 올려놓고 보릿단을 밧줄로 감아 오른쪽 어깨 위로 한 번 메어치고 왼쪽 어깨 위로 메쳐서 털어 던지고 또 감아들고 터는 게 기술입니다. 다 털고 단에 붙어 있는 보리나 꼬생이 송이째로 떨어진 것들은 도리깨로 텁니다.

잘 마른 보리는 디딜방아에 하루 종일 찧습니다. 마른 보리를 방확디딜방아의 절구통에 넣고 물을 적당히 축여서 찧으면서 껍

질을 키로 까불러버리고 다시 하기를 반복하면 보리쌀이 됩니다. 보통은 두 사람이 디딜방아를 찧는데, 때론 사람이 없어 혼자 할 때는 무게가 나가라고 돌을 이고 하기도 하고 애기를 업고 찧기도 합니다. 한 사람은 방확 옆에 앉아서 빗지락^{빗자루}으로 흩어지지 않게 보리를 쓸어 넣습니다. 겉껍질을 다 벗기고 나면 속 버물을 반죽하여 보리 개떡을 만들어 먹습니다.

집에서 이렇게 고생할 게 아니라 다수리에 물레방앗간이 있으니 보리 가마니를 이고 지고 가서 찧을 수도 있습니다. 방앗간은 항상 붐볐습니다. 방앗간 주인이 목이 뻣뻣하게 "거 놓고 가요." 합니다. 보리 가마니를 맡기고 빠르면 닷새도 걸리고 많게는 열흘도 걸렸습니다. 방아쟁이^{방앗간 주인} 마음에 드는 사람이나 친척 혹은 가까운 사람의 것을 먼저 해주다 보니, 약속된 날에 찾으러 가도 찧어놓지 않아서 여러 번 걸음을 해야 보리쌀 구경을 할 수 있었습니다.

보리밥을 할 때는 쌀을 한 번에 세 말 정도 할 수 있는 큰 가마솥에다 해야 점심까지 먹을 수 있습니다. 일이 많을 때는 아침에 밥을 많이 해 큰 바가지에 퍼놓습니다. 바가지에 퍼놓으면 물이 생기지 않고 누룽지가 생기면서 쉬지 않습니다.

보리밥을 하자면 시간이 많이 걸립니다. 어두컴컴한 새벽부

터 일어나 서둘러야 아침을 먹을 수 있습니다. 감자 한 옹패기
옹배기. 물동이보다 작고 주둥이는 넓고 가벼워 쓰기 편리한 질그릇를 긁는 일은
아이들 몫입니다. 이슬 내린 밭에서 콩잎이나 팥잎을 뜯어 강
물에 가서 씻어옵니다. 때론 비름나물도 있고 어린 열무나 솎
음 상추도 준비합니다. 큰솥에 보리밥을 할 때는 나물을 삶기
보다는 보리 밥솥에 쪄서 먹는 것이 더 맛이 있습니다. 어머니
는 강에서 물을 길어와 맑은 물이 나도록 여러 번 보리쌀을 움
켜 씻었습니다. 뜨물쌀뜨물은 소나 돼지를 줍니다. 보리쌀을 아
이를 한 번 끓여 잠시 불을 치우고 시간을 좀 두어야 잘 무르고
부드러운 보리밥이 됩니다.

　다시 물을 붓고 미리 씻어놓은 쌀을 안치고, 감자도 넣고 끓
여 자작자작 밥이 잦아 내려갈 때에 가마솥 가장자리로 씻어놓
았던 배추도 올리고 보리 개떡도 올려서 찝니다. 풋고추를 송
송 썰어 넣고 파도 썰어 넣고 멸치 몇 마리도 넣은 강막장 뚝배
기도 옆에 올려놓아 찌고, 깻잎, 콩잎, 팥잎, 호박잎, 양배추, 장
다리 나온 파도 콩가루를 무쳐서 찌고, 풋고추는 밀가루를 무
쳐서 올리고 감자 반대기도 찝니다.

　넓고 큰 보리 밥솥을 열었을 땐 보리 개떡도 장독소래기로
하나 가득 꺼내고 감자도 한 구박함지박처럼 통나무의 속을 파서 만든 작

은 그릇 꺼냅니다. 잘 쪄진 배추는 썰어 무치고 팥잎 같은 것은 쌈을 싸서 먹습니다. 큰 놋 양푼에 보리밥을 넣고 여러 가지 나물을 넣고 강막장도 넣고 비벼서 아버지와 할머니와 오빠들은 따로 퍼주고, 동생들과 엄마와 같이 먹을 때 정말 맛이 있었습니다. 보리밥을 하는 여름에는 큰 두레 소반이 항상 넘쳐 감자도 내려놓고 보리 개떡도 상 옆에 내려놓았습니다. 보리 개떡과 감자는 밥을 다 먹고 후식으로 먹었습니다.

꼬투리를 하나하나 까야 한다

파란콩* 순두부

　파란콩 순두부는 콩이 여물기 전, 일 년에 한 번만 해 먹습니다. 우리 식구 모두 다 파란콩 두부를 좋아하지만 우리 아버지가 특히 더 좋아합니다. 할머니는 아들을 위하여 해마다 꼭 한 번은 파란콩 순두부를 합니다.

　할머니는 무슨 일을 보면 끝장을 내는 성격이라 파란콩을 밤새워 까다가 살손톱^{손톱 밑의 살}이 자빠져서 무지 고생한 적도 있습니다. 그 후부터는 파란콩 순두부를 하기가 겁이 납니다. 할

● 콩이 여물기 전인 파란 상태의 콩. 여물면 꼬투리가 노랗게 변한다.

머니도 아무리 파란콩 순두부가 먹고 싶어도 "앞으로는 못해 먹겠구나." 하십니다.

그런데 때가 되니 가족들 입에서 무심코 "파란콩 순두부가 먹고 싶다"는 소리가 저절로 나옵니다. 밥을 먹다 말고 파란콩 순두부가 있는 것처럼 작년에 먹던 콩 두부 얘기를 침을 꿀꺽 삼키면서 합니다.

할 수 없이 온 식구가 합심하여 콩을 까기로 했습니다. 아버지는 파란콩을 두부를 할 만큼 뽑아다 뜨럭 방에 들어가는 문 앞에 높이 편평하게 다진 흙바닥 밑에 무집니다 쌓습니다. '저 산더미 같은 콩을 언제 다 까지?' 까기도 전에 미리 지루한 생각이 듭니다. 파란콩은 꼬투리가 잘 벌어지지 않아 하나하나 까야 합니다. 좀 더 누렇게 익은 다음에 하면 두부도 많이 나오고 쉬운데 맛의 차이가 많이 납니다.

콩꼬투리는 절대 손톱으로 까지 않고 양쪽 손의 엄지와 검지, 장지 세 손가락으로 잡고 비틀어 깝니다. 파란콩은 비틀어도 잘 까지지는 않지만 많은 양을 까서 살손톱이 다칠까봐 온 식구가 아주 조심을 합니다.

할머니가 혼자 하지 못하도록 온 식구가 들며 나며 시간이 나는 대로 깝니다. 어린 동생도 콩을 까느라고 애씁니다. 이웃

집의 촉새 할머니는 일도 없으면서 우리 집을 흘끔거리며 지나다닙니다.

온 식구가 이틀을 까니 산더미 같던 콩 무더기가 한 아름쯤 남았습니다. 일하고 들어오시던 아버지가 마지막 콩을 안아 올리는 순간 시커먼 것이 툭 하고 떨어져 구부렁구부렁 잘 기어가지 못합니다. "이 새끼가 뭐 콩이 이불인 줄 아나." 날씨가 썰렁하니 뱀이 콩단 밑에 들어온 것 같습니다.

그런데 그것이 그냥 뱀이 아니고 독사입니다. 아버지와 온 가족은 기겁을 하고 놀랐습니다. 하지만 집 안에서 뱀을 잡으면 자꾸만 뱀이 모여든다고 합니다. "이놈의 독사 새끼가 죽고 싶어 환장을 했나." 아버지가 지게 작대기로 떠밀어 쫓아버리려고 하는데, 입을 쩍쩍 벌리며 매련을 떨고 잘 쫓겨가지 않습니다. "이놈의 독사 새끼 독하기는. 이걸 그만 확 때려잡고 말거여. 이 새끼, 너 운 좋은 줄 알어." 지게 작대기로 한참을 떠군지르니 서서히 굴려 보내니 그제야 스르르륵 사라져갔습니다.

다들 가슴이 쿵쿵 소리를 내며 뜁니다. 할머니는 "그 잘난 파란콩 순두부 먹으려다 아범이 큰일 날 뻔했다. 내년부터는 정말로 그만해 먹어야겠다"고 하십니다.

이런 음식을 할 때는 신경 써서 나무를 준비합니다. 아주 잘 마른 장작도 준비하고 후루룩 타버릴 건불^{마른 솔잎이나 나뭇잎 같은} 것들도 미리 준비해놓습니다.

할머니와 어머니는 저녁에 일찍 한잠 자고 일어나 파란콩을 씻어서 맷돌에 갑니다. 밤중에 콩을 갈아야 새벽에 두부를 해서 아침에 맛있는 콩 두부를 온 식구가 먹을 수 있습니다. 숟갈로 아주 조금씩 떠 넣으며 곱게 갑니다. 곱게 갈아야 두부가 많이 나옵니다.

한잠 자고 일어났는데도 어머니는 자꾸만 하품이 나며 눈물이 질금질금 납니다. 할머니는 혼자 갈 테니 어머니보고 조금 더 자라고 합니다. 할머니도 피곤하기는 마찬가지니 그럴 순 없습니다. 할머니가 콩을 떠 넣을 때는 어머니가 눈을 감고 맷돌을 돌리기로 했습니다. 한참을 할머니가 떠 넣다 어머니가 떠 넣을 적에는 할머니가 눈을 감고 한 손으로 맷돌을 돌립니다.

잘 마른 장작이 아궁이 속에서 빨갛고 곱디고운 불꽃을 피우며 춤추듯 이글거립니다. 썰렁하던 새벽이 따뜻해지기 시작합니다. 아들도 덩달아 일찍 일어나 벽 앞에 모여 참견을 합니다.

큰 가마솥에서 맹물이 설설 끓습니다. 끓는 물에다 포르스름한 콩 간 것을 바가지로 퍼서 가생이에서부터 돌려 붓습니다. 눌러붙지 않게 박죽^{나무로 만든 주걱}으로 부지런히 저어줍니다. 한

참 지나야 솔솔 끓다가 술술 굽이쳐 끓으며 거품이 위로 위로 솟구쳐 올라옵니다. 넘치지 않게 찬물을 한 바가지 위에다 수르륵 돌려 부어 거품을 잠재웁니다. 다시 끓어오릅니다. 가마 위로 거품이 소복이 올라옵니다. 아슬아슬 넘칠 것 같을 때 다시 물 한 바가지를 거품 위에 술술 뿌려줍니다. 거품 잠재우기를 서너 번 한 다음 불을 치우고 뚜껑을 덮어 잠시 뜸을 들입니다. 콩물을 짤 때는 아들도 자루를 붙들어야 합니다.

큰 통나무 함지에 죽대를 올려놓고 긴 삼베 귀 자루에 퍼부어 자루 끝을 비틀어 묶어 쥐고 박죽으로 꾹꾹 누르며 짭니다. 뜨거워서 손으론 짤 수가 없습니다. 일차적으로 다 푼 후 짜서 두멍 버럭지에 옮겨 담은 다음에 함지에 비지가 든 자루를 담고 찬물을 부어 한참을 치대어 콩물을 알뜰히 뺍니다.

비지는 밥도 해 먹을 수 있고 띄워서 비지장도 해 먹을 수 있지만 두부를 많이 먹기 위하여 서너 번 찬물에 치대 콩물을 뺍니다. 가마솥을 깨끗이 씻고 콩물을 모아 붓습니다. 쉽게 타는 건불로 불을 솔솔 때서 콩물을 따뜻하게 데워줍니다. 간수를 물에 녹여 따뜻한 콩물 위에 술술 뿌려줍니다. 파란 콩물이 몽글몽글 구름처럼 엉키기 시작합니다.

간수를 갑자기 너무 많이 치면 두부가 딱딱해져서 천천히 엉기는 정도를 보면서 적당량의 간수를 잘 쳐줘야 됩니다. 콩물이 계란국같이 포르스름하니 예쁘고 사랑스럽게 뭉쳤습니다.

두부를 싸기 전에 온 가족이 둘러서서 뜨끈뜨끈한 순두부를 한 잔씩 후루룩후루룩 마십니다. 세상에서 순두부가 가장 맛있는 시간입니다. 몽글몽글 포르스름 예쁜 모양보다 더 부드럽고 고소한 맛이 온몸에 퍼지면서 아주 행복해집니다.

아침에 먹을 순두부를 한 냄비 정도 퍼놓고 두부를 쌉니다. 큰 함지에 큰 삼베 보자기를 펴놓고 순두부를 퍼 담아서 보자기를 이모저모로 접어 네모지게 만들어 위에다 맷돌 짝을 눌러놓습니다. 할머니가 옆에서 너무 눌러지지 않도록 손으로 눌러보고 적당한 시간에 두부모를 자릅니다.

큰 두멍 버럭지에 누리끼리한 따뜻한 순물^{콩이 엉키고 남은 물}을 담고 두부모를 담가놓습니다. 두부는 순물에서 건져 먹어야 제 맛이 납니다. 시간이 지나면 자주 찬물에 옮겨 담가야 며칠 동안 쉬지 않은 두부를 먹을 수 있습니다.

아버지는 강냉이 섶을 썰어서 비지를 섞어서 소의 아침을 줍니다. 돼지도 겨와 섞어서 먹이고 닭도 먹입니다.

두부가 눌러지는 동안에 어머니는 서둘러 아침상을 차립니다. 배추김치를 쫑쫑 썰어 갖은 양념을 해 꼬미^{고명}를 만듭니다.

양념간장도 만듭니다. 땅속에 묻었던 묵은 배추김치는 이파리 부분을 크게 잘라놓습니다.

따끈따끈한 순두부에는 숟가락을 들기 전에 꼬미를 타고 양념간장을 타서 떠먹습니다. 따끈따끈한 파란콩 두부는 김치 이파리에 싸서 먹습니다. 산초 기름에 지글지글 구워 소금을 살짝 뿌려 먹기도 합니다. 이른 가을에 산초 기름에 구워 먹으면 감기에 걸리지 않는다고 합니다.

수고한 보람이 있어 짐승도 사람도 푸짐한 아침을 먹었습니다. 평생에 잊지 못할 맛있고 행복한 밥상으로 남을 것입니다.

콩을 깔 때는 못 본 척하던 촉새 할머니는 누가 반갑다는 것처럼 나타났습니다. 먹으라는 말도 하기 전에 들어앉아 "아이구, 맛나다." 하며 먹습니다. 내년에는 자기가 콩을 까주겠다고 너스레를 떨면서 먹습니다.

마낙쟁이가 된 큰오빠와 작은오빠

장어죽

다수리가 끝나는 어두니골 어귀에 보를 막아 우리 집 앞까지
는 2킬로미터가 넘는 잔잔한 모래 강이었습니다. 우리 집 위쪽
에서 서서히 여울이 지다가 삼치라우 소 근방부터는 아주 사나
운 여울이 지고 삼치라우 소용돌이를 만나게 됩니다. 저녁때면
모래밭에 거뭇거뭇 골뱅이가 즐비했습니다. 건너편은 허공다
리 벼랑 밑이어서 물이 시퍼렇게 바닥이 보이지 않을 만큼 깊
었습니다. 허공다리 벼랑 밑에는 큰 고기가 많이 살았습니다.

한국전쟁이 끝난 다음 해 마낙쟁이네 세 식구가 이른 봄부터
우리 집 사랑방을 한 칸 빌려 살았습니다. 쪽배를 타고 어두니

강에서 마낙을 놓아 고기를 잡아먹고 살다가 날씨가 추워져야 자기네 집으로 돌아가곤 했습니다. 몇 년을 그렇게 지내더니 어느 해인가 자기네도 고향으로 돌아가 농사를 지어 먹고산다고 쪽배를 우리 집에 주고 갔습니다.

그래서 큰오빠와 작은오빠가 마낙쟁이가 되었습니다. 학교에 갔다 와서 소 풀을 베고 농사일을 도우면서 틈틈이 고기를 잡아 큰 것을 골라 팔아 용돈으로 쓰기도 하고, 끓여 먹기도 합니다. 때론 어쩌다 팔지도 못하고 먹지도 못할 땐 장어도 화롯불에 지글지글 구워서 개도 주고 삶아서 닭도 먹입니다. 일을 많이 하지 못하는 남동생과 내가 낚싯밥 당번이었습니다. 깡통을 들고 진펄에서 지렁이를 캐놓기도 하고 여울물에서 돌을 들춰 시커먼 말뚝꼬내기를 잡아놓았습니다. 시커머스름하고 발이 많이 달린 말뚝꼬내기는 특별히 고기가 좋아합니다.

아버지와 오빠들은 일하다 해거름에 꼬내기_{강물에 사는 고기가 좋아하는 벌레의 일종}를 낚시에 꿰어 마낙 줄을 사려놓고 꼬내기가 꿰어진 낚싯바늘 사이에 모래를 올리면서 한쪽으로 가지런히 놓습니다. 꼬내기가 많을 때는 열 틀도 놓고 꼬내기가 적고 시간이 없을 때는 여섯 틀 정도 놓습니다. 낚싯바늘 100개를 매단 것을 한 틀이라고 합니다.

할머니가 목화로 무명실을 만든 것을 아버지가 여러 겹으로 다시 꼬아서 실타래를 만들었습니다. 밤나무 껍질을 삶은 물에 넣고 밤색 물을 들여서 마낙 줄을 만들었습니다. 일일이 낚싯바늘을 매달아 마낙 열 틀을 정말로 허리가 휘도록 여러 해에 걸쳐 장만했습니다. 그냥 흰색 실이면 고기 눈에 너무 잘 띄어서 고기가 물지 않고 금방 끊어진다고 합니다.

허공다리 벼랑 밑 깊은 소에 마낙 열 틀을 놓은 날, 메기, 쏘가리, 어름치, 뱀장어를 잡았습니다. 어떤 날은 솥뚜껑 같은 자라를 세 마리씩 잡은 날도 있었습니다. 큰오빠는 삿대를 젓고, 작은오빠가 마낙 줄을 강에 푸는 일과 아침에 고기를 건져 올리는 일을 맡았습니다. 늘 다래끼가 무겁도록 고기를 많이 잡았습니다.

큰 쏘가리를 잡은 날, 지나가던 아저씨가 고기 구경을 한다고 했습니다. 그냥 보는 줄 알았는데 큰 쏘가리가 탐나서 만져 보다가 쏘가리가 화나서 지느러미를 척 세웠습니다. 아저씨의 손바닥에 피가 철철 흐릅니다. 큰오빠와 작은오빠가 만져보라 한 것도 아닌데, "무슨 고기가 이렇게 사나우냐"고 도리어 고기를 나무랐습니다. 할머니가 아저씨를 불러다 단오에 매단 쑥을 비벼서 손바닥을 지지고 낡은 천으로 싸매서 보낸 적도 있습니다.

큰물이 지고 바닥이 투명하도록 맑은 강에 마낙을 놓은 날, 허연 수염이 긴 머리통이 엄청나게 큰 메기가 걸렸습니다. 큰 오빠가 두 손으로 잡을 만큼 큰 장어도 걸리고 자잘한 장어가 여러 마리 걸렸습니다.

우리 집은 삼복더위에 보양식으로 꼭 한 번은 메기장어죽을 끓입니다. 강가에 솥을 걸고 천렵 겸 가족이 모여 강 속의 '수삼'이라고 부르는 장어죽을 먹고 쉬는 날입니다. 여름 장마가 지나면 강가에는 떠내려가던 나무가 여기저기 걸려 나무 걱정을 하지 않아도 됩니다.

먼저 엄나무, 오가피, 뽕나무 뿌리, 황기를 넣고 푹 삶아 건져 냅니다. 메기와 뱀장어를 있는 대로 한 솥에 넣고 마늘을 한 바가지 까서 넣습니다. 마늘은 더위에도 좋고 비린내도 잡아줘서 아주 좋습니다. 메기나 뱀장어는 한참을 끓이다 머리를 들고 머리 밑에서부터 긴 싸릿가지 젓가락으로 쭉 훑어내려 등뼈만 빼내면 잔가시가 없어서 어죽을 끓이기에 아주 편합니다. 마지막에 찹쌀을 넣고 대추와 마른 밤을 넣어 죽을 끓입니다. 마른 밤은 적당히 익어서 달착지근한 맛이 일품입니다. 먹을 때 매운 고추를 다져 타 먹기도 하고 고추장을 타 먹기도 합니다. 김장 김치와 같이 먹으면 아주 시원합니다.

　점심을 먹고도 장어죽이 많이 남았습니다. 할머니와 어머니는 남은 장어죽을 저녁으로 먹으면 되니 편히 쉬자고 합니다.

　우리 집은 구라우로 가는 길목이어서 구라우에 사는 옹기네 가족이 우리를 보자 쉬어간다고 왔습니다. 결국 남은 장어죽은 옹기네 가족이 다 먹고, 보약을 먹었다고 고맙다고 고맙다고 여러 번 인사를 하고 갑니다.

3부

온 가족이
일을
하다

무슨 일을 하든 고비를 잘 넘겨야 한다

단풍들이 깻잎

마을의 야산 위에 있는 배수가 잘되는 못둔지 들깨밭은 아주 사랑스럽습니다. 장정의 손바닥같이 큰 깻잎이 달린 깨밭은 어른들의 가슴이 넘치고 아이들의 키가 묻히도록 잘되었습니다. 희끗희끗 흰 깨꽃이 핀 초록 깨밭은 바람이 불면 이쪽에서 저쪽으로 시름하게 쓸렸다 이쪽으로 쓸렸다 하면서 햇빛 비치는 강물같이 시원한 기쁨을 줍니다.

올해는 들깨 모를 붓고 모종을 할 때부터 순조롭더니 깨밭이 황금색으로 곱게 단풍이 들었습니다. 어느 해는 깨가 잘되었는데도 깻잎 뒷면에 뭔가 뻘긋뻘긋한 것이 잔뜩 나서 먹지 못한 적도 있었습니다.

추석이 지나고 서리가 내리기 전 하루 이틀, 품을 들여 단풍 들이 깻잎을 뜯어 일 년 동안 두고두고 먹습니다. 깻잎은 깨가 여물기 전에 따야 합니다. 너무 일찍 따면 깨가 잘 여물지 않습니다. 그렇다고 너무 늦게 따면 깻잎이 다 떨어지고 깨알이 빠져 도망갑니다. 깨밭을 잘 살펴보아서 초록 잎이 단풍이 들고 투명하고 얇아지면, 마르기 전에 때를 잘 맞추어 따야 맛있습니다.

할머니와 둘이 하루 종일 깨가 떨어지거나 부러지지 않게 깨밭 고랑 사이로 조심조심 잘 훑치고 다니며 깻잎을 따서 짚으로 묶습니다.

짚단을 풀어 이삭 쪽을 쥐고 흔들며 짚북데기를 훑어 내려 끈처럼 만듭니다. 이 짚 끈의 위를 묶어 다래끼 줄에 차고 다니며 씁니다. 단풍이 잘 들어 투명하고 얇은 깻잎을 오른손으로 뜯어 왼손에 차곡차곡 쌓습니다. 손에 가득 쌓여 넘치려 하면 두 손으로 둥글게 뭉쳐 지푸라기로 두 번 돌려 꼭 묶습니다. 삶거나 소금에 절이면 줄어들어 빠질 염려가 있어서입니다. 다래끼가 가득 차면 자루에 옮겨 담습니다. 그렇게 저녁때까지 땁니다.

큰 항아리에 7부쯤 되게 차곡차곡 담고 소금물을 아주 짭짤하게 풀어서 붓고 위에 짚 또아리를 올리고 납작한 강돌로 눌러놓습니다. 잘 삭으면 헹궈서 쌈을 싸 먹기도 하고 들기름으로 양념을 하여 밥솥에 얹어 쪄 먹기도 합니다. 큰 장뚜가리로 한가득 양념하여 솥에 물을 붓고 중탕을 할 때는 밥도 먹기 전에 맛있는 냄새가 나서 코를 발름발름하며 숨을 깊게 들여 마십니다.

두 번째 날은 깻잎을 많이 뜯으려고 묶지 않고 다래끼에 차곡차곡 뜯어 담아 가득 차면 자루에 옮겨 담습니다. 오후가 되니 몸이 뒤틀리고 지루합니다. 할머니는 말없이 꾸준히 뜯습니다. 할머니보고 그만 뜯자고 하니 "세상에 무슨 일을 하는 고비를 잘 넘겨야 된다"고 하십니다. 해가 질 때까지 뜯었더니 어제보다 훨씬 많이 뜯었습니다.

일부는 꼭지 쪽을 쥐고 물에 흔들어 서너 번 씻고, 마지막엔 소금을 간간하게 풀어 잠시 두었다가 건져, 물기가 빠지면 항아리에 차곡차곡 담으며 사이사이 막장을 켜켜로 올려 막장 장아찌를 만듭니다. 몇 달이 지나 노랗게 삭아 깻잎 향이 그대로나 입맛 돌게 하는 깻잎은 여름 장마철에 반찬이 없을 때 찬밥에 물을 말아 수저에 얹어 먹으면 입안이 깔끔하고 밥을 잘 먹었다는 기분이 들게 합니다. 나머지는 살짝 데쳐서 양념하여 두고 먹기로 하였습니다.

저녁에 등잔불 밑에 가족이 둘러앉아 깻잎을 짚으로 묶으며 작년에 깨밭에서 일어났던 일을 얘기합니다. 읍내 친척들이 깻잎을 따 가겠다고 하여 그러라고 했더니, 일곱 명이나 와서 조심성 없이 깨밭을 휘젓고 다녀 깨가 다 부러지고, 응달 쪽 연한 깨 송이를 부각을 해 먹는다고 모두 한 다래끼씩 땄습니다. 깨밭도 돌아볼 겸 할머니가 점심을 먹으라고 부르러 가셨다가 깜짝 놀랐습니다.

"아니, 이게 무슨 짓들이냐. 남의 일 년 농사를 어떻게 주인이 먹어도 보기 전에 깨 송이를 이렇게 많이 뜯을 수가 있나." 하니 채산^{채신} 없는 젊은 아주머니가 "바다같이 큰 깨밭에서 그까짓 깨 송이 한 다래끼 땄다고 큰일 난 것처럼 쪼잔하게 군다"고 고함치고 덤벼들었답니다.

곡식을 자식처럼 가꾸는 농부의 마음을 알 리 없는 사람들만 나무랄 일도 아닌 것 같아, 다시는 밭에 사람들을 들이지 않기로 하고 가족들이 도와서 좀 많이 해서 나누어 먹기로 했습니다.

밤에 묶은 깻잎은 아침에 살짝 삶아서 물에 잘 헹궈 큰 삼베 보자기에 싸서 떡 암반에 올려놓고, 물기를 빼느라 큰 댓돌로 누르고 그 위에 맷돌도 올려놓고 다듬잇돌도 올립니다.

김장을 할 때처럼 하루 품을 들여 깻잎을 장만합니다. 조선 간장에 물을 붓고 소금과 설탕도 약간 넣고, 북어 대가리도 넣고, 아끼던 멸치와 다시마를 넣고, 무와 대파도 넣고, 한 솥 짜지 않게 달여 식혀놓습니다. 파도 한 아름을 뽑아다 손질하여 송송 썰고 마늘도 까서 쇠절구에 빻고 참깨도 볶아 고춧가루를 넣고 양념장을 큰 버럭지로 하나 만들었습니다. 바로 먹을 깻잎 양념엔 들기름도 넣습니다.

한 사람은 짚을 풀어내고 머리 쪽을 쥐고 흔들어 장독소래기 같이 넓은 그릇에 깻잎을 여러 장씩 뚝뚝 뜯어 쭉 펴놓습니다. 양념을 작은 그릇에 조금씩 덜어놓고 국자로 양념장을 퍼 빨리 빨리 찔끔찔끔 부어 재워서 큰항아리에 옮겨 담습니다.

두고두고 먹어도 맛있지만 첫날 손바닥같이 큰 깻잎을 밥에 덮어 먹을 때가 제일 맛있습니다.

어머니는 저녁 늦게까지 깻잎 항아리를 닦고 또 닦으며 누구누구네 나누어줄까 손가락을 꼽습니다.

집안에 큰소리가 나는 원인

꽃계란

우리 집 토종닭들은 언제나 소란스러워 닭들 때문에 사람들
도 같이 소란스러워집니다.

닭들은 무리 지어 다니면서 작패도 심하지만 우리 집 용돈의
공급원이자 건강 지킴이입니다. 하루에 30~40개씩 알을 낳는
데 다 팔아서 제사 때나 꽃계란 반쪽씩을 먹어볼 수 있습니다.
우리는 꽃계란을 실컷 먹어보는 것이 소원이었습니다.

이른 봄, 암탉들은 서로 알 둥주리를 차지하고 내려오지 않
습니다. 싱싱한 알을 20개 정도 알 둥주리에 넣어주면 잠깐 먹
이를 먹으러 내려오고, 아니면 거의 먹지도 않고 알을 품습니

다. 21일이 되면 예쁜 아기 병아리가 태어납니다.

병아리의 털이 마를 때를 기다려 살며시 빼어다가 방 안의 광주리에 모아놓고, 첫 먹이로 계란 노른자를 먹여서 일주일쯤 키워 닭장으로 보냅니다. 암탉이 키우게 두면 엄마의 사랑이 대단해서 병아리를 데리고 콕콕 하면서 흙을 파헤쳐 먹이를 찾아 병아리한테 주느라고 작패가 심해서입니다.

우리 집은 일 년에 100마리 정도만 키우고, 나머지는 팔든가, 병아리가 없어 부러워하는 집에 배냇병아리로 주기도 합니다. 배냇병아리는 20마리를 주면 키워서 10마리를 돌려받을 수 있습니다. 범석이네 닭은 병아리를 까지 않아, 우리 배냇병아리 40마리를 가져갔는데, 며칠 만에 족제비가 나타나 다 물어가고 7마리만 남았답니다.

그 중 한 마리는 족제비가 배를 뜯어 먹은 것을 허리를 동여매서 데려왔는데 먹이를 먹으면 밥통에서 밥이 줄줄 샙니다. 상처에 옥도정기_{진통 소염약}를 발라주고 참깨도 먹이고 들기름도 먹였더니 크면서 상처는 나았지만 그 자리에 털이 나지 않아 배가 뻔질뻔질합니다. 그런 놈이 두 다리가 어청하고 덩치도 크고 '꼬끼오오오' 하는 목소리도 우렁차서 대장 노릇을 합니다.

복날에 잡아먹고, 용돈이 아쉬울 때 팔아서 쓰고, 손님이 왔을 때 닭을 잡아먹다 보면 100마리 되던 닭들이 가을이 되고 커서 알을 낳을 때쯤이면 50마리 정도 남습니다. 우리에 가두어 키우면서 알을 잘 낳으라고 하루에 한두 번쯤은 닭장 문을 열어 운동을 시킵니다.

집안에 큰소리가 나면 닭 때문입니다. 워낙 사람 손끝에서 자라서인지 커도 사람만 얼씬하면 졸졸 따라다닙니다. 방문을 '콕콕콕' 주둥이로 찍어서 누가 왔나 내다보려는데, 문종이를 뚫고 닭 머리가 불쑥 들어와 기절할 뻔한 적도 있습니다.

우리 아버지는 닭고기와 계란은 좋아하시는데 닭은 무척 싫어하십니다. 가슴도 뻔질뻔질한 수탉 놈이 마루에 올라와 똥을 '찍' 싸고 '꼬꼬꼬' 하면서 암탉들을 불러 놀다가 아버지한테 들켰습니다.

"이놈의 달구 새끼들, 넓은 들판 놔두고 왜 꼭 집 안을 싸고 도나~."

대빗자루를 들고 다 때려잡아버린다고 온 집을 싸고 따라가면서 후달구면 정신 차릴 새 없이 쫓아가면 닭들이 '꼭꼬꼬꼬꼭, 꼬꼬댁, 꼬꼬댁' 뛰다가 푸드득푸드득 지붕 위로 날아오릅니다. 맞을 듯이 맞을 듯이 하면서도 한 마리도 맞아 죽지는 않습니다.

"무슨 짐승 새끼를 그렇게 버르장머리 없이 키우나."

가만 놔두면 한 밥상에서 밥도 먹게 생겼다고, 달구 새끼 좀 키우지 말라고 야단이 났습니다.

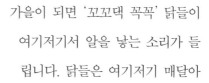

가을이 되면 '꼬꼬댁 꼭꼭' 닭들이 여기저기서 알을 낳는 소리가 들립니다. 닭들은 여기저기 매달아

놓은 알 둥주리에 알을 낳지만 어떤 놈들은 무슨 맘인지 짚더미 속이나 솔갈비^{솔가리. 낙엽진 솔잎} 더미 속이나 강냉이 짚가리 속에 숨어 다니면서 알을 낳습니다. 열심히 찾아다니지만 '꼬꼬댁 꼬꼬댁' 소리는 나는데 어디에다 낳는지 찾지 못할 때도 있습니다.

할머니는 알아도 모른 체했습니다. 어느 장날, 어머니가 계란 꾸러미를 만들어 팔러 가자, 할머니는 몰래 낳은 계란을 한 다래끼 주워와 삶아서 꽃처럼 오려 채반에 문종이를 깔고 예쁘게 담아 "아덜아, 에미 못 볼 때 얼른 먹어라, 원없이 실컷 먹어라." 하십니다. 체하지 않게 동치미 국물을 마시면서 먹으라고 깨소금과 같이 주었습니다. 엄청 맛있었습니다. 닭똥 냄새가 나도록 먹고 있는데 어머니가 너무 빨리 오셔서 들켜버렸습니다. 어머니의 목청이 높아졌습니다.

"누가 아들 먹이고 싶지 않아서 그래유, 돈이 한 푼이라도 아쉬우니 그러지요."

어머니가 아무리 뭐라 해도 할머니는 딱 한마디 하십니다.

"크는 아덜이 먹어야 크지." 하시고는 일하러 가버리십니다.

오늘도 닭들은 소먹이 속에 들어가 파 뒤집고 놀다가 아버지한테 들켰습니다. "그놈의 닭 새끼들, 키우지 말라니 말도 안

들어 먹는다"고 어머니가 파 뒤집은 것처럼 혼이 납니다.

　어머니가 참 딱하다는 생각이 들어서 닭을 키우지 않으면 안 되냐고, 맨날 아버지한테 싸움만 나는 일하지 않으면 안 되냐고 해도, 어머니는 "가족은 그런 게 아니라고 아버지가 허약하여 시름시름 앓을 적에 닭의 배 속에 인삼을 넣고 찹쌀을 넣고 밤과 대추도 넣고 세 마리를 푹 고아 먹고 건강해졌다"고 아버지한테 혼나면서도 닭을 열심히 키우고 알도 열심히 팔아 돈도 모으십니다.

하늘이 세상을 만들 때 그렇게 만들었단다

도토리밥

....

어린 날 할머니를 따라 도토리를 엄청 주워 나른 적이 있었습니다. 풍년이 들어 산이고 들이고 모든 열매가 풍성했던 가을이었습니다.

큰오빠와 작은오빠와 나는 학교를 결석하고 며칠 동안 도토리를 주웠습니다. 아침 일찍 삼베 보자기에 밥을 싸고 막장에 박은 마늘종 장아찌를 김치 이파리에 싸서 큰오빠가 주루먹^주_{루묵. 짚을 엮은 배낭}에다 짊어지고 갑니다. 땅속에 묻어두었던 백김치도 한 포기를 꼭 짜 보자기에 싸서 작은오빠가 다래끼에 메고 갑니다.

도토리가 많은 고동골 뒷산으로 간다고 합니다. 할머니가 앞장서고 그 뒤에 나와 작은오빠가 가고, 큰오빠가 맨 뒤에 갑니다. 처음 가보는 고동골 골짜기는 신기한 새도 많고 나무도 많습니다. 할머니는 "온 산천을 다 참견하지 말고 부지런히 가야 한다"고 하십니다. 고동골 뒷산까지 왔을 때는 이른 점심때가 다 되었습니다.

할머니는 보따리가 무거우니 밥을 먹어 치우자고 하십니다. 수정처럼 맑은 물이 흐르는 도랑가에서 점심을 먹습니다. 할머니는 납작한 돌 위에 밥보자기를 펴놓습니다. 싸릿가지를 꺾어 젓가락을 만들어주십니다. 밥을 먹기 전에 밥을 집어 멀리 던지면서 "꼬시네~. 도토리를 많이 줍게 해주소서~." 한 다음에 어서 먹으라고 하십니다.

백김치는 물에다 헹구어 납작한 돌에 얹어 도랑에 약간 잠기도록 해놓고 먹습니다. 한참을 먹다 보니 강에서는 볼 수 없던 고기들이 나와서 김치 이파리를 뚝뚝 뜯어 물고 갑니다. 먹다 흘린 밥알도 주워 먹습니다. 몸에 까만 점이 주근깨처럼 많은 놈들이 강에서는 볼 수 없던 고기들입니다.

점심을 먹은 후 나무젓가락을 버리지 않고 땅에다 꽂습니다. 아무데나 버려 호랑이가 주워 밑을 닦으면 큰일 난다고 합니다. 후식으로 도랑가에 있는 머루 덩굴에서 머루를 따 먹습니다. 할머니는 "오늘은 머루를 가지고 갈 수 없으니, 욕심부리지 말고 한 송이씩만 따 먹으라"고 하십니다.

잘 익은 도토리나무 밑에 왔을 때는 이미 다람쥐와 청설모들이 모여 도토리를 따고 있었습니다. 도토리나무 상치제일 꼭대기. 햇빛이 잘 비추고 바람도 잘 통해서 과일이 크고 빨리 익음에 올라가서 가장 잘 익고 좋은 것으로 골라 따서 볼테기볼따구니가 주루먹처럼 늘어지게 물고 나무를 내려와서 어디론가 부지런히 갔다 왔다 합니다. 도토리가 새로 떨어지는 것만 얼른 주워 두 발로 서서 두 손으로 오물오물 껍질을 까서 먹습니다.

"할머니, 쟤들은 뭐 하는 거여?"

"가들도 겨울 준비 하느라고 그런단다.
도토리가 떨어진 지 3일이 지나면 좀이 다
파먹고 껍데기만 남는데, 흙에 닿아 있으면
살아서 싹이 나고 벌러지도 안 나는 것을 가들
도 알고 생생한 것만 부지런히 주워다 굴속에 묻어두었다가 겨울에 먹는단다."

"할머니, 가들은 어떻게 그런 걸 알아?"

"다 하늘이 세상을 만들 때 먹고 살아갈 수 있게 만드셨단다."

"할머니는 어떻게 그런 걸 다 알아?"

"다 오래 살다 보면 저절로 알게 된단다."

할머니는 오랫동안 살아서 어디에 도토리가 많은지 잘 아십니다. 잘 익은 도토리가 정말 많습니다. 떨어진 지 오래된 것은 줍지 말고 새로 떨어진 것만 주우라고 하십니다. 금방 떨어진 것은 머리 부분이 하얗고, 반들반들 윤기가 자르르 흐릅니다. 작은 다래끼가 금방 차서 자루에 붓습니다. 부지런히 주우니, 금방 도토리를 한 자루씩 주웠습니다. 큰오빠는 튼튼한 싸리나무 위에 다방구리솔잎이 많은 못생긴 소나무 가지를 깔고 썰매를 만듭니다. 썰매에 도토리 자루를 싣고 끌고 갑니다. 바윗돌이 가로막은 길목에선 자루를 들고 썰매를 옮겨 다시 싣고 갑니다.

한 가마니나 되는 도토리는 그날 밤에 큰 가마솥에 물 한 동이를 붓고 쪄서 널고 잡니다. 도토리가 떨어진 지 사흘이 지나면 벌러지가 나서 안 됩니다. 쪄서 말린 도토리는 디딜방아에 슬금슬금 찧어서 껍데기를 키로 까불러 도토리 쌀을 만듭니다. 도토리 쌀은 여러 해 두어도 벌러지가 나지 않습니다. 가마솥에 물을 많이 붓고 중간에 작은 다래끼를 하나 심고 도토리 쌀을 돌려 안치고 불을 때서 버글버글 끓입니다. 뻘건 물이 우러

납니다. 중간 다래끼에 고인 뻘건 물을 바가지로 퍼내어버리고 새 물을 붓고 또 은근하게 불을 때서 뻘건 물을 우려내기를 한 이틀은 해야 맑은 물이 나옵니다.

떫은 물을 다 뺀 도토리는 밑에 물이 남지 않도록 잦습니다. 시원한 곳에 두었다가 먹을 때 디딜방아에 쿵쿵 찧어 얼레미로 쳐서 도토리 가루를 만듭니다. 노란콩을 볶아서 쇠공이가 있는 디딜방아에 빻아서 가는체로 쳐서 콩보생이를 만듭니다. 콩보생이를 도토리 가루에 섞어서 먹습니다. 사카린을 약간 섞어 먹기도 합니다. 출출할 때 먹으면 먹을 만합니다.

어머니는 도토리를 믿고 쌀을 팔아 송아지를 샀습니다. 어머니는 쌀을 조금 안치고 밥을 하다가 밥이 쏭쏭 잦아 내려갈 때 위에다 도토리 가루를 얹습니다. 밥을 풀 때 도토리 가루와 쌀을 섞어서 퍼줍니다. 처음 몇 끼는 먹을 만했습니다. 며칠이 지나자 정말 먹기 싫어졌습니다. 할머니는 "크는 아들이 먹어야 크지, 아들을 도토리밥을 그만 먹이라"고 하십니다. 우리는 도토리를 많이 주워온 것을 후회하지만 소용없는 일이었습니다.

돌아서면 먹고 돌아서면 배 꺼지는 타작날

타작밥

어두니골에서 열심히 산 보람이 있어 우리 집은 가족의 소원인 다수리에 2칸짜리 마루가 있고 큰 마당이 있는 집으로 이사를 했습니다. 어두니골에서 다수리 논농사를 짓느라고 허리가 휘도록 짐을 지어 나르며 농사하던 아버지의 일이 훨씬 수월해졌습니다. 어머니도 어두니골에서는 일 년 가야 이웃 한 번 만나러 가기가 어려웠는데, 다수리로 이사를 오니 이웃집들이 붙어 있어 서로 보고 얘기도 하고 일하는 것이 노는 것 같다고 좋아하십니다.

다수리로 이사를 와서 첫 타작하는 날입니다.

타작은 일 년 중 가장 기쁘고 큰 잔칫날입니다. 타작날을 받아놓으면 3일 전부터 술꾼들은 "거, 곡물 좀 한 잔 달라"고 들락거려서 더 바쁩니다. 썰렁하고 추운 새벽 3시에 일어나 술국(술안주로 먹는 국)을 끓이고 막걸리를 거르고 점심밥 준비를 합니다. 여러 가지 줄콩을 까놓고 팥을 중간이 툭툭 터지도록 삶아 설탕을 넣고 소금도 조금 넣고 시루팥떡에 들어갈 팥같이 떡팥을 만들어놓습니다.

타작하는 날은 일꾼들이 새벽 4시에 술국을 먹고 시작합니다. 동네 어르신들은 아침 일찍부터 사랑마루에 와서 진을 칩니다. 큰 마당에 일명 '와롱기계'라고 부르는 탈곡기 네 대를 마주 보게 설치합니다. 멀리 있는 논부터 집 주위에 날라다 쌓아놓은 볏단들을 마당에 들여놓고 와롱기계를 발로 밟으면 둥근 탈곡기는 '와롱와롱' 하며 돌아갑니다. 기계 하나를 여섯 명이 한 조가 되어 맡습니다. 볏단을 들고 노련한 솜씨로 이리저리 뒤집으며 터는 사람이 두 명, 양쪽에서 볏단을 집어주는 사람이 두 명, 알곡이 털린 짚단을 주워내는 사람이 두 명입니다. 볏단에서 빠지는 벼 이삭과 큰 검불들은 깍지(갈퀴)로 긁어내어 옆에서 도리깨로 터는 사람들도 있고, 쭉정이와 검불이 벼에 섞이지 않도록 댑싸리 빗자루로 걷어내주는 사람도 있습니다.

마당에 기계 네 대가 동시에 돌아가면 무지 시끄럽고 먼지도 많이 납니다. 양쪽에서 털기 시작하면서 누런 황금색 벼 알이 마당 중간에 쌓입니다. 저녁때가 되면 산처럼 쌓여 양쪽이 서로 보이지 않습니다.

타작하는 날은 모두 신이 나서 힘차고 즐겁게 일합니다. 아낙네들은 아낙네들대로 바쁩니다. 아침도 먹여야 하고 참도 먹이고 점심은 온 동네 사람들이 다 모여 그 어느 때보다도 가장 잘 먹어야 하는 날입니다. 힘을 많이 써서 돌아서면 먹고 돌아서면 먹습니다. 새로 찧어온 햅쌀 다섯 말을 큰 대야에 나누어 담아 여럿이 펌프가에 둘러앉아 씻습니다. 큰 함지박에 여러 사람이 교대로 물을 펌프질해 퍼 올립니다. 옆에는 빈 항아리를 여러 개 놓고 쌀뜨물을 알뜰히 받아 나중에 소나 돼지에게 줍니다. 큰 대나무 바구니와 곤주력_{아주 가는 싸리나무의 일종} 싸리로 엮은 광주리 여러 개를 준비해놓고 쌀을 건져 물을 빼서 가마솥 옆에 날라다가 놓습니다. 열두 동이들이 가마솥에 물을 많이 붓고 설설 끓입니다. 불을 담당하는 사람이 한 명, 아궁이를 지키고 최대한 잘 타는 나무로 불을 땝니다.

나이가 지긋한 밥을 하는 선수들 너덧 명이 가마솥가에 둘러서서 바가지로 부지런히 쌀을 퍼서 가장자리부터 솔솔 안칩니다. 가운데는 맨 나중에 쌀을 안치고 끓지 않는 부분은 주걱 자루로 꾹꾹 찔러 골고루 끓게 합니다. 물이 많으면 밥 위에 물을 바짝 찌워내고 미리 준비한 떡팥을 다 되어가는 밥 위에 솔솔 뿌린 다음 삼베 보자기를 덮고 나무 뚜껑을 덮습니다. 불을 빨리 치워야 밥이 타지 않고, 고소하고 보기 좋은 노르스름한 누룽지도 만들 수 있습니다.

밥의 양이 많아 아무나 하지 못합니다. 윗동네에도 밥을 잘하는 선수가 있고 중간 마을 선수도 있고 아랫마을 선수들도 있습니다. 밥을 잘하는 선수들의 방식이 저마다 다 달라 은근히 신경이 쓰입니다. 윗동네 선수 아줌마는 밥은 잘하는데, 꼭 쌀이 가라앉았다고 주걱으로 밥을 휘젓는 버릇이 있어 이번 타작밥을 할 때는 어머니가 주걱을 꼭 쥐고 내놓지 않았습니다. 떡팥은 위에 안치고 김만 올려 하얀 밥에 솔솔 섞어 퍼야 모양이 좋습니다. 밥을 하는 중에 팥하고 밥을 다 섞어버리면 지저분해질까봐 어머니는 나무 뚜껑을 덮은 다음에야 주걱을 내려놓았습니다.

아주 구수한 밥 냄새가 온 동네에 진동합니다. 반찬 없이 밥만 먹어도 맛있는 타작밥입니다. 귀한 자반고등어도 머리는 떼어놓고 한 솥 지졌습니다.

점심을 먹고는 가마솥 누룽지를 간식으로 먹습니다. 가마솥 밑바닥에 누룽지만 남기고 밥은 알뜰히 퍼냅니다. 누룽지 위에 설탕을 조금 뿌리고 나무 뚜껑을 덮고 솔갈비로 불을 솔솔 때면 빠작빠작하는 소리가 들리며 밥 눋는 냄새가 납니다. 이때 불을 치우고 조금 있다가 열어보면 온 가마 밑면의 누룽지가 통째로 들고 일어나 있습니다. 큰 놋쇠주걱으로 가장자리를 살살 떠들어 서너 사람이 통째로 들어 큰 채반에 꺼내놓습니다.

"와아~." 다들 둘러서서 뜯어 먹습니다.

바느질보다는 미꾸리를 잡고 싶습니다

미꾸리찜

큰올케는 뭐든지 재료만 있으면 아주 그럴듯한 먹거리를 만들어내는 재주가 있습니다. 나보다 한 살 위인데도 아주 어른스러웠습니다. 편물도 잘하고 양장도 잘하고 한복은 도포를 마름질하여 꿰매는 솜씨가 뛰어난 자랑스러운 며느리였습니다.

공무원인 큰오빠를 따라 읍내에 살지만 가끔 와서 아버지의 한복과 집안 식구들의 옷가지를 바느질해주고 갔습니다. 늦은 가을날, 새언니는 바느질을 합니다. 나는 옆에서 쉬운 솔기를 재봉틀에 박아주는 정도의 보조 역할을 합니다. 종일 붙들려 앉았으니 오후에는 속에서 천불이 활활 타는 것 같습니다.

동네 사람들이 물이 마른 보 도랑에서 미꾸리를 캐느라고 난리들입니다. 나는 바느질보다는 미꾸리를 잡으러 가고 싶습니다. 나는 잠깐만 미꾸리를 잡아오겠다고 나섰습니다. 새언니는 무슨 여자가 고기를 잡으러 가느냐고 말렸습니다.

벼가 다 익으면 댐의 수문을 열어 보 도랑에 물을 댑니다. 물이 흘러 흘러가다가 결국은 제일 낮은 곳에 고입니다. 미꾸리들이 점점 물이 고이는 곳으로 모여들다 물이 마르기 시작하면 구멍을 뚫고 땅속으로 모입니다. 이럴 때쯤이면 모두 미꾸리를 캐러 나섭니다. 부지런한 사람들은 한 가마니씩 캐서 읍내에 내다 팔기도 합니다. 집집마다 미꾸리를 캐다가 나름대로 미꾸리 요리를 해 먹습니다.

아무리 많아도 요령이 없는 사람은 어디에 미꾸리가 있는지 감을 잡지 못해 빈손인 사람도 있습니다. 물이 고인 질척한 곳에 보면 어른 엄지손가락만 하게 구멍이 여기저기 뽕뽕 뚫려 있습니다. 그런 곳을 찾아 호미로 땅을 뒤집으면 미꾸리들이 징그럽게 많이 모여 있습니다. 저들끼리 뒤엉켜 찍찍 소리를 냅니다.

빨래 솥이나 다래끼에 눈을 꾹 감고 두 손으로 퍼 담습니다. 미끌미끌한 것이 몸이 으슬으슬하게 몸서리가 쳐집니다. 너무 많은 미꾸리를 만지는 것이 기분 좋은 일은 아닙니다. 한참을 하다 보면 손이 시리고 곱아서 잘 만질 수가 없습니다. 사람들은 나무를 주워 모아 도랑 바닥에 황닥불^{아무 나무나 주워서 아무데서나 피우는 불}을 해놓고 한참 미꾸리를 잡다가 손을 쬐고 또 잡습니다.

그릇이 모자라서 담아오지 못하도록 미꾸리가 많습니다. 욕심내서 많이 잡아오기는 하지만 별로 쓸 일이 없습니다. 큰솥에다 푹 삶아서 겨를 섞어 돼지를 줍니다. 돼지들은 좋아서 '꿀꺽꿀꺽, 첩첩, 후르륵, 푸르륵.' 하며 잘도 먹습니다. 정말 돼지같이 잘도 먹습니다. 겨를 섞어 닭을 주면 처음에는 닭들이 무서워서 끽끽 소리를 내면서 한번 쪼아보고 뒤로 물러섰다가 다시 와서 쪼아보기를 여러 번 합니다. 그러다 용감한 놈이 덤벼들어 팍팍팍 쪼아 먹기 시작하면 그때서야 모든 닭들이 와르르 모여들어 쪼아 먹느라고 난리들입니다. 어떤 놈은 그릇 속에 들어가서 먹습니다. 닭은 아무리 많아도 파 흩치면서 먹습니다. 소는 아무리 배가 고파도 비린내가 나면 큰소리로 "음메~"하면서 식음을 전폐하기 때문에 소가 먹을 거엔 비린내가 옮지 않도록 극히 조심합니다.

새언니는 "미꾸리를 캐왔으면 사람이 먹도록 해야지, 무슨 짓을 하는 거냐"고 답답해합니다.

"새언니, 그거 맛이 아주 더럽게 없거든. 원래 짐승이나 주는 거여."

"먹거리가 있으면 먹도록 만들면 다 먹을 수가 있어."

큰올케는 노인 같은 소리를 합니다. 큰올케는 미꾸리가 든 다래끼에 물을 끼얹어 흔들면서 대강 흙을 씻어냅니다. 큰 대야에 옮겨 담고 소금을 확 뿌렸습니다. 미꾸리들이 바글바글 뒤엉켜 끓는 것처럼 뜁니다. 못 본 체하고 한참을 있다가 보니 다들 죽어 널브러졌습니다.

새언니는 팔소매를 걷어붙이고 눈을 꾹 감고 미꾸리를 씻으려고 합니다. 괜히 미꾸리를 캐와 가지고 선녀같이 예쁜 새언니를 고생시키는 것 같아 많이 미안해졌습니다. 내가 아주 못된 시누이 노릇을 하는 것만 같습니다.

"언니, 저리 비켜봐, 이런 거는 내가 전문이여"라고 나도 눈을 꾹 감고 미꾸리를 만집니다.

새언니가 "에이이~. 왕초보구만." 하면서 놀립니다.

"이렇게 많이 하면 누가 먹느냐"고 나는 투덜거립니다.

"조수 노릇을 하려거든 똑바로 해야지, 무슨 말이 그렇게 많은 거여."

"어서 두 손으로 치대는 것처럼 벅벅 문지르라"고 합니다.

나는 벅벅 문지르고 새언니가 물을 부어주면 바구니에 건져 담기를 여러 번 하여 아주 매끈하게 씻어졌습니다.

새언니는 조선간장, 조청, 들기름, 마늘, 생강, 들깨가루, 고춧가루를 듬뿍 넣어 양념장을 큰 양재기로 하나 만듭니다. 대파를 한 아름 뽑아다가 씻어 어슷어슷 큼직큼직하게 썰어놓습니다. 약이 바짝 오른 풋고추도 어슷썰기 합니다. 빨리 가서 도랑가에 있는 돌미나리를 뜯어오라고 합니다. 미나리는 잎을 따내고 줄기만 다듬어 씻어 잠시 물에 담그고 쇠칼을 넣어놓습니다. 금저리^{거머리}가 몇 마리 죽어 나왔습니다.

새언니는 무를 큼직하게 툭툭 토막을 쳐 물 한 동이들이 통노갱이솥^{물 한 동이 들어갈 정도 크기의 무쇠솥} 밑에다 깔아줍니다. 그 위에 파와 풋고추를 썬 것과 미나리를 조금만 훌훌 뿌리라고 합니다. 그 위에 양념장을 적당히 올리고 미꾸리를 대접으로 퍼 올리고 미꾸리 위에 대파를 뿌리고 미나리와 풋고추를 뿌리고 양념장 올리기를 반복합니다.

솥이 그들먹합니다. 양념장이 묻은 양재기에 물을 부어 알뜰히 가셔서 솥 가생이로 양념이 씻겨 내려가지 않게 소르르 부으니 미꾸리가 푹 잠겼습니다. "언니, 물이 너무 많은 것 아니여?" 하고 걱정하니, 새언니는 "절대로 많지 않으니 염려를 붙들어 매세요~." 합니다.

뚜껑은 덮지 않고 끓어오르기 시작하면 조금 있다가 덮어야 비린내가 나지 않는다고 합니다. 새언니는 아궁이를 지키고 앉아 불을 땝니다. 뚜껑을 덮은 후 다 끓을 때까지 절대로 솥뚜껑을 열어보지 않습니다. 한참을 불을 때니 솥이 눈물을 줄줄 흘립니다. 새언니는 불을 조금 줄이고 끓기를 기다립니다. 솥이 눈물을 멈추고 구수하고 맛있는 냄새가 나기 시작합니다. 이때 솥을 행주로 말끔히 닦고 불을 아주 조그맣게 솥 밑에 있게 합니다. 은근하게 끓는 듯 마는 듯하게 끓입니다.

아주 구수하고 맛있는 냄새가 나니, 고양이와 워리가 벅 앞에 와 지키고 앉아 코를 벌름거립니다. 강냉이 쌀과 서리태를 넣고 쌀밥을 하고 무청도 삶아 무칩니다. 무 막장찌개도 끓입니다. 무슨 잔칫날같이 집안에 좋은 냄새가 가득합니다.

대충 저녁이 다 만들어지니 해가 산봉우리에 걸렸습니다. 새언니는 "애기 씨 때문에 오늘 바느질도 다하지 못하고 가지도 못하니 큰오빠 밥을 어떻게 하느냐"며 나보고 책임지라고 합니다. "뭘 걱정이유, 언니가 어두워도 안 오면 한 끼 사 드시겠지. 오늘 일을 다하지 못해서 못 오는 줄 알거라"고 너스레를 떨어보지만 마음이 편한 것은 아니었습니다.

어른들이 일이 늦어 등잔불을 켜고 저녁을 먹습니다. 저녁 밥상에 바듯하게 졸인 미꾸리찜을 여기저기 큼직한 냄비로 하나씩 퍼다 놓습니다. 아버지는 오래 살았어도 미꾸리가 이렇게 맛있는 줄 몰랐다고 하십니다. 나는 원래 물고기를 먹지 않는데 냄새가 너무 좋아서 먹어보니 전혀 비리지 않습니다. 도루묵찌개와도 비교가 안 되게 미꾸리찜이 훨씬 더 맛이 있습니다. 온 식구가 "아이 맛나다, 아아 맛나다." 하며 먹습니다. 자칫하면 고양이와 워리 줄 것 없이 다 먹어 치울 뻔하였습니다.

세 번째 큰 무로 뽑아오거라

고등어머리찌개

어두컴컴한 새벽, 작은 어두니골에 사는 대목 할아버지가 싸리 빗자루를 한 짐 지고 오셨습니다. "할아버지, 어떻게 이렇게 일찍 오셨어요?" 하니, 이때쯤이면 고등어머리찌개를 해 먹을 때가 된 것 같아서 오셨답니다.

우리 집은 타작이 끝나면 타작날 떼어두었던 자반고등어머리찌개를 별미로 해 먹습니다. 그렇다고 오늘 할 생각은 아니었는데, 대목 할아버지가 그냥도 안 오시고 겨울에 눈을 쓸 싸리 빗자루를 한 짐이나 지고 오셨으니 갑자기 고등어머리찌개를 하느라고 바빠졌습니다.

서리가 내려 을씨년스런 아침에 나는 무를 뽑아오는 당번이 되었습니다. 아침 일찍 무밭에 가면 머리 부분이 파랗고 둥글둥글하니 통통하게 아주 잘생긴 무들이 팔을 있는 대로 벌리고 반겨줍니다. 어머니는 무를 마구 뽑지 말고 잘 살펴보아서 세 번째쯤 큰 것으로 골라 뽑아오라고 하십니다. 크고 좋은 것은 김장할 때 먹어야 하고, 또 좋은 것부터 먹어 치우면 못 산다고 하셔서 무밭을 잘 살펴봅니다. 세 번째 큰 것을 고르는 것도 힘들지만 무를 뽑는 것이 무한테 무척 미안한 생각이 듭니다. 싱싱한 무는 뽑으려 하면 움칠 놀라며 움츠러드는 것 같아서 용기를 내어 뽑습니다. 밭에서 다듬어 가지고 가면 한 번만 날라도 되지만, 무 꽁지나 떡잎을 소, 돼지, 닭에게 주려고 무겁지만 여러 번 날라 가지고 집에 와서 다듬습니다.

　잘 씻은 무는 수저 입 만하게 도톰도톰하게 썰어서 고춧가루와 조선간장, 들기름, 파, 마늘과 함께 양념을 합니다. 물 한 동이들이 무쇠솥에 무를 한 켜 깔고 고등어 머리를 드문드문 올리고, 다시 무를 깔고 고등어 머리를 올리고, 다시 무를 깔고 고등어 머리를 올려 안칩니다. 양념이 묻은 대야에 물을 붓고 새우젓을 약간 풀어 무쇠솥 가생이로 무가 풍덩 잠길 만큼 돌려 붓고 뚜껑을 덮습니다. 불을 세게 때서 잠시 동안 버글버글 끓이다가 불을 줄여 은근하게 한참을 끓입니다.

썰렁한 아침에 멀리까지 아주아주 맛있는 냄새가 납니다. 고등어 머리로 끓인 찌개는 몸통을 넣을 때보다 국물이 아주 깊은 맛이 납니다. 무잎은 물렁하게 삶아 무쳐 반찬으로 내놓습니다.

어머니가 아침을 하시는 동안 발 빠른 작은오빠보고 아랫마을 아저씨네와 어른들만 모셔오라고 하였습니다. 제일 연세 많은 할아버지 집에 갔더니 계시지 않으셔서 먼저 오신 분들하고만 아침을 먹습니다.

한 사람 앞에 국물이 잘박잘박한 무 한 대접에 고등어 머리를 서너 개씩 먹습니다. 살이라고는 모가지 살 달랑 한 점뿐이지만 고등어 살 중에 모가지 살이 제일 맛있는 것 같습니다. 은근히 폭 끓여 흐물흐물해진 뼈도 그냥 씹어 먹습니다. 고소한 고등어의 눈을 먹으면 눈이 밝아진다고, 한꺼번에 여섯 개씩 먹어본다고 좋아들 하십니다. 대목 할아버지는 눈 가장자리는 씹을 것도 없이 수저로 떠 호로록 빨아 먹고, 눈알도 얼마나 폭 고았는지 이가 흐벅흐벅_{힘들이지 않고 쑥쑥 들어가는 상태} 들어가는 것이 하나도 남길 것이 없다고 수다를 떨며 드시다가 빠진 이 사이로 눈알이 툭 튀어 나갑니다. 그러더니 상 위에 떨어진 걸 얼른 주워 드십니다.

"아아, 맛나다, 아아, 맛나다." 하며 밥 한 그릇에 남은 국물을 비벼 기분 좋게 먹었습니다. 우리 가족은 누렁이가 먹을 것이 없을까봐 조금씩 남겨놓았습니다. 연세가 많은 할아버지가 늦게라도 오실까봐 한 뚝배기를 따로 떠놓고, 솥단지에 물을 조금 붓고 식구들이 남긴 것에 밥을 비벼 아침 내내 코를 쿵쿵거리며 흘금흘금 쳐다보던 개와 고양이에게 먹였습니다.

어른들이 집으로 돌아간다고 일어설 무렵 연세가 많은 할아버지가 오셨습니다. 우리끼리 밥을 다 먹은 줄 알고 노여워서 사랑마루 댓돌에다 담뱃대를 '딱딱딱딱' 소리 나게 칩니다. 얼마나 세게 쳤는지 댓꼬가리_{담뱃잎을 담는 부분}가 깨져버렸습니다. "할아버지, 왜 그러세요? 아침 안 드셨으면 아침 드셔야지요." 밥상을 차리고 화롯불에 뚝배기를 올려 보글보글 끓는 채로 옆에 놔드렸더니 "진작 내 거 남았다고 얘길 하지." 민망스러워하며 맛있게 드십니다. 간다던 어른들이 도로 들어와 식사하시는 할아버지 곁에 둘러앉아, "어르신, 이따가 읍내 가는 데 돈을 주시면 담뱃대를 새로 사다 드린다"는 둥 "자기는 담뱃대가 두 개니 하나를 빌려드린다"는 둥 수다를 떱니다.

오늘 자네만 믿네

동동주

....

병인네 진풀* 하는 날입니다.

병인이 어머니는 병인이의 친구를 가만히 뒤란으로 불러 술
독에서 구디기^{구더기}가 동동 뜨는 동동주를 한 대접 퍼주면서
"오늘 자네만 믿네." 하십니다. 여간해서 먹어볼 수 없는 귀한
동동주입니다. 노리끼리하면서도 맑고 투명한 색깔에 쌀알이
동동 뜹니다. 이렇게 많은 동동주를 먹어보기는 난생 처음입
니다.

● 음력 7월에 쑥대나 어린 움나무(나무를 잘라내면 새로 올라오는 새순) 등이 풀씨가 맺기
전 썰어 발효시켜 다음 해 거름으로 쓰기 위한 풀.

동동주 한 대접을 벌컥벌컥 마시고 나니 돼지고기 한 점을 새우젓에 찍어줍니다. 달착지근한 것이 아주 입에 짝 붙는 맛입니다. 기분이 날아갈 것 같습니다.

농주^{막걸리}나 겨우 만들어 먹었지, 살 만해야 구더기^{삭힌 쌀알이 구더기 비슷해서 하는 말}가 동동 뜨는 동동주를 만들 수 있었습니다. 게다가 솜씨 좋은 병인이의 어머니가 만들었으니 맛있을 수밖에 없습니다.

술을 담글 때는 집집마다 직접 누룩을 띄웁니다. 누룩을 잘 띄워야 맛있는 막걸리를 만들 수 있습니다. 누룩은 너무 더운 때를 피해 선선해지면 만듭니다. 밀을 깨끗이 씻어 말려 맷돌에다 주르륵 타개서^{타서} 물을 적당히 부어 뽀닥하게^{물기가 적어 마르지 않고 한 덩이로 뭉쳐지는 상태} 반죽해야 합니다. 너무 질면 잘 뜨지 않고 썩거나 파리가 쉬^{파리의 알}를 슬어 구더기가 생기기 쉽습니다. 그렇다고 반죽이 너무 되면 버썩 마르면서 갈라지고 부서져서 잘 뜨지 않습니다. 너무 두껍게 만들어도 속이 썩어 뜰 수 있습니다. 너무 두껍지도 얇지도 않게 누룩 틀에다 밥보자기를 깔고 반죽한 밀을 꼭꼭 채워 담고, 보자기의 남은 부분으로 반죽을 덮습니다. 그 위에 헌 보자기를 또 덮고 꼭꼭 밟아서 단단하게 만든 것을 따뜻한 아랫목에 짚을 깔아 올려놓고 얇은 이

불을 덮어 띄웁니다.

쌀이 귀해서 강냉이죽에 쌀밥을 조금 넣고 지름하게 ^{죽보다는} 된 ^{상태} 누룩을 섞어 단지에 담고 이불을 덮어 사흘쯤 두면 부글부글 괴어오르다 가라앉습니다. 이걸 체에 걸러 먹는 것이 막걸리입니다. 그것도 솜씨가 있는 사람이라야 누룩도 잘 띄우고 적당히 배합을 잘해서 쌀뜨물 같기도 하고 아주 칼칼한 막걸리를 만들 수 있습니다.

동동주를 만들자면 강냉이를 불려 갈아서 엿질금 ^{엿기름}에 삭힌 뒤 거의 엿물이 될 만큼 달여서 찹쌀밥을 고슬고슬하게 해서 식힌 다음 누룩을 섞어서 부어야 합니다. 찹쌀밥이 적당히 삭으면 동동주는 따로 퍼서 챙깁니다. 밑에 남은 죽이 많이 든 막걸리를 얼개미 ^{엉근 체}에 걸러줍니다. 한 번 거른 다음 무거리에 물을 부어 한참을 주물러서 다시 거르기를 서너 번 해서 먼저 거른 막걸리와 섞어서 가는체에 받쳐줍니다. 고운체 위에 앉은 찌꺼기는 사카린을 섞어 안덜 ^{아낙네들}이 모여 먹습니다. 병인네 막걸리는 워낙 감 ^{재료}이 좋은 것으로 맛있게 해서 술지게미도 부드럽습니다.

병인네 친구들 열 중에 일곱은 집에서 동동주를 한 번도 만들어 먹어보지 못했습니다. 병인네 집에서도 병인이 생일날이나 되어야 주전자 하나 정도 내어서, 특별히 병인이의 친구라고 작은 놋종지로 한 잔씩 맛만 보여주던 동동주입니다.

그 귀한 동동주를 "자네만 믿는다"며 큰 대접으로 하나 아낌없이 퍼주시다니. 병인이 어머니가 고마워서 열심히 진풀을 베어 나릅니다. 조금이라도 풀씨가 맺힌 것이 있으면 골라내고, 잘 자라서 거름이 될 만한 풀을 골라 힘에 버거울 만큼씩 져 나릅니다. 너나 할 것 없이 다들 산더미같이 많이 지고 다닙니다.

병인네 아버지는 천신^{아주 착한 사람} 같은 양반이 주변머리도 없고 솜씨도 없고 일도 잘하지 못하는데 그저 착하기만 합니다. 병인이네는 어머니의 수단이 좋아 농사를 잘 지어 살림도 늘리고 큰아들은 고등학교에 보냈습니다. 병인이 어머니는 일꾼을 얻으면 음식을 아주 특별하게 잘해줍니다. 진풀은 서로 품앗이로 하긴 하지만, 사람들은 특히 병인네 일이라면 다들 즐거운 마음으로 해줍니다.

진풀을 한 짐 해올 때마다 막걸리를 한 대접씩 먹습니다. 막걸리도 다른 집보다 아주 칼칼하고 맛있습니다. 시간마다 다른 안주가 나옵니다. 같은 김치라 할지라도 한 번은 오이김치가 나오고, 다음은 감자조림이 나옵니다.

점심때가 되었습니다. 다른 집 진풀할 때보다 풀 더미가 아

주 큽니다. 점심은 집에서 기르는 닭을 두 마리나 잡아서 고사리와 토란대도 넣고 닭개장을 푸짐하게 끓였습니다. 모두 한창때니 일도 잘하고 먹는 것도 아주 잘 먹어 치웁니다.

점심을 먹고도 잠깐 쉬고 또 풀을 베러 갑니다. 다른 집의 일 같으면 툴툴거리는 사람들이 많은데 모두 아무 말 없이 일을 계속합니다. 보통은 점심을 먹고 한 짐을 더해오면 풀 썰기를 하는데, 병인네 일은 풀을 두 짐이나 더해오고 풀 썰기를 시작합니다. 진풀이 산더미같이 많습니다.

풀 더미를 가운데 두고 양쪽으로 큰 작두를 두 대 차렸습니다. 여섯 명씩 편을 갈라서 풀 썰기를 합니다. 작두 머리 판에 끈을 매고 작두 머리 밑에 움직이지 않을 두툼한 발판을 놓고 두 사람이 힘 있게 작두질을 합니다. 풀을 먹이는 일은 숙달된 사람이 맡아서 합니다. 풀을 두 손으로 흩어지지 않게 꽉 잡고 20센티미터쯤 되도록 일정한 간격으로 먹여줘야 합니다. 썬 풀은 쇠스랑으로 퍼서 작두 반대편으로 무집니다.

진풀을 써는 동안에도 막걸리에 부치기^{부침개} 안주가 나옵니다. 막걸리 한 대접을 마시면 힘이 솟아 엄청나게 일을 많이 할 수 있습니다. 진풀은 젖은 풀이니 저절로 발효가 잘되어 썩을 것입니다. 병인이의 어머니는 "아들 친구들 덕에 내년 농사는 따놓은 당상이다"라고 극구 칭찬을 아끼지 않습니다.

모두 고된 하루였지만 기분 좋게 병인이네 집을 나섰습니다. 이제 삼거리에서 헤어져야 합니다.

그런데 왠지 모두 쭈뼛거리며 가지 않고 할 얘기가 있는 것 같습니다. 한 친구가 말을 꺼냈습니다.

"오늘 아침에 일찍 병인이네 집에 갔는데 병인이 어머니가 나를 뒤란으로 불러 술독에서 구더기가 동동 뜨는 동동주를 한 대접 퍼주시면서 오늘 자네만 믿는다는 거여. 안주도 돼지고기를 새우젓에 찍어주지 않나. 그러니 내가 일을 소홀히 할 수가 없어 열심히 했지."

옆에 있던 친구도 병인이 어머니가 눈을 끔적하기에 따라갔더니 동동주를 주면서 "자네만 믿네." 해서 열심히 했답니다. 한 친구는 여럿이 있을 적에 옆구리를 꾹 찌르면서 오라 하기에 갔더니 동동주를 주면서 "자네만 믿네." 했답니다. 한 명도 동동주를 얻어먹지 못한 친구가 없습니다.

삼거리에서 동동주 얘기를 하느라고 헤어질 줄 모릅니다.

동동주를 먹지 않고도 서로 돌아가면서 하는 진풀인데 억울할 것 없습니다. 어떻든 병인이 어머니 아니면 먹어보지 못할 귀한 동동주에 오늘 하루 귀빈 대접을 받으며 일했으니 한 사람도 언짢아하는 사람은 없습니다.

　다음 날부터 청년들은 서로 작은 것 하나라도 나눌 때면 "자네만 믿네." 합니다. 병인이 어머니는 '자네만 믿네 아주머니'로 불리게 되었습니다.

온 가족이 호박을 줍는 동안

연두색 호박국

　우리 집은 봄이면 울타리 주변이나 밭둑 나무 밑에 호박을 많이 심습니다. 호박 덩굴은 어디든지 높이 올라가 주렁주렁 열매를 맺습니다. 여름내 호박볶음, 된장찌개, 호박잎쌈 등 여러 가지 반찬도 만들어 먹고, 그대로 키워 늙은 호박도 만들고, 호박 고자리도 만들어 겨울부터 봄까지 먹습니다. 호박은 일년 양식 중 한 부분을 차지하는 고마운 열매입니다.

　너무 많이 열어서 미처 따 먹지 못하고, 너무 높이 올라가 열어 따 먹지 못하고, 보이지 않게 숨어 열어 따 먹지 못하고, 울타리 위 안전한 곳에 열린 잘생긴 호박은 익히려고 안 따 먹고 하다 보면, 가을이면 늙은 호박을 한 더미 따게 됩니다.

찬바람이 불기 시작하면 호박이 많이 열어도 호박 고자리를 만드느라고 호박이 남아나지 않습니다. 날씨 좋은 날은 매일 호박 덩굴을 뒤져 호박을 따 들여 얇고 동글동글하게 썰어 강가 바위나 넓은 돌 위에 널어 말립니다. 시기를 놓쳐 조금 크고 씨가 생긴 호박은 반을 갈라 씨를 파내고 반달 모양으로 썰어 말립니다. 얇게 썬 호박을 뒤집지 않고 3~4일 정도 말리면 깨끗하고 맛있는 호박 고자리가 됩니다. 호박 고자리를 말릴 때 비가 와서 거두어 들였다가 다시 널거나 뒤집어주면 예쁜 호박 고자리를 만들 수가 없습니다.

늙은 호박은 가을이 오기 전 태풍과 사나운 비바람의 심판을 견뎌야 됩니다. 나뭇가지 끝에 아슬아슬하게 매달려 자라던 호박은 떨어지지 않으려고 안간힘을 쓰지만 이리 흔들리고 저리 흔들리다 떨어집니다. 울타리 속속들이 바람이 불어 익기도 전에 떨어진 푸르뎅뎅하고 누리끼리한 호박들이 많이 있습니다.

호박이 많이 떨어진 새벽, 온 가족은 춥고 을씨년스럽지만 옷을 흠뻑 적시며 호박을 주워 들입니다. 긴 막대기를 들고 곡식 포기를 들추어 밑에 숨은 호박도 찾아내고 언덕 아래로 굴러 풀밭에 숨은 호박도 찾아내어 알뜰히 거두어들입니다.

호박을 잘게 쪼개어 돼지도 먹이고 소도 먹입니다. 큼직하게 툭툭 잘라 돼지죽도 끓여 먹입니다. 소는 뜨거운 호박을 먹으면 이가 빠진다고 하여 소죽에는 섞어 끓이지 않고 큼직하게 잘라 따로 삶아 식혀서 먹입니다.

온 가족이 호박을 줍는 동안 어머니는 호박국을 끓이느라고 바쁩니다. 덜 익은 호박국을 끓이자면 준비할 일이 많습니다. 들깨를 맷돌에 갈아 체에 걸러 들깨 물을 만들어야 합니다. 덜 익었지만 잘생기고 맛있게 생긴 호박을 여러 개 골라 우선 반을 쪼개어 속을 파내고 또다시 작은 조각을 내어서 깎습니다. 어머니를 도와 호박을 깎는 일은 쉽지 않았습니다. 어머니는 큰 칼로 호박 조각을 쥐고 안으로 길게 깎습니다. 나는 손힘이 약하니 작은 칼로 안에서 바깥으로 내뻗어 깎으라고 하십니다. 자칫 힘 조절이 되지 않아 손을 다칠 수도 있기 때문입니다. 나도 호박을 주우러 가고 싶어 어머니가 시키는 대로 하지 않고 눈치를 살피며 몰래 안으로 길게 들여 깎다가 칼이 쫙 밀리면서 칼날이 엄지손가락 중간에 들어갔습니다. 피가 뚝뚝 떨어집니다.

몰래 손가락을 감싸 쥐고 어찌할 바를 몰라 쩔쩔매다가 어머니한테 들켜버렸습니다.

"그러잖아도 바쁜데 왜 말을 안 듣느냐"고 손가락 마디를 베었으면 어찌 할 뻔하였냐고, 도움이 안 된다고 무지 많이 혼납니다.

단옷날 매달아놓은 약쑥을 비벼 보드랍게 만들어 불을 붙여 피가 나는 자리를 지집니다. 무지 뜨겁습니다. 뜨겁다고 울어도 소용이 없습니다. 딱지가 앉도록 바짝 지져야 덧나지 않는다고 할머니가 붙들어주고 어머니는 지집니다. 손가락이 나을 때까지 물을 만지지 말라고 하여 오빠들 틈에 끼어 호박을 주워 들일 수 있어 좋았습니다.

어머니는 덜 익어 연두색이 나는 호박을 잘게 썰어 큰솥에 넣고 물을 조금 부어 끓기 시작하면 들깨 국물을 넣고 은근히 끓입니다. 호박이 푹 물러 주걱으로 저으면 아주 부드러운 죽같이 되었을 때 마늘을 찧어 넣고 새우젓으로 간을 하여, 어른들은 매운 고추 다진 거나 고춧가루를 타서 먹습니다.

연두색 호박국은 일 년에 한 번 먹는 별미입니다. 호박을 주워 들이느라 춥던 차에 뜨끈뜨끈한 호박국에 밥을 말아 한 그릇 먹으면 속이 확 풀리고 추위가 놓입니다.

모두 뭉쳐 먹고 가시길 바랍니다

도토리묵

구경거리가 없던 시절, 추석 때면 동네마다 연극을 했습니다. 가을걷이로 가장 바쁠 때인데도 청년들은 동네 사랑방에 모여 연극 연습을 합니다. 밤낮으로 너무 바빠서 코피가 터지기 일쑤였습니다. 어떤 동네는 연극을 출중하게 잘해 평창극장에서 2~3회 공연을 하기도 했습니다. 청춘 남녀의 사랑 이야기를 하여 주연이 실제로 결혼하기도 했습니다.

다수리에서도 연극을 하면 자기가 주연을 맡아 '장가를 가야지.' 하고 총각들은 내심 벼르고 있었습니다. 그런데 나이 든 층에서 효 사상을 심어줘야 한다며 '할미꽃 전설 이야기'를 택했습니다. 다들 꼬부랑 할머니 역은 하지 않겠다고 합니다. 평소 웃기기를 잘하는 아랫마을 승호가 기쁜 마음으로 할머니 역을 맡았습니다.

승호 어머니는 하나밖에 없는 아들이 추석 때 연극 주연을 맡았다고 연극 뒤에 먹을 야식을 만들기 위해 산에 가서 도토리를 주워 나릅니다. 낮에는 도토리를 줍고 밤에는 일일이 껍질 까기를 몇 날 며칠을 하여 다섯 말이나 묵거리를 만들었습니다.

"아, 우리 승호가 뭔 할머이 역을 맡았다잖아유. 갸가 그렇게 싱거워요."

누가 묻지도 않는데 오며가며 동네 사람들 만나면 붙잡고 얘길 합니다.

추석 전전날, 승호 아버지와 어머니 둘이 디딜방아에 찧으면서 얼레미로 쳐서 묵거리를 만듭니다. 하루 종일 물 맷돌질을 하여 곱게 갑니다.

추석 전날 새벽부터 묵을 쑵니다. 후지 물_{묵거리를 나중에 거른 물}부터 끓입니다. 처음부터 된 가루를 넣으면 젓기가 힘들어서 안 됩니다. 묽은 물이 끓기 시작하면 된 가루를 부으면서 부지런히 저어 물과 가루가 잘 섞이도록 합니다. 잘못하면 덩어리가 져서 매끄럽고 고운 묵을 만들 수 없습니다. 승호 아버지가 엉덩이를 높이 쳐들고 박죽을 두 손으로 들고 한쪽 방향으로 부지런히 젓습니다. 이런 음식을 만들 때는 승호 아버지는 조수 노릇을 하느라 잔소리를 들어가면서 합니다.

묵이 풀떡풀떡 끓을 때는 긴팔 옷을 입어야 합니다. 원수처럼 고개를 돌려 묵가마를 외면하고 두 팔로는 묵을 열심히 젓습니다. 많은 양의 묵은 화산처럼 폭발적으로 튀어 올라 잘못 방심하면 얼굴에 크게 화상을 입을 수도 있기 때문입니다. 한참을 끓이다가 박죽으로 떠서 흘려보아 쭈르륵 흐르면 묽은 것이고, 천천히 뚝뚝 떨어지면 농도가 맞는 것입니다. 아니면 물에다 뚝뚝 떨어뜨려서 풀어지지 않고 그대로 있으면 농도가 잘 맞는 것입니다.

끓기 시작하면 인내심을 가지고 한참 저어준 다음 불을 치웁니다. 묵가마가 너무 달아 있어서 불을 치우고도 한참을 저어준 다음에 뚜껑을 덮어 뜸을 들입니다. 마지막 마무리를 잘못하면 눌어붙어 화독내가 날 수도 있고 뜸을 덜 들이면 흐실흐실 힘없이 부서지는 모양 부서지거나 입에 들러붙어 맛이 없습니다.

떫은 물을 빼지 않고 묵을 쒔기에 묵모를 잘라 함지박에 물을 담고 담가놓습니다. 다음 날 물이 벌겋게 우러났습니다. 하

루 종일 한두어 번 물을 갈아주면 너무 떫지도 않고 밍밍하지
도 않은 맛있는 묵이 됩니다. 승호 아버지와 어머니는 추석날
놀지도 못하고 묵을 채칩니다.

생배추를 슬쩍 절여 쫑쫑 썰어서 참깨보생이, 파, 마늘, 고춧
가루, 들기름을 넣고 꼬미를 만듭니다. 조선간장에 파, 마늘, 매
운 고추, 참깨보생이, 고춧가루를 넣고 양념간장도 만듭니다.
큰 포기로만 골라 만든 배추김치도 푸짐하게 썰어 준비합니다.
이것저것 실으니 니아까^{리어카}로 하나 됩니다.

추석날 저녁입니다. 비가 올까봐 노심초사 고민했는데 보름
달이 휘영청 밝게 떴습니다. 학교 운동장 무대에는 호야불을
여러 개 매달아 불을 밝히고 운동장에는 구경꾼들이 달빛 아래
모여듭니다.

마지막 막이 오르자 무릎이 귀 뒤로 넘어가도록 꼬부라진 하
얀 할머니가 눈물을 흘리며 앉아 있습니다.

"죽기 전에 딸들을 보고 죽어야지."

어려서부터 홀어머니를 잘 모시겠다던 큰딸네 집으로 지팡
이에 매어 달려 꼬부랑꼬부랑 억지로 걸어서 갑니다. 큰딸은
문도 열어주지 않습니다. 무대 위에서 종이 눈이 나리고, 무대
양쪽에서는 몇 사람이 키를 들고 부쳐 바람의 효과를 냅니다.

둘째딸네 집에서 막내딸네 집으로 가는 길은 발이 떨어지지 않고 지팡이에 매달려 제자리걸음을 하다시피 합니다. 눈보라가 치는 고갯마루에서 모기 소리만 하게 "아가야, 아가야." 부르다 그대로 엎어져 숨을 거둡니다.

여기저기서 우는 소리가 들립니다. 사람들 틈에 끼어 승호 어머니도 많이 울었습니다.

연극이 끝나고, 사회자가 광고를 합니다.

"알려드리겠습니다. 승호 어머니가 도토리묵을 많이 해왔으니 관계자분들은 한 분도 빠지지 말고 묵 쳐 먹고 가시길 바랍니다.● 꼭 드시고 가십시오."

묵 쳐 먹으란 말에 사람들이 눈물을 닦다 말고 우르르 웃습니다.

● 묵은 쳐 먹는다고 합니다. 묵 쳐 먹다. 회 쳐 먹듯 썰어 먹는다는 뜻입니다.

노래자랑에 노란 원피스를 입고 나간 수희

전병

추석이 가까워오고 있습니다.

올해 노래자랑은 판도가 달라질 것을 아무도 예상하지 못했습니다. 꼬맹이인 줄만 알았던 수희가 커서 대상을 거머쥘 줄은 아무도 몰랐습니다.

수희 어머니는 아를 일곱이나 낳아서 기르는 동안 아들을 굶길까봐 정신 바짝 차리고 살았습니다. 수희 어머니는 벅에서 남편이 좋아하는 전병을 구우며 소리를 하고 소당솥뚜껑을 두드리며 살았습니다. 열네 살에 나이가 열 살이나 더 많은 남편한테 시집왔답니다. 어린 나이인데도 살림을 아주 잘했답니다.

남편은 농사를 지어 쌓아놓고도 양식을 아꼈습니다. 아침은 밥, 점심은 찬밥으로 대강 먹고 저녁은 죽을 먹을 만큼만 배급 받아 살았습니다. 실파람^{바느질할 때 쓰는 타래실} 하나도 남편이 사다 주어야 썼습니다. 남편의 허락 없이는 이웃에 한 번 가지도 못 하고 젊은 날을 살았습니다. 게다가 남편은 항상 술이 취해서 집에 오면 술사^{주사}를 부려서 고통은 더했답니다. 큰 아들딸이 웬만큼 커서 동생들을 곧잘 챙길 만해졌습니다.

수희 아버지가 아주 고주망태가 되어 돌아와 몹시 행패를 부린 다음 날, 수희 어머니는 혼자서 술을 마십니다. '이놈의 술을 먹으면 어떻게 되나, 나도 먹어봐야겠다'고 합니다. 수희 아버지가 말리려고 할 때는 이미 인사불성이 되었습니다. 수희 아버지를 보자 "아이구, 수희 아버지~. 나도 술 한잔했소. 아주 기분이 좋소." 횡설수설합니다. 처음에 마셨을 때는 술맛이 아주 고약했습니다. 한두 번 먹어보니 맛이 괜찮은 것 같기도 합니다.

어느 날 장에 갔다 오다가 동네 아줌마들과 술을 한잔하면서 "아리랑 아라리요~." 난생처음 노래 한 곡을 뽑습니다. "아싸, 초성 좋고~." 사람들은 박수를 치며 칭찬합니다. 한두 번 먹고 어울리다 보니 버릇이 되어 매일 술을 먹게 되었습니다. 이제는 남편도 말릴 수 없게 되었습니다. 수희 어머니와 수희 아버지는 늘 술이 취해 있습니다.

아홉 살 수희가 어머니를 대신하여 살림을 맡아 합니다. 오빠 둘에 동생 넷이 있는 수희는 밥도 하고 빨래도 하고 집안일을 도맡아 하였습니다. 아침에 일찍 일어나 어머니를 도와 아침밥을 하고 설거지를 하고 학교에 다녔습니다.

수희가 열세 살이 되었을 때, 어린 동생이 학교에 갈 나이가 되었습니다. 어머니와 아버지는 동생을 학교에 보낼 생각을 하지 않습니다. 수희는 쌀 한 말을 퍼 이고 가서 팔아서 빨간 치마와 노랑 저고리 감을 끊어다 마름질하고 바느질해서 입혀 가지고 동생을 입학시켰습니다.

어머니가 술에 절기 시작하자 늘 먹던 전병도 먹어보지 못한 지 오래입니다.

수희는 장날에 친구들과 전병을 사러 갔습니다. 난전에서 부치기 굽는 할머니한테 "할머니, 옘병 좀 주세요." 말이 헛나갔습니다. "이런 옘병할 놈의 간나들이 먹는 음식 가지고 옘병이라니. 예라 이 옘병할 년들." 소금을 냅다 뿌립니다.

수희는 그 길로 돌아와 아무 가루나 있는 대로 풀어 전병을 만들어 먹게 되었습니다. 융통성이 얼마나 좋은지 어느 날은 나물도 무쳐 넣고 두르르 말아 온 식구가 출출할 때 오며 가며 하나씩 먹을 수 있게 잘도 만듭니다. 아무 가루나 있으면 전병을 만듭니다. 메밀가루는 없지만 밀가루에 도토리 가루를 섞었더니 까무스름한 것이 메밀전병 같습니다. 전병 속은 무를 채칼에 쓱쓱 밀어 얼큰하게 무쳐 넣었습니다. 생채가 아삭아삭 씹히는 맛이 괜찮습니다.

수희는 벅에다 라디오를 틀어놓고 솥뚜껑을 젓갈로 두드리며 노래를 하면 세상에서 가장 즐거운 놀이라도 하는 것 같습니다. 한참 노래를 하며 전병을 굽는데 오빠들이 모여들었습니다. 다들 전병을 마이크 삼아 노래를 합니다. 국자나 수저나 있는 대로 들고 가마솥을 두드리고 물동이도 두드리면서 노래를 합니다. 물동이에 바가지를 엎어놓고 두드리니 북소리가 납니다.

열다섯 살 수희는 노래자랑에 나가기 위하여 일 년 내내 준비합니다. 두 명의 오빠와 남동생은 추석빔으로 노란 샤쓰^{셔츠}를 사 입었습니다. 수희는 틈틈이 골뱅이를 건져 팔고 누에를 기를 적에 얻은 용돈을 모아 노란 천을 끊어다 직접 원피스를 만들어 입었습니다. 하늘거리는 천으로 치마 두 폭을 한 군데로 꿰매 붙였습니다. 허리 부분은 굵은 실을 작대기바늘에 꿰어 숭덩숭덩 홈질을 하여 실 양쪽 끝을 쭉 잡아당겨 주름을 만들었습니다.

노란 샤쓰를 치마허리에 맞춰 꿰매 붙였습니다. 샤쓰와 치마의 이음 부분에 길고 넓은 허리끈을 달아 나비 모양으로 묶었습니다. 하늘하늘한 잔주름 원피스가 아주 그럴듯하게 만들어졌습니다.

아카시아잎을 훑어내고 가는 줄기로 머리를 가늘게 꽁꽁 땋아 묶어 한 밤을 자고 저녁때 풀었습니다. 꼬불꼬불 긴 파마머리가 되었습니다. 귀뿌리를 중심하여 머리를 위로 올려 노란 리본으로 묶었습니다. 나머지 뒷머리는 어깨 위까지 찰랑찰랑하게 늘어뜨렸습니다.

둥근달이 뜬 추석날 저녁, 학교 운동장에 무대가 차려졌습니다. 노래자랑이 시작되었습니다

해마다 단골 출연자가 있습니다. 늘 대상을 받던 은수 언니는 올해도 대상은 자기 것인 양 의기양양합니다. 올해 대상의 상품은 큰 양은 대야여서 다행이라고 합니다. 그동안 상으로 받은 양은 솥단지, 반찬 그릇 등 시집갈 밑천을 단단히 장만해 놓았답니다.

모처럼 무대에 오를 수 있는 기회니 놓칠세라 많은 처녀 총각들이 무대에 섰습니다. 어떤 총각은 무슨 노래를 할 생각이

었는지 모르지만, 큰소리로 "당신에~." 하더니 다시는 아무 말도 못하고 서 있다가 들어갑니다. 잘생긴 총각이 나와 노래도 잘하고 춤도 제법 잘 춥니다. 자기는 평창 출신인 연규진 씨 같은 배우가 되겠다고 합니다. 은수 언니가 노래를 하자 우레 같은 박수가 터졌습니다.

수희의 순서는 맨 끝이었습니다. 수희가 무대에 오르자 박수가 쏟아집니다. 사회자도 관심이 많아 말을 많이 시킵니다. 아무도 노란 원피스를 입은 아가씨가 어린 수희인 줄 알아보는 사람이 없습니다.

"어디서 온 누구입니까?"

"다수리 2반에 사는 김수희라고 합니다."

"무슨 노래를 하시렵니까?"

"〈노란 샤쓰 입은 사나이〉를 하겠습니다."

노란 샤쓰 입은, 말없는 그 사람이,

어쩐지 나는 좋아, 어쩐지 맘에 들어,

미남은 아니지만 씩씩한 생김생김,

그이가 나는 좋아 어쩐지 맘이 쏠려.

아~ 야릇한 마음, 처음 느껴본 심정,

아~ 그이도 나를 좋아 하고 계실까.

수희가 노래를 하자 노란 셔츠를 입은 사나이들이 앞에서 왔
다 갔다 합니다. 여기저기서 휘파람 소리가 획획 들립니다. 1절
이 끝나자 박수를 칩니다. 사회자가 그만 박수를 멈추시라고
할 때까지 박수를 칩니다.

정말 가수 한명숙이 뺨칠 만큼 잘합니다. 사람들은 노래가
끝나자 "앵콜! 앵콜! 앵콜"을 외칩니다. 사회자가 노래자랑에
는 앵콜이 없다고 해도 한참을 "앵콜"을 외쳐댑니다.

"여러분 기다려 보십시오. 수희 양의 노래를 다시 듣게 될 수
있을지."

큰 양은 대야는 수희의 것이 되었습니다. 다음 양은 대야는
배우 지망생이 가져갔습니다. 은수 언니는 제일 작은 양재기 하
나를 탔습니다. 은수 언니는 만약 수희가 먼저 노래를 하였다면
자기는 주눅 들어 노래도 못했을지 모른다는 생각을 합니다.

수희의 앵콜송은 노란 셔츠 입은 3명의 사나이들이 함께합
니다. 무슨 영화의 한 장면을 보는 것 같습니다.

옥순이가 찾던 중앙청 꼭대기 같은 밥

밤밥

우리 집은 줄밤나무 집이라 가을이면 낮에는 밤을 줍고 저녁
이면 식구들이 등잔 밑에 둘러앉아 손에 든 밤 가시를 바늘로
파내고 내일 밥해 먹을 밤을 한 다래끼 까놓고 잡니다. 밤밥을
먹어본 사람들은 그 맛을 잊지 못해 다음 해 가을에는 꼭 한 번
씩 찾아옵니다.

이웃의 예쁜 옥순이는 시골 사람들이 다 부러워하는 도시로
시집갔습니다. 봄에 공무원한테 시집가서 잘사는 줄만 알았는
데, 추석 때 거무거미 같은 몰골로 시댁 어른들과 같이 친정에
왔습니다. 모두 깜짝 놀랐습니다. 무슨 중병이라도 들어서 쫓

겨오기라도 한 줄 알았습니다.

임신한 지 3개월인데 입덧이 심하여 아무것도 먹지 못해서 그렇답니다.

밤밥이 먹고 싶다고 해 시댁 어른들이 시장에 가서 제일 좋은 밤을 사다가 밥을 해줬는데, 한 수저도 먹지 않고 우리 집 무쇠솥에 줄콩을 넣고 한 밤밥이 먹고 싶다고 해서 왔답니다. 시댁 어른들은 "입맛도 촌스러워가지고 고기반찬도 먹지 않고 유별을 떤다"고, 며느리의 입덧이 마치 우리 집 밤밥 때문인 것처럼 갖은 퉁명을 다 떨면서 "고기랑 많이 사왔으니 미안하지만 밤밥을 해달라"고 합니다. 가뜩이나 일손이 바쁜 가을이라 퉁퉁대는 시댁 어른들을 보면 해주고 싶지 않지만, 거무 같은 몰골의 옥순이가 불쌍해서 얼른 울타리에 있는 각종 줄콩을 따다 깝니다.

콩은 풋콩일 때 먹는 것이 특별한 맛이 납니다. 콩들은 종류마다 다 다른 맛을 가지고 있기 때문에 우리 집은 여러 가지 콩을 심었다가 가을 한철 밤과 함께 밥을 해 먹습니다. 금방 쓰러질 것 같던 옥순이는 줄콩과 누릇누릇 익어가는 밭의 콩을 보자 눈을 반짝입니다. 이것은 화초콩, 까치콩, 제비콩, 호랑이콩, 앵두콩, 하얀줄콩, 검은줄콩, 양대콩, 동부, 서리태, 검정콩, 백태, 서목태, 아주까리콩, 청태…. 일일이 이름을 부르며 깝니다. 콩들은 저마다 생긴 대로 이름이 붙었습니다. 서리태는 겉은 까맣고 속은 초록입니다. 흑태는 겉은 까맣고 속은 노랗습니다. 서목태는 '쥐눈이콩'이라고도 하는데 쥐눈처럼 작고 반들반들합니다. 백태는 겉과 속 모두 노랗지만 아주 옛적부터 백태라 부릅니다. 아주까리콩은 아주까리같이 알룩알룩합니다. 청태는 겉과 속이 모두 초록입니다.

햅쌀에다 어제저녁에 까놓은 밤과 각종 줄콩을 넣고 밥을 합니다. 햅쌀은 밥물을 맞추기가 까다롭습니다. 묵은쌀이나 잡곡보다 물을 조금 붓고 먼저 쌀의 물을 맞춘 다음에 밤과 줄콩을 넣고 고루 섞습니다. 밤과 콩이 많아 쌀을 누르기 때문에 함께 안치면 물이 많아 보여 평소처럼 물을 맞추면 고두밥이 될 염려가 있습니다. 햅쌀 밤밥이 끓으면 벼꽃 향이 납니다. 향긋하고 구수한 밥 냄새는 마음을 설레게 합니다. 먹으면 입안에서 살살 녹는 것처럼 마음도 아주 고와지는 것 같습니다. 밤만 해도 맛이 나지 않고, 여러 가지 콩만 해도 맛이 나지 않습니다. 밤과 풋콩들은 정말 찰떡궁합인가 봅니다. 반찬용인 제비콩꼬투리와 여러 가지 연한 콩꼬투리는 실을 아서^{억센 섬유질을 제거하여} 밀가루를 묻혀 찌고 풋고추도 쪄서 무쳤습니다.

고실고실하고 윤기가 자르르 흐르는 예쁜 밥을 큰 사발로 하나 수북이 차렸습니다. 옥순이네 시댁 어른들은 무슨 밥을 중앙청 꼭대기같이 담았느냐고 밥그릇을 보고 깜짝 놀랍니다. 한 수저를 떠보고는 밤이 시내 밤하고는 모양부터 다르다고 무슨 금맥을 캐는 것같이 먹어도 먹어도 새로운 콩이 나오냐고, 이렇게 향기가 나는 쌀밥은 처음 먹어본다고 야단스럽게 먹습니다. 중앙청 꼭대기 같다던 밥그릇이 바닥이 났습니다. 옥순이는 게눈 감추듯 한 그릇을 다 먹고 더 먹겠다고 하여 조금 쉬었다 더 먹으라고 달랬습니다.

점심을 먹고 나니 모두 표정들이 밝아졌습니다. 옥순이네 시댁 어른들은 입덧이 멎을 때까지 친정에 있으면서 밤밥을 많이 먹고 오라고 옥순이를 두고 갔습니다. 옥순이는 즈네 집에 갈 생각도 하지 않고 밤을 줍고 때마다 콩을 까고 푸성귀를 뜯어다 우리 어머니를 도와 반찬을 만들어 잘도 먹습니다.

옥순이는 한가을을 우리 집에서 보냈습니다.

이밥에 채김치 넣고 양푼째 올리는 제사상
이밥

구라우 새댁은 제삿날에 시어머니 몰래 이밥을 한 주걱 훔쳐
찬장 밑에 감춰두었습니다. 다들 잠든 틈을 타 몰래 고추장 한
숟갈을 넣고 비벼 먹을 생각입니다. 새댁네는 논농사를 하지
않아 제삿날에만 이밥을 먹어볼 수 있습니다.

시어머니는 야속스럽게도 뭐든 아낍니다. 고추장도 조그만
오갈오가리. 작고 조그만 항아리 단지에 하나 해놓고 남자들 상에만 조
그만 종재기종지에 떠놓습니다. 여자들은 막장이나 먹고 일 년
가야 고추장을 먹어보기가 힘듭니다. 임신하여 말라비틀어져
도 먹고 싶은 것을 먹어본 적이 없습니다.

오랫동안 기다린 제삿날 밤, 가슴 두근거리며 이밥 한 숟갈을 고추장에 비벼 먹다가 시어머니에게 들켰습니다. "어데 여편네가 고추장을 먹나, 어엉? 손님 오면 먹구 일 년을 먹어야 하는데 어엉? 못된 버르장머리를 하나! 날이 밝으면 친정으로 가그라~." 새댁은 "어머님, 다신 안 그럴게유. 다신 안 그럴게유." 빌어 빌어 살았습니다.

다수리에 시어머니의 친척집 형님이 아들들은 도시로 떠나 혼자 농사를 짓고 삽니다. 일 년에 한 번 다수리에 사는 친척집의 타작날은 시어머니가 꼭 새댁을 데리고 가줘서 이밥을 고추장과 채김치^{무생채}에 실컷 비벼 먹을 수 있습니다. 다수리에 사는 친척집 형님은 항상 말버릇처럼 "내가 아들네 집으로 살러 가면 집 앞 반듯한 논 열 마지기는 자네가 사게." 합니다. 시어머니는 "딴 사람한테 팔면 안 돼유, 그 약속 꼭 지켜유." 답합니다. "걱정 말게나, 큰아들한테 꼭 자네에게 주라고 얘기해놓음세."

시어머니는 집안에 돈이 될 만한 것은 다 갖다 팔아 돈을 모읍니다. 일 년에 쌀 한 말을 사다가 조그만 장롱 속에 쌀자루를 넣고 자물통을 잠그고 열대^{열쇠}를 허리띠에 차고 다닙니다. 시어머니는 새댁이 잠시도 쉬는 꼴을 못 봅니다. 이때 허리띠를

졸라매고 열심히 일해서 우리도 채김치에 고추장을 넣고 이밥을 비벼 먹고 살자고 합니다. 새댁은 너무 아끼고 일만 너무 많이 하는 시어머니를 바로 쳐다보기도 싫습니다.

추석을 앞두고 시어머니는 내일 장에 팔러 갈 나물을 손질하다가 "왜 이렇게 졸리나." 하며 눕습니다. 시어머니는 감기인 줄 알았는데 3일 되는 날, "며늘아, 며늘아." 하며 새댁을 불러 열대를 쥐어주고는 손이 힘없이 툭 떨어졌습니다. "어머니, 어머니." 아무리 흔들어도 꿈적하지 않습니다. 너무 기가 막혀 눈물이 나지 않습니다.

시어머니의 장롱을 열었습니다. 낡은 옷 몇 가지와 작은 쌀자루 하나가 나왔습니다. 쌀자루 속에 돈뭉치가 들어 있습니다. 새댁은 너무 애통하고 염치없어 눈물을 흘릴 수 없었습니다. 부모가 죽으면 땅에 묻는다는데 시어머니를 가슴에 묻었습니다.

시어머니가 너무 갑자기 그것도 가실 때도 되지 않았는데 돌아가셔서 다들 충격이 너무 컸습니다. 다수리 친척집의 할머니네 큰아들이 새댁을 불렀습니다. 집 앞 반듯한 논 열 마지기를 사라고 합니다. 논 열 마지기를 사기에는 소까지 팔아 보태도 모자랍니다. 다수리 할머니는 "나는 아들네 집으로 가니 이참

에 이 집으로 이사를 오게. 있는 돈만 내고 남은 땅은 도지_{일정한}

_{대가를 주고 빌려 쓰는 논밭이나 집터}로 주고 갈 테니 부지런히 벌어서 갚

게."하십니다.

새댁네는 시어머니 덕분에 주식으로 이밥에 채김치에 고추

장을 비벼 먹고 삽니다. 구라우 새댁은 함께할 수 없는 시어머

니 생각으로 늘 명치끝이 아립니다. 시어머니가 살아생전 늘

원망과 불평으로 살았던 것을 두고두고 후회해도 소용이 없습

니다.

구라우 새댁은 열다섯 살에 열여섯 살 먹은 신랑한테 시집왔

습니다. 그때부터 머리가 허연 지금도 사람들은 '구라우 새댁

과 새신랑'이라고 부릅니다. 구라우 새댁은 시어머니를 위하여

할 수 있는 일이 아무것도 없습니다.

부질없는 짓인 줄 알지만 시어머니 제삿날이 오면 그날을 위

해 할 수 있는 정성을 다합니다. 정성 들여 가꾼 올벼쌀_{다른 벼보}

_{다 일찍 수확하는 벼}로 이밥을 합니다. 햅쌀은 물을 잘 맞추어야 합

니다. 쌀 위에 자작자작하게 물을 붓고 고슬고슬 이밥을 짓습

니다. 시어머니의 제사를 위하여 고추 농사도 정성을 들여 지

어 고추장을 별도로 담급니다. 원래 제사상에는 고춧가루가 들

어간 것은 올리지 않는다지만 빨간 채김치를 푸짐하게 올립니

다. 고추장도 큰 탕기로 하나 올립니다. 이밥에 채김치를 넣고 고추장에 밥을 비벼 양푼째 올립니다.

시어머니 생전의 소원을 이루시라고….

뱀이 밤한테 얻어맞고 나한테 달려들었어

삶은 밤

파란 하늘에 건들바람이 불고 여기저기서 '툭툭 투두툭' 알밤이 떨어집니다.

학교를 전폐하고 하루 종일 밤을 줍고 하루 종일 밤을 먹습니다. 마당에는 짚봉생이_{짚을 꼬아 만든 그릇}, 멧방석*, 다섯 말들이 통나무 함지와 서 말들이 함지를 즐비하게 늘어놓고 각자 주운 밤을 따로 모아 팔아 십 분의 일은 옷도 사고 학용품도 살 수 있는 좋은 기회입니다. 뱀이 무서워서 허리를 구부리지 않

---

* 짚을 꼬아 만든 넓은 방석. 위에서 맷돌질도 할 수 있고 곡식도 많이 담을 수 있다.

고 풀을 헤치고 밤을 주울 수 있는 물푸레나무 지팡이를 가지고 다닙니다.

하루 이틀, 밤을 주워 밤이 쌓이면 좋은 것만 골라서 팝니다. 그때는 인구가 많지 않아 지금처럼 물건을 팔기가 여의치 않았습니다. 밤을 팔고 나머지 중에서 똘똘한 것으로 골라 날마다 큰솥으로 하나 삶아 먹었습니다. 큰솥에 밤을 하나 가득 안치고 밤이 7부쯤 잠기게 물을 붓고 불을 많이 때서 펄펄 끓으면 불을 치우고 잠깐 뜸을 들입니다. 큰 버럭지에 찬물을 가득 담아놓고 큰 조리로 밤을 쭐쩍 씻어 건져 싸리 광주리에 담아놓고 하루 종일 들며 나며 먹습니다. 삶은 밤은 까서 먹는 것이 아닙니다. 꽁지 쪽을 입으로 물어뜯어버리고 머리 쪽을 물고 꽉 깨물면 밤알이 터져 나오는 것만 먹고 껍질을 뱉어냅니다. 이렇게 먹기 쉬운 방법으로 밤을 아주 많이 먹습니다. 그러고도 남은 잔챙이 밤은 구들에 자리를 걷고 널어 말립니다.

강변을 따라 줄밤나무 40그루의 중간에 우리 집이 있습니다. 큰 다래끼를 집 앞 밤나무 밑에 놓고 작은 다래끼를 허리에 차고 한 번은 밤나무를 따라 올라가며 줍고 한 번은 내려가며 주워 큰 다래끼에 모아 집으로 나릅니다. 노란 줄무늬가 있는 다람쥐를 닮은 다람쥐밤도 있고, 길쭉하고 기름이 좔좔 흐르는 기름밤, 털이 송송한 털밤, 일곱 톨이 들어 메밀 모양을 한 메밀밤, 외톨밤, 네톨밤, 세톨밤, 콩알처럼 작지만 특별히 고소한 콩밤…. 표현하기 어려울 만큼 사랑스럽고 다양한 모양의 밤이 있어, 하루 종일 밤을 주워도 지루한 줄 모릅니다.

밤을 줍다 보면 너무 잘생긴 밤이 있습니다. 팔기도 아깝고 어찌할 수가 없어 입으로 겉껍질을 까내고 이로 속 버물을 벅벅 긁어 퉤퉤 뱉어내고 생으로 먹습니다. 삶은 밤부터 생밤까지 이래저래 밤을 먹다 보면 저녁때가 되면 턱이 아파 입이 오르내리지 않습니다.

밤나무 밑은 온통 전쟁입니다. 잠시만 방심하면 사람들이 몰려와 밤을 주워갑니다. 청설모 다람쥐도 모여와 밤나무 높은 꼭대기에 있는 제일 좋은 밤을 따 먹습니다. 뱀이나 끔찍스럽게 징그러운 지네는 땅에 엎드려 떨어진 밤을 파먹습니다. 장수하늘소나 돌다래미•들은 쥐새끼들이 먹다 버린 밤을 파먹습니다.

밤나무의 상처가 누레지면 밤송이를 털어서 주워 갈무리하였다가 늦은 가을 온 가족이 모여 2~3일 동안 바수는 작업을

• 발로 돌을 달아올릴 수 있는 힘센 작은 곤충으로, 하늘소의 일종이다.

합니다. 그런데 아버지가 너무 바빠서 털지를 못하셔서 어떤 나무는 밤이 너무 익어 바람이 불면 알밤이 쏟아져 내립니다. 한번은 떨어지는 밤에 머리를 얻어맞고 쩔쩔매고 있는데 밤을 파먹고 있던 뱀의 허리에 밤이 딱 떨어졌습니다. 뱀이 깜짝 놀라 내 앞으로 쏜살같이 달려옵니다. 허리에 찬 밤 다래끼를 꼭 붙잡고 잽싸게 뛰었습니다.

"뱀, 이 새끼, 밤한테 얻어맞고 왜서 나한테 달려드나."

한달음에 집으로 뛰어와 풀썩 주저앉아 엉엉 울었습니다. 할머니가 "야야, 무슨 일이나." 삶은 밤을 까주시면서 물어보셨습니다. 밭에서 일하시던 아버지와 어머니도 들어와 물어보십니다.

"뱀이 밤한테 얻어맞고 나한테 달려들었어."

"아이구, 아가 오늘 죽을 뻔했잖나."

어머니가 영사놀란 데 먹는 약를 접시에 갈아서 먹여주시고는 접시에 남은 걸 손가락으로 훑어 장배기정수리에 뻘겋게 발라주셨습니다. "저녁때는 밤을 줍지 말고 쉬그라." 하십니다. 저녁 내내 가슴이 뛰고 눈물이 멈추질 않아 밤도 줍지 못하고 울었던 날입니다.

그렇게 한가을 밤을 줍다 보면 친구들이 강 건너에 와서 "운동회가 일주일 남았으니 학교에 오라"고 소리치고 갑니다.

오랜만에 학교에 갔습니다. "어어이, 장펑키가 커서 붙은 별명. 한 동안 코빼기도 안 보이더니 운동회에 상이나 탈까 하고 학교에 왔나? 우리는 매일 달리기 연습을 많이 했다. 너는 연습을 안 해서 상을 하나도 못 탈 거여." 하며 약을 올렸습니다. 학교를 다닐 적에 집에서 학교까지 날마다 뛰어다니고 날마다 달리기 연습을 해 달리기에 자신이 있는 것을 아들이 알 리가 없습니다.

다른 것은 다 괜찮은데 무용이 문제입니다. 다른 아들은 선생님이 조회대에 올라서 노래만 하시면 노래에 맞춰 무용을 잘합니다. 앞에 아들의 눈치를 보면서 따라 해보지만 도저히 안 됩니다. 따라 해보다가 우두커니 서서 울었습니다. 누가 왜 우느냐고 물어보면 할 줄 몰라서 안 하겠다고 할 터인데 교장 선생님까지도 나와서 구경을 하시면서 못 본 체하십니다.

서서 울다가 따라 하다 보면 운동회 날은 나도 친구들의 대열에 끼여 신나게 무용을 할 수 있었습니다.

시누이와 올케가 열심히 만든 떡

추석 송편

어두니골에 두 집이나 새 며느리가 들어와서 처음 맞는 추석
에 벌어진 일입니다.

송편을 하자면 새벽부터 디딜방아에 쌀을 빻아 떡가루를 만
들어야 합니다. 뭐니 뭐니 해도 추석에는 송편에 가장 신경을
많이 쓰게 됩니다. 떡 반죽에도 여러 가지 물을 들이고, 송편 소
도 여러 가지를 준비합니다. 밤도 까고, 잘 익은 대추도 따고,
파란콩도 까고, 울타리 줄콩도 여러 종류별로 다 따로 까서 모
아놓습니다. 팥도 불려 쪄서 보슬보슬하게 준비하고 참깨도 볶
아 깨소금을 만들어놓습니다. 누구네 시집온 며느리가 "어머

니, 깨 볶을 때 참기름으로 볶을까요? 들기름으로 볶을까요?"
하고 물었답니다. 깨소금은 깨에 소금을 섞는 것이 아니고 볶
은 깨를 빻은 것입니다.

명절 준비로 한창인 우리 집에 열여섯 살 된 옆집 새댁이 함
지박을 이고 얼굴이 새파랗게 질려 달려왔습니다. 큰일 났다고
함지박을 내려놓고 엉엉 웁니다. 시댁 식구라고는 시할아버지
와 동갑내기 시누이만 있는 집에 시집온 새댁이 처음 맞는 추
석에 송편 반죽을 하다 실패한 것입니다. 시누이와 둘이 아침
일찍부터 디딜방아에 쌀을 빻아 쌀가루를 만들어 송편을 잘 만
들어보려고 했는데, 올케가 쌀가루를 담은 함지박 앞에 앉아
시누이보고 물을 부으라고 했더니 경험 없는 시누이가 물 한
바가지를 단번에 들이부어서 떡 반죽이 아니고 죽이 되어버렸
답니다.

우리 집은 떡 반죽을 하기 전이라 죽이 된 새댁네 떡 반죽을
물 삼아 쌀가루에 조금씩 나눠 넣고 호박을 갈아 섞어 노란 떡
반죽도 만들고 도토리 가루를 섞어 밤색 반죽도 만들고 산머루
를 주물러 걸러 보라색 떡 반죽도 만듭니다. 할머니가 물을 부
어주며 옆집 시누이와 올케에게 떡 반죽을 해보게 합니다. 함
지박에 담긴 쌀가루 가운데를 손으로 살짝 파고 조심스럽게 물

을 부어주며 살살 손으로 뒤적여가며 물을 맞춥니다. 전체적으로 떡가루가 다 젖었을 때 손으로 꼭꼭 주물러봐서 말랑말랑하며 손 사이로 삐져 나가지 않을 정도면 마침맞습니다.

다음은 물과 쌀가루가 잘 어우러지도록 두 손으로 한참 치대주면 됩니다. "소는 뭘 넣을 거냐" 물으니 아직 생각도 하지 못했다고 합니다. 할머니가 우리 집은 줄밤나무 집이라 밤이 많으니 밤도 까고 콩은 즈네들 밭에 가서 따다가 만들어 우리 집에서 빚어서 쪄 가지고 가라고 했습니다.

여럿이 함께 떡을 빚습니다. 하얀 반죽에는 맨드라미꽃으로 예쁘게 장식을 합니다. 새댁네는 처음에는 떡 모양이 우습더니 몇 개를 빚으니까 예쁜 모양이 나옵니다. 한판 소동은 벌어졌지만 시누이와 올케가 열심히 같이해 떠들썩하니 더 좋습니다.

열두 동이들이 가마솥에 떡을 찝니다. 물을 솥 아래의 금까지 붓고 나무로 된 엉그레를 물 위로 건너지르고 큰 싸리로 엮은 채반을 깔고 그 위에 삼베 보자기를 깝니다. 바싹 말라서 잘 타는 장작과 솔갑으로 불을 땝니다. 물이 설설 끓을 때 채반 위에 솔잎을 훌훌 뿌리고 한 번 찔 만큼의 양을 들어다가 조심스럽게 주르르 붓습니다. 한 군데로 너무 몰리지 않고 너무 두텁게 쌓이지 않도록 안치고 떡 위에도 솔잎을 뿌리고, 큰 삼베 보

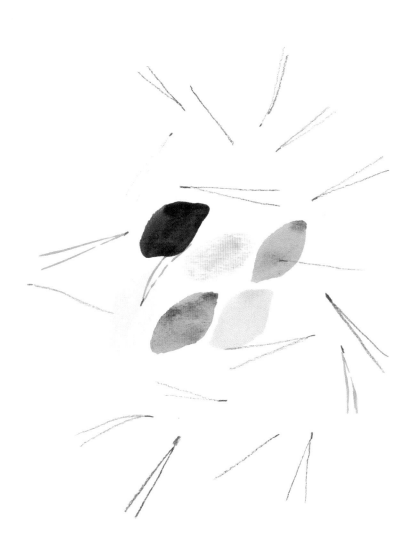

자기를 덮습니다. 나무 뚜껑을 덮고, 아궁이에 빨리 잘 타는 솔갑을 더 넣어 김이 확 오르면 조금 있다가 불을 치우고 잠시 뜸을 들여 꺼냅니다.

어머니가 옆에서 지켜보는 새댁더러, "나는 짐작으로 하지만 언제쯤 불을 치우고 얼마만큼 뜸을 들이는지 숫자로 세어보고 적어놨다가 내년에는 그대로 하라"고 하십니다. 물이 끓지 않을 때는 절대로 한꺼번에 들이부어서는 안 되고, 서로 붙지 않도록 하나하나 정성스럽게 안쳐서 쪄야 되며, 콩떡이 익는 시간이 더 걸리기 때문에 팥떡과 함께 안쳐서는 안 되는데, 양이 많지 않을 때는 콩떡을 먼저 안쳐 한 김이 오른 다음에 깨떡이나 팥떡을 안쳐 쪄야 한다는 것도 가르쳐주었습니다.

뜸이 다 들면 뚜껑을 열고 찬물 한 바가지를 위에다 훌훌 뿌린 다음 여럿이 보자기 네 귀퉁이를 들어 다섯 말들이 통나무 함지로 옮깁니다. 손에 기름을 묻혀 떡에 발라가며 다른 그릇에 옮겨 담습니다. 한 김이 나간 뒤에 만져야 반들반들하고 맛깔스런 떡이 됩니다. 미리 준비한 물김치와 함께 먹는 갖가지 송편은 쫄깃하고 고소하고 향긋합니다. 모두 올해 송편이 제일 맛있다고들 합니다.

새 며느리를 본 순자네도 떡 반죽 때문에 고부가 다투었다고 합니다. 시어머니가 찬물로 생반죽을 한다고 하니 며느리가 "어머니, 무슨 소릴 하시냐, 익반죽을 해야지, 생반죽은 깨져 못 써요"라고 우겼답니다. 시어머니는 '이런 버르장머리하곤, 내가 30년을 떡 반죽을 했다.' 속으로 생각했지만, 그러면 "아가, 너는 익반죽을 하고 나는 생반죽을 해서 먹어보고 내년에는 더 좋은 걸로 하자."그래서 더 싸우지 않고 조용히 떡을 빚게 되었습니다.

며느리의 떡 반죽은 깨지지 않고 만지는 대로 말을 잘 듣습니다. 소가 흩어져서 빚기 어려운 깨떡이나 팥떡도 예쁘게 만들어집니다. 생반죽은 아무래도 빚을 때 생각대로 말을 잘 듣지 않습니다. 추석날이 되었습니다. 똑같이 어제 빚은 떡인데 생반죽 떡은 굳지 않고 쫄깃하고 맛있습니다. 익반죽 떡은 벌써 딱딱하게 굳어버렸습니다. 다들 먹으면서 "이 떡은 왜 이리 딱딱하냐"고 먹지 않았다고 합니다.

도야지 내장국 먹는 보름 미리 잔치

돼지국밥

보름 3일 전쯤 우리 동네에서는 잘 키운 돼지 한 마리를 잡아 동네 사람들이 자기가 가져가고 싶은 만큼 돈을 내고 고기를 나누어갑니다. 남은 내장으로는 내장국을 끓여 동네 보름 미리 잔치 전야제를 합니다. 그해는 우리 집 돼지를 잡게 되었습니다.

처음에는 돼지를 잡을 줄 몰라 도살장에서 일했다는 사람을 불러서 잡았습니다. 돼지를 잡아주는 대신 내장과 머리와 선지를 가지고 갔습니다. 동네 사람들은 내장국이 맛있는데 먹지 못하게 되었다고 무척 아쉬워했습니다. 동수 씨가 다음 해에는 자기가 돼지를 잡겠다고 합니다. 잡는 것을 유심히 봤는데 자기도 잡을 수 있겠다고, 후년에는 내장국을 끓여 먹자고 하여 시작한 것이 이제는 보름 전에 내장국을 먹는 것이 동네의 연 중행사가 되었습니다. 새벽부터 동네의 힘 있는 남정네들이 모 여 강변에 가마솥을 걸고 물을 끓이고 돼지를 잡습니다.

사람들이 돼지고기에 기대를 하는 것이 아닙니다. 돼지를 잡 으면 돼지 내장국밥 한 그릇을 먹으려고 일 년을 벼룹니다. 돼 지를 잡는 날이면 저 아랫마을에 사는 할머니도 오십니다. 윗 동네에 사는 할아버지도 지팡이를 짚고 꼭 오십니다.

돼지를 잡으면 우선 돼지머리부터 가마솥에 푹 삶습니다. 삶 은 돼지머리에는 고기가 많고 쫄깃하기도 하고 부위마다 여러 가지의 맛이 나는 고기가 참 많기도 합니다. 마음이 급한 남정 네들은 푹 삶아진 머리 고기를 안주 삼아 막걸리를 한잔씩 합 니다.

남자들이 막걸리를 한잔하다 뼈다귀를 마당으로 휙 던졌습 니다. 갑자기 "왜개개객, 깨깽깽, 왕앙앙, 앙그르르." 개소리가 납니다. "아이구, 깜짝이야. 웬 개새끼들이 이리도 많나." 콧등 을 찡그리고 송곳니를 드러내고 뼈다귀를 끝까지 놓지 않던 개 한테서 피가 흐릅니다. 하필이면 별나게 개를 좋아하는 근태 씨네 개가 물렸습니다. 근태 씨는 씩딱거리며 "이 바보 같은 개

새끼." 하며 개를 끌고 갑니다. "여보게, 개가 싸울 수도 있지, 좋아하는 내장국은 먹고 가게." 이 사람 저 사람이 불러도 근태 씨는 그냥 가버렸습니다.

돼지 내장은 굵은 싸릿가지에 한쪽 끝을 씌워 뒤집어 똥을 털어내고 맑은 물에 헹궈 밀가루를 넣고 한참을 치대 깨끗이 씻어야 냄새가 나지 않습니다. 돼지머리를 삶는 가마에 내장도 함께 넣고 삶습니다. 펄펄 끓는 국 솥에 빨갛고 징그러운 선지를 바가지로 살며시 퍼부으면 고깃덩이처럼 아주 연하게 뭉쳐집니다.

동네 아낙네들이 모여 내장국을 끓이고 한쪽 에서 밥도 하고 김 장 김치도 썰어 놓습니다. 삶아 진 내장과 선지 를 건져서 썰고 준비합니다. 토란 대와 고사리, 배추 시래기, 무시래기를

삶은 것, 대파, 고추장, 막장, 고춧가루, 들깨가루, 마늘에 오래
묵은 조선간장으로 짭짤하게 무칩니다. 고기도 양념에 무쳐 넣
습니다. 양배추는 생으로 몇 통을 썰어 넣습니다. 아주 큰 가마
솥이 뻑뻑하게 하나 가득 끓입니다. 누가 다 먹지 싶을 정도로
엄청나게 많이 끓였습니다.

방마다 서로 어깨가 닿도록 뻑뻑하게 둘러앉아 막걸리도 한
잔하면서 이렇게 맛있는 내장국은 처음 먹어본다고 다들 즐거
워합니다. 먹거리를 열심히 장만한 어머니만은 돼지 내장국을
입에 대지 않으십니다. 모두들 이렇게 맛있는 국을 왜 먹지 않
느냐고 야단들입니다. 어머니는 돈 때문에 돼지를 잡기는 하였
지만, 얼굴을 아는 짐승을 어떻게 먹느냐고 숟가락을 대지 않
으셨습니다.

모두 기분이 한껏 좋아져서 소리가 저절로 나옵니다. 소리
를 잘하는 수희 어머니가 좋은 타령을 하겠다고 합니다. 국자
를 마이크처럼 들고 "낭군이 낭군이 좋기는 총각 낭군이 좋고,
수건이 수건이 좋기는 모달리 수건이 좋고, 국이 국이 좋기는
도야지 내장국이 좋고, 달이 달이 좋기는 보름달이 좋고~."

참벌 날아가는 소리로 좋은 타령을 끝없이 합니다. 생전 말
씀이 없으시던 노지원 할아버지가 중절모자를 쓰고 일어나서

"죽장에 나까우리 원래의 가사는 삿갓 쓰고 방랑 삼천리, 흰 구름 뜬 고개 넘어가는 객이 누구냐, 열두 대문 문간방에 걸식을 하며 술 한 잔에 시 한 수로 떠나가는 김삿갓~." 소리를 하실 줄 알았는데, 유행가도 잘 불러서 동네 사람들에게 많은 박수를 받았습니다. 달이 떠도 돌아갈 생각들을 하지 않습니다. 앞산에 걸린 달은 님의 얼굴을 닮았고 장마에 등걸 토막 떠내려가듯이 구불렁구불렁 흥겹게 춤을 추며 보름 미리 잔치는 계속됩니다.

4부

한가한 날,
술 한잔
같이하다

둘은 구덩이 파고 여덟은 등 두드리는 거

꽁맨두

건넛마을로 마실을 다녀오시던 아버지는 아주 잘생긴 장꽁수
꿩 한 마리를 산 채로 두 다리를 포개어 거꾸로 들고 오셨습니
다. 날아다니는 꽁을 본 적은 있지만 직접 곁에서 화려하게 생
긴 수꿩을 보는 것은 처음입니다. 가족들이 다 신기해하며 어
떻게 잡았느냐고 물었습니다.

아버지가 강을 막 건너려 지름길로 오느라고 돌서들큰 아름드
리 돌들이 질서 없이 쌓여 있는 곳로 내려오는데 장꽁 두 마리가 까투리
암꿩 한 마리를 놓고 싸우고 있었답니다. 어청한 다리로 돌서들
위를 달려가 걷어차기도 하고 모가지를 서로 물고 뜯기도 하고

서로 목을 엇대고 한참을 서 있기도 하며 끝날 것 같지 않게 맹렬하게 싸우고 있더랍니다. 저렇게 화려하고 잘생긴 놈들도 싸움을 하다니 인물값도 못한다는 생각을 하며 한참 구경을 하고 있었는데, 이길 것 같던 놈이 바위 위에서 발이 미끄러지며 돌서들 속으로 빠져버렸습니다. 큰 돌 틈으로 모가지를 내밀고 멀거니 눈만 멀뚱거리며 나오지 못하는 동안 다른 놈은 꿩꿩거리며 아주 우아하게 화려한 날개를 자랑이라도 하듯이 날아 산으로 올라갔습니다. 재수 좋은 장꿩을 따라 까투리도 '꼬드득 득 까드득득'거리며 한참을 날아 올라가더니 마른풀 사이에 내려앉아 기어 다니는 것 같기도 하고 뛰고 걷기도 하며 아주 정답게 둘이 놀더랍니다. 아버지는 큰 돌 틈 사이에서 장꿩을 뽑아 올려 들고 오셨습니다.

모처럼 꿩맨두^{꿩만두}를 먹게 되었습니다. 어머니는 물을 끓이고 아버지는 꿩을 잡아 꽁지 쪽의 긴 깃털은 누에를 키울 때 쓰려고 여러 개 뽑아 묶어 매달아놓습니다. 애기 누에는 너무 작아서 손으로 만질 수가 없어서 꿩 깃털로 쓸어 옮깁니다. 봄이면 산에 돌아다니면서 꿩 털을 주워다 썼는데 이번에는 이웃에게도 나누어주고 쓸 수 있게 되었다고 기뻐하십니다.

잡은 꿩은 끓는 물에 튀해^{튀겨} 털을 뽑고 살을 발라 잘게 다집니다. 내장도 버리지 않고 가는 싸릿가지로 끝에서부터 씌워 뒤집어 소금에 바락바락 주물러 깨끗이 씻어놓습니다. 어머니는 뼈와 내장을 삶아 국물을 장만합니다.

오빠들은 무 구덩이에서 무를 꺼내다 숟가락으로 아주 얇게 긁어줍니다. 만두소에는 생무를 긁어 넣어주어야 시원한 맛이 납니다. 무를 긁는 일이 쉬운 일은 아닙니다. 수저로 위에서부터 고루 넓게 반경을 잡아서 긁어야지, 처음부터 좁게 긁으면 긁기도 불편하고 껍질만 많이 남고, 조각이 나게 뜯어지면 잘 익지 않고 먹을 때 우들거려 맛이 없습니다. 얇게 긁은 무는 꼭 짜서 무 국물을 만두 국물에 붓습니다. 무 국물은 국이 시원한 맛을 내는 데 한몫합니다. 썰어놓은 김치를 삼베 보자기로 짜고 두부도 짭니다. 다진 꿩고기를 넣고, 모처럼 하는 꿩맨두라 참깨보생이도 아끼지 않고 듬뿍 넣고, 들기름도 듬뿍 넣어 만두소를 만듭니다. 온 가족이 나서지 않으면 짧은 해에 만둣국을 먹기가 어려워서 온 식구가 다 나섰습니다.

할머니는 메밀가루 반죽을 하여 맨두피를 만듭니다. 반죽을 조금 떼어 손바닥에 올려놓고 두 손을 돌려 동그랗게 만들어 분가루덧가루에 굴린 다음 엄지손가락은 위로 올리고 나머지 여덟 손가락은 밑에서 등을 두드리듯이 조물조물 돌리면 옴폭한

맨두피가 만들어집니다. 맨두피에 소를 가득히 넣고 왼쪽 손에 쥐고 오른손 엄지와 검지 두 손가락으로 끝부분을 꼭꼭 눌러 붙이면서 마지막에 조금 덜 붙여 바람구멍을 남깁니다. 바람구멍을 남겨야 국물이 들어가 고루 익고 먹을 때도 국물이 배어 나와 아주 맛이 있습니다.

팔모 소반에 처음에는 한입에 쏙 들어가게 아주 예쁘게 빚은 맨두를 뉘어서 한 바퀴 돌려놓고 다음부터는 돌려 세웁니다. 메밀맨두는 분가루만 묻히면 바싹 붙여 세워도 서로 붙지 않습니다.

할머니는 맨두를 빚으면서 우리에게 수수께끼를 냅니다.

"두 사람은 구덩이 파고 여덟 사람은 등 두드리는 게 뭐게?"

우리는 몰랐는데 할머니는 "맨두 빚는 것"이라고 했습니다. 맨두피를 만드는 할머니의 손을 가만히 들여다보니 이해가 갔습니다.

할머니와 어머니는 얼마나 손이 빠른지 기계처럼 맨두를 빚어 팔모 소반 가생이부터 돌려 세워 계속계속 안으로 안으로 뱅글뱅글 돌려 세워 소반이 가득 찼습니다. 색깔이 조금 까무잡잡하고 진한 회색빛이 나는 것이 삶아 먹어 치우기엔 아까울 정도로 예쁜 모양입니다.

꽁 대신 닭이라고 닭을 키우니 가끔 닭맨두를 해 먹고 설에
도 닭맨두를 해 먹었는데 오늘은 우연찮게 꽁맨두를 먹게 되었
습니다. 꽁맨두는 조금 시구운 ^{신맛} 것 같다는 생각도 들지만 닭
맨두보다는 별난 맛에 국물도 남기지 않고 온 가족이 맛있게
먹었습니다.

한바가지 할머니의 마지막 감자떡

나이떡

음력 2월 1일은 머슴날, 일꾼날, 나이떡 먹는 날이라고 했습니다. 자기 나이의 수만큼 쌀을 한 숟가락씩 모아서 송편을 빚기 때문에 이날 먹는 떡을 나이떡이라 합니다. 쌀이 귀한 때라 쌀떡은 조금하고 다른 잡곡 떡을 곁들여 먹었습니다.

정월달은 설날부터 시작하여 세배를 다니고 보름에 놀고 이런저런 핑계로 이월 초하루까지는 꼬박 놀기가 일쑤입니다. 이월 초하루는 그런 한가한 일상이 끝나고 농번기가 시작되는 날입니다. 나이떡은 가족의 나이 수대로 쌀을 한 숟가락씩 모으면서 가족의 건강과 안녕을 빌고, 떡을 만들어 든든히 먹고 한 해 농사를 시작한다는 의미입니다. 농부들은 이월 초하루에 일이 하기 싫어, 지게 목발을 붙잡고 운다고 합니다.

한바가지 할머니는 일을 할 수 없는 연세가 많은 할아버지와 둘이 사는데, 이월 초하루 날이면 떡을 아주 많이 합니다. 아들딸 9남매를 두었는데 딸들은 시집가서 집을 떠나고, 아들들도 장가가서 농사짓기 싫다고 다 도시로 가버렸습니다. 논농사나 다른 농사는 다 도지를 주었지만, 가족들이 좋아하는 감자 농사는 할머니가 손수 지으십니다.

한바가지 할머니는 연신 큰길 쪽을 바라보며 아들, 딸, 손주 나이의 수대로 쌀을 떠서 떡을 합니다. 큰아들이 좋아하는 밤떡도 만들고, 작은아들이 좋아하는 콩떡도 만들고, 손주가 좋아하는 팥떡도 만듭니다. 특히 가족들이 좋아하는 감자떡은 아주 정성 들여 만듭니다. 한바가지 할머니는 자기가 농사한 마지막 감자떡을 해 먹는 날이라며 다들 모이라고 미리미리 일러 두었습니다.

무시래기를 삶아 얼큰하게 무쳐 감자떡 소를 장만합니다. 김치도 곱게 다져 넣고 무도 긁어 넣고 양배추도 볶아 넣어 아주 매콤하게 무쳐 준비합니다. 송편 모양으로 만들지 않고 도톰한 만두 모양으로 만듭니다. 짙은 회색으로 투명한 감자떡은 따뜻할 때 먹어야 맛있습니다. 쌀떡을 내놓고 먹습니다. 세상에 어떤 떡이 얼큰하고 매콤한 감자떡보다 더 맛있을까요?

감자떡 반죽은 아들딸 들이 도착할 시간에 맞추어 맨 나중에 합니다. 곱고 소록소록 아주 사랑스러운 감자 가루를 함지박에 담아놓고 물을 팔팔 끓여서 가운데를 파고 물을 부으면서 주걱으로 빨리빨리 저어 섞어 익반죽을 합니다. 익반죽을 해놓고 시간이 너무 지나면 늘어져 쓰지 못하게 됩니다. 쌀 송편은 한 김이 나가야 맛있지만 감자떡은 뜨거울 때 먹어야 맛있습니다. 쪄놓고 조금만 식어도 굳기 때문입니다.

일을 돕지도 않는 할아버지가 감자떡을 빨리 해서 쪄놓으라고 성화를 부립니다. 쌀 송편도 못생기게 빚었다고 타박합니다. 참다못한 할머니가 "이제 그 나이가 됐으면 깨갱하고 꼬리를 내릴 때도 되었건만, 어찌 그리 젊을 때와 똑같이 잔소리를 늘어놓소!" 한바탕 싸움을 하고야 조용해졌습니다.

한바가지 할머니는 9남매를 키우느라 일을 많이 해서 일찍이 허리가 꼬부라져 한 바가지밖에 들지 못하고 다녀서 동네 사람들이 붙여준 별명입니다. 처음에는 자기들끼리 뒤에서 쑥덕쑥덕 불렀는데 지금은 대놓고 '한바가지 할머니'라고 부르게 되었습니다.

한바가지 할머니는 꼬부라진 허리도 아랑곳 않고 가족들을 위해 열심히 감자 농사를 짓습니다. 꼬부리고 한참을 일하다 '휴우' 하고 허리를 펴고 한 번 일어섰다가는 또 꼬부리고 일합니다. 가족들에게 감자떡을 먹이기 위해 여름 내내 땀을 흘려 감자 농사를 짓고 감자 가루를 만듭니다.

감자 가루를 만드는 일은 쉽지 않습니다. 감자를 캘 때쯤 비가 많이 오면 감자가 많이 썩습니다. 한바가지 할머니는 비를 맞으며 감자를 캐고 큰 항아리를 집에서 뚝 떨어진 도랑둑에 여러 개를 세워놓고 한쪽이 썩은 감자_{고구마는 썩으면 먹지 못하지만 감자는 썩어도 먹을 수 있음}도 버리지 않고 흙을 깨끗이 씻어 항아리에 담아 썩히고 잔쳉이 감자도 한 항아리를 썩힙니다.

좋은 감자 가루를 만들려고 멀쩡한 감자도 한 항아리 썩힙니다. 이렇게 만들면 본래 썩은 감자보다 더 하얗고 고운 가루가 나옵니다. 쉬가 슬지 않게 비료포 종이로 덮고 고무줄로 꽁꽁 묶고 뚜껑을 덮습니다. 썩는 냄새가 진동을 합니다. 한여름이 지나고 추석이 가까워 서늘한 바람이 불면 날이 좋은 날을 골라 아침 일찍부터 거릅니다. 이웃 사람들이 도와 큰 함지박도 날라 가고 죽대도 날라 가고 버럭지도 날라 가고 크고 작은 그릇들을 있는 대로 동원합니다. 냄새가 너무 고약해서 거르는

일은 누구보고 도와달라는 말도 못합니다.

　할머니가 혼자 똥냄새가 나는 항아리에서 썩은 감자를 퍼서 얼레미에 대고 두 손으로 주물러 거르고 나중에는 고운체로 거릅니다. 벌판이 감자 가루 그릇으로 가득합니다. 씻고 또 씻어도 할머니 손에 밴 쿠리쿠리한 냄새는 며칠을 갑니다. 이렇게 거른 감자 가루는 하루에 다섯 번씩 물을 따라 내고 밑에까지 휘저어 가라앉은 앙금을 풀고 새 물을 부어 일주일을 우려내야 냄새가 나지 않습니다.

　맑은 물에 딴딴하게 가라앉은 녹말가루를 휘저어 최종적으로 가장 큰 그릇에 물을 따라 부으며 밑에 가라앉은 모래를 거르고 한 밤을 자고 나면 녹말이 아주 딱딱하게 가라앉아 있습니다. 물을 바짝 따라 내고 그 위에 보자기를 덮고 위에 마른 천을 올려 물기를 완전히 뺀 다음 큰 녹말 덩어리를 뚝뚝 뜯어 발 위에 광목 보자기를 깔고 널어 말립니다. 말리면서 녹말 덩어리를 작게 부숩니다. 다 마르면 손으로 비벼 고운체로 쳐서 뽀드득 소리가 나는 윤기 나는 감자 가루를 만듭니다.

　한바가지 할머니는 꼬부라진 허리를 펴느라 수없이 일어섰다 앉았다 합니다. 이제는 한 바가지를 들기도 힘에 겹습니다. 한바가지 할머니는 결심합니다. '올해가 마지막 농사라고…'.

메밀로 만들어 콧등 치던 어머니 음식

꼴두국수

....

평창 장날입니다.

어머니는 일찌감치 볼일이 끝나서 집에 와서 점심을 먹으려고 휭 하니 오는데 "산댁사돈댁, 장에 왔소오~." 하길래 돌아보니 구라우 산댁이 "나물이 일찌감치 다 팔렸다"고 반가워하며 꼴두국수를 먹고 가자고 난전으로 끌고 갔습니다.

구라우 산댁은 난전에서 큰맘 먹고 꼴두국수 한 그릇을 사고 빈 그릇을 하나 더 달라고 해 국수를 나눕니다. 빈 그릇으로 국수를 나누어 붓는데 한쪽 그릇으로 후루룩 넘어갔습니다. 한 가닥이라도 더 가면 큰일이 나는 것처럼 다시 어머니 그릇으로 국수를 따라 붓습니다. 또다시 더 넘어왔습니다. 두 산댁은 한참을 뒷박질을 하고야 똑같이 나누어 먹을 수 있었습니다. 맘씨 좋은 난전 아줌마는 양쪽 그릇에 국물을 가득 부어주었습니다. 양념간장을 듬뿍 타서 국물을 홀홀 마시며 꼴두국수 한 그릇씩 먹습니다. 산댁은 일찍 장에 오느라 아침도 먹지 못하고 왔던 차에 배가 벌떡 일어났다고 좋아합니다.

옥고개재 엉털재돌이 많은 부분의 고갯길를 넘으면 골짜기에 비가 오나 눈이 오나 늘지도 않고 줄지도 않는 아주 맑고 달고 맛있고 예쁜 옹달샘이 사시사철 흐릅니다. 웅덩이 안쪽에서 '졸졸졸, 소곤소곤' 즐겁게 지칠 줄 모르고 흐르는 샘물을 엎드려 벌컥벌컥 마시고 "너무 짜게 먹었나~." 하며 일어나 쉬고 오면 아주 기분이 좋아집니다. 옹달샘을 그냥 지나가는 사람이 없고 아무것도 먹지 않은 사람들도 물만 먹고 쉬어서 갑니다.

"산댁, 장에 왔소!" 어디 귀머거리 동네에서 반장이라도 하다 왔나, 목소리는 왜 그리 큰지 읍내 사람들이 흉을 봐도 아랑곳하지 않습니다. 친사돈뿐 아니라 사돈의 팔촌 격 되는 산댁들이 많아 장날에 만나면 거의가 산댁들입니다. 강냉이 한 말을 이고 와 팔아 난전에서 산댁끼리 꼴두국수 한 그릇을 사서 나누어 먹는 것이 자주 볼 수 있는 풍경입니다.

어머니는 구라우 산댁이 나물 한 쥑이^{삶은 나물을 꽉 짜 두 손으로 잡}

은 한 뭉치 판 귀한 돈으로 사준 꼴두국수 반 그릇을 평생 잊지 못

해 국수를 할 때마다 이야기하고 또 합니다. 꼴두국수는 배고

픈 시절 흔한 메밀가루로 국수를 해 하도 많이 먹어서 꼴이 보

기 싫어서 '꼴두국수'라 하고, 또 꼴뚜기처럼 꺼멓게 생겼다 하

여 '꼴두국수'라고 했답니다. 후루룩 말아 올리면 찰기 없이 툭

끊어져 콧등을 친다 하여 '콧등치기 국수'라고도 했습니다.

　세월이 지나 메밀가루가 귀해지자 어머니는 도토리 가루에

밀가루를 섞어 빛깔을 내 먹기도 하고 주로 썩혀 만든 감자 가

루에 밀가루를 섞은 꼴두국수를 많이 해주었습니다.

　감자 가루 한 대접을 함지박에 담고 물을 팔팔 끓여 질게 반

죽한 다음 우리 가족이 먹을 만큼 밀가루를 넣으며 국수 반죽

의 농도가 맞을 때까지 치대고 또 치대줍니다 감자녹말은 끓는

물이 아니면 익지 않습니다.

　대접만 한 국수태^{국수 반죽} 하나에 계란을 하나 깨 넣고 하면

국수를 삶아도 풀어지지 않습니다. 반죽이 좀 되고 많이 치댈

수록 쫄깃한 국수가 됩니다. 밀다가 손님이 오면 반죽을 미는

밀대를 한 바퀴 더 돌리면 국수가 한 그릇 더 늘어납니다. 반죽

이 어른 둘이 마주 안을 만큼 둥그렇게 종잇장처럼 얇게 늘어

나면 분가루를 위에 넉넉하게 뿌리고 반으로 접고 또다시 접고 접어 어른 손 반 뼘쯤 하게 접어 큰 국수 칼로 칼끝을 암반에 붙이고, 칼을 뒤쪽만 들면서 칼을 떼지 않고 5밀리미터 너비로 끝까지 왼손가락을 꼬부려 국수 민 것을 누르고, 오른손은 칼을 쥐고 두 손이 동시에 다다닥 단번에 끝까지 썹니다. "아~. 예술이다." 소리가 저절로 나옵니다.

막장과 고추장을 섞어서 풀고 멸치를 한 주먹 넣고 조선간장으로 간을 슴슴하게 삶아 양념간장을 타 먹어야 맛있습니다. 양념간장은 풋마늘 잎이나 파, 달래, 실파 등 계절에 따라 그때 많이 나는 것으로 해 먹습니다.

어머니는 생배추나 열무나 그때마다 나는 생야채를 쫑쫑 썰고 고춧가루, 들깨보생이, 달래, 마늘을 조선간장으로 슬쩍 무쳐 꼬미를 만들어 국수를 푸기 직전에 넣습니다. 휘휘 저어 먹으면 살짝 익은 야채가 아삭하게 씹히면서 얼큰하고 국수는 매끌매끌 감칠맛이 나 가족들이 둘러앉아 두 그릇씩 먹습니다. 먹다가 멸치 한 마리가 나오면 "멸치다!" 하면서 보물이라도 만난 것처럼 좋아들 합니다.

김장 날, 속을 데우기 위해 먹는 죽

배추 밑동죽

내가 어렸을 때는 입동 열흘 전에 김장을 해도 무척 추웠습니다. 김장을 할 때는 바람이 뜨르르 불고 가랑잎이 뒹굴면서 날씨가 스산스러운데다 입성ᵉ도 변변찮아 고생이 많았습니다. 그래도 직접 농사하여 갖가지 김치를 만들어 땅속에 묻어놓고 먹으면 별 양념이 들어가지 않아도 찡하도록 시원하고 맛있었습니다.

입동 열흘 전쯤에 무를 뽑아 김장할 것은 밭에 고랑을 대강 파 슬쩍 묻어놓고 거적으로 덮어놓습니다. 구덩이를 깊고 넓게 파고 무를 다듬어 차곡차곡 세웁니다. 구덩이를 한 자³⁰센티

^{미터} 정도까지 띄워 무를 채우고 구덩이 주위로 큰 나무토막을 놓고 중간에 긴 막대기를 건너지르고 튼튼한 막대기를 중심으로 하여 가는 막대기를 촘촘히 걸치면 지붕처럼 비탈지게 됩니다. 입구는 짚단을 크게 만들어 막아놓고 위에 거적을 덮습니다. 파놓은 흙으로 지붕 위를 수북이 묻으면 비가 들어가지 않고, 눈이 와도 얼지 않으며 안전하게 겨울을 날 수 있습니다. 겨울 동안 그 안에서 뿌리도 내리고 싹도 나면서 살아 있는 무를 봄이 올 때까지 필요한 양만큼씩 꺼내다 먹습니다.

무잎은 저녁에 마당에 호야불을 매달아놓고 가족이 화롯불에 손을 쬐면서 시래기를 엮어답니다. 떡잎은 떼어내고 간식거리로 잔챙이 무를 드문드문 섞어 대강 간추려 아버지 곁에 갖다 놓으면 아버지는 짚을 세 가닥으로 만들어 무잎 두세 꼭지씩을 엮습니다. 짚을 덧대며 자꾸자꾸 엮어 묵직해지면 끝에는 새끼줄을 비벼 꼬아 고리를 지어 미리 만들어놓은 장대에 겁니다. 위에는 용구새^{초가지붕 맨 위에 덮는 용 모양으로 꼰 짚}를 덮어 비가 와도 젖지 않고 파랗게 잘 마릅니다.

김장 첫날은 밭에서 배추를 뽑아 손질하여 절이는 일을 합니다. 큰 가마솥에 물을 많이 붓고 밤나무 가랑잎으로 후르륵 불을 때서 물이 약간 미지근해지면 소금을 풀어 배추를 절입니다. 절이다가 물이 식으면 또 가랑잎으로 후르륵 불을 때면서 절입니다. 물이 너무 차면 소금이 배로 들고 배추가 잘 절여지지 않아서입니다.

빈 항아리와 집안에 있는 그릇을 있는 대로 마당에 쭉 꺼내다 놓고 할머니는 배추를 절이고, 어머니는 그걸 날라다 항아리에 담으며 배추 머리 부분에 소금을 적당히 올립니다. 찬물이라면 머리 부분에 소금 한 주먹씩 올려야 할 것을 미지근한 물에 절여서 소금을 반으로 줄여도 잘 절여집니다. 배추를 한 켜 담고, 다음엔 잎 부분이 머리에 닿도록 엇놓으며 배추를 담습니다. 아침나절에 절인 배추가 저녁나절에 푹 줄어 내려가면 빈 그릇을 옆에 놓고 위에서부터 옮겨 담으며, 너무 숨이 죽지 않은 배추에는 덧소금을 조금씩 더 뿌려 내일 일찍 씻을 수 있도록 보살펴놓습니다. 배추 밑동도 알뜰히 주워 들입니다.

다음 날, 절인 배추를 아버지가 지개로 져 날라 강물에서 맨손으로 할머니와 어머니가 종일 씻습니다. 옆에다 황닥불을 해 놓고 가끔씩 손을 쬐기도 하고 물을 데워놓고 손을 적시며 배추를 하루 종일 씻어 뺑대발을 펴놓고 건져 물을 빼 집으로 다시 져 날라 항아리에 켜켜로 담으며 덧소금을 뿌려놓았다가 다음 날에 양념 속을 장만하여 김장을 합니다.

고무장갑도 없던 시절 김장은 반양식이라고 땅속에 항아리를 묻어놓고 겨울 내내 만두도 해 먹고 하느라고 아주 많이 합니다. 그 많은 양을 하느라 하루 종일 너무 추위에 떨어서 속을 데워주지 않으면 추위가 놓이질 않아 저녁에는 배추 밑동으로 죽을 끓여 뜨끈뜨끈하게 한 그릇씩 먹었습니다.

옛날 조선배추는 밑뿌리인 머리 부분 굵기가 4~5센티미터 정도 되는 것이 머리는 크고 꼬리 쪽이 갑자기 가늘어 깎으면 팽이처럼 생긴 것이, 먹으면 매운맛이 없어 무보다 달고 맛있었습니다. 배추 밑동을 알뜰히 흙을 털어 잘 간수해놓았다가 겨울에 시래기에 매달린 무와 같이 간식으로 먹었습니다. 반건조되었을 때가 제일 달고 맛이 기막히게 좋았습니다.

배추 밑동을 잘 다듬어 가마솥 맨 밑에 통째로 집어넣고 죽이 될 만큼 물을 붓고 막장을 풀고 생배추를 씻어 손으로 뚝뚝 뜯어 물 위에 올라오도록 많이 넣고 그 위에 쌀을 씻어 올려 안칩니다. 끓기 시작하면 불을 약하게 때 은근히 끓이면 쌀이 배추 위에서 밥처럼 익습니다. 이때 쌀이 배추 밑으로 가라앉으면 쌀은 너무 풀어지고 배추와 배추 밑동이 익지 않기 때문에 쌀이 배추 밑으로 가라앉지 않도록 배추가 완전히 무른 다음에 섞어줍니다.

배추 밑동죽은 입에 떠 넣으면 구수하기도 하고 약간 단맛도 나는 듯한 것이 입에 짝 붙어 "맛있다"라는 소리가 절로 납니다. 방 안이 훈훈해지게 화롯불을 방 안에 들여놓고 뜨거운 죽을 먹습니다.

식구들은 배추 밑동죽에 든 "배추 밑동이 맛있다, 엄청 맛있다"며 먹는데 동생은 달지도 않고 들척지근한 것이 맛이 없다고 배추 밑동을 골라 상 위에서 팽이를 돌립니다. 아버지가 보시고 "나도 젊었을 적에는 잣죽도 먹기 싫은 적이 있었다, 먹기 싫으면 먹지 말고 밥이나 먹으라"고 하시면서 배추 밑동을 따로 골라 젓가락에 꿰어 양념간장을 찍어 드십니다. 그걸 보고 온 식구들이 다 같이 젓가락에 배추 밑동을 꿰어들고 간장을 찍어 먹으니 이렇게 별난 맛인 줄 몰랐다고들 다들 좋아합니다. 아예 한 양푼 골라 건져놓고 간장을 찍어 먹습니다.

툴툴거리던 동생도 먹어보더니 맛있다고 얼른 하나 더 먹습니다. '사돈 참외 먹는 방법도 여러 가지'라더니 배추 밑동 먹는 방법도 여러 가지라고 웃고 먹고 하다 보니 추위가 놓였습니다. 내일을 위하여 달밤에 아버지는 김장독 묻을 구덩이를 파고 할머니와 어머니는 무를 씻어 채를 썹니다.

평생에 한번은 실컷 먹어보자

굴비구이

"굴비가 먹고 싶어! 굴비가 먹고 싶어~."

호섭이는 자면서 잠꼬대를 합니다. 호섭이가 굴비를 먹고 싶다고 하길래, 호섭이 어머니는 "쪼그만 놈의 새끼가 별것이 다 먹고 싶다 한다"고 고래고래 소리를 지르고 사주지 않았습니다. 가족이 많아 제사 때 굴비 한 마리를 사면 어른들이나 한 저름^점씩 먹어볼 수 있는 굴비입니다. 그랬더니 아가 뭘 먹질 않고 비실비실 비쩍 말라가더니 이제는 헛소리까지 합니다.

"그래, 돈이 아보다 중하겠나, 계모도 아니고."

호섭이 어머니는 날이 밝으면 강아지 판 돈을 헐어서 굴비를 사다 먹기로 작정합니다. 호섭이 어머니는 강아지를 판 돈과 돼지 새끼를 판 돈을 모아 송아지를 삽니다. 송아지를 키워 소를 만들고 그 소를 팔아서 땅을 사느라고 호섭이 어머니는 굳은배기ᴳ²ᵈᵉᶜ 소리를 듣습니다. 돈을 버는 별 재주가 없으니 그저 안 먹고 안 쓰는 수밖에 없습니다.

큰맘 먹고 굴비를 사러 가기는 하였지만 돈이 아까웠습니다. 손가락 같은 거 열 마리를 엮은 걸 사들고 옵니다. 한참을 오다가 생각하니 이걸 갖다가 누구 코에 바르겠나 싶습니다. '평생에 한 번은 굴비를 정말 실컷 먹어봤다고, 정말 맛있었다고.' 기억에 남게 먹어보기로 작정하였습니다. 도로 돌아가서 손바닥 같이 큰 것 스무 마리 한 두름을 샀습니다. 이렇게 많은 굴비를 사보는 것은 처음입니다.

집에 와서 장보따리를 뜨럭에 놓고 잠깐 뒷간에 갔다 왔습니다. 그동안에 이웃집 고양이가 와서 발톱으로 보따리를 할퀴어 뜯고는 굴비 두름을 길게 물고 질질 끌고 가고 있었습니다. 깜짝 놀라 "이놈의 고양이가 아무리 미물 짐승이라지만 체면이 있어야지!" 쫓아가서 뺏으니 이를 앙당 물고 "하악~." 소리를 내면서 노리고 째려보며 뺏기지 않으려고 기를 씁니다. 그 꼬락서니에 웃음이 납니다. "아이구, 이 얌통머리야." 주먹을 겨루니 억지로 놓고 갑니다. "이따가 저녁 먹을 때 오면 뼉다구라도 하나 줄게, 오너라~."

호섭이 어머니는 부지런히 저녁 준비를 합니다. 누구 생일도 아닌데 맨 쌀밥을 하기로 합니다. 호섭이 어머니는 쌀뜨물에 굴비를 한 시간 정도 담가놓습니다. 쌀뜨물에 담가두면 짠물도 빠지고 모양도 불어나 보기도 더 풍성해 보입니다.

호섭이 어머니는 무수를 뚝 잘라 쥐고 굴비를 거꾸로 놓고 비늘을 긁어냅니다. 칼로 하는 것보다 굴비가 상하지도 않고 비늘이 더 잘 벗겨집니다. 비늘을 벗겨낸 굴비는 담가두었던 쌀뜨물에 빡빡 문질러 씻은 다음 맑은 물에 헹굽니다. 모처럼 비린내 나는 것을 먹으니, 굴비 씻은 물에 죽이라도 맛나게 끓여 고양이와 개에게 줄 생각을 합니다.

지느러미를 가위로 자르고 어슷하게 칼집을 넣습니다. 밥을 하고 화롯불을 정성 들여 만듭니다. 아침 화롯불은 잿불로 그대로 두고 저녁에 한 불을 따로 담아 사용합니다. 나뭇가리에서 싸릿가지도 한 아름 골라왔습니다.

호섭이 어머니는 벜 앞에 쪼그리고 앉아 화롯불에 굴비를 굽습니다. 화롯불에 굼벙쇠를 올리고 싸릿가지를 촘촘히 얹어놓고 그 위에 굴비를 굽습니다. 싸릿가지는 연기가 나지 않으면서 향이 고기에 배어 최고의 맛을 낼 수 있습니다. 노릇노릇 잘 구워진 굴비는 싸릿가지를 촘촘히 올린 잿불 화로에 식지 않게 옮겨놓습니다.

호섭이 어머니는 투박한 손으로 굴비를 뚝 분질러 가슴살을 뚝뚝 뜯어 아들의 밥숟갈 위에 얹어줍니다. 머리와 갈비뼈는 도로 벅으로 가져가 타지 않게 바삭하게 굽습니다. 바삭하고 고소한 맛에 뼈까지 다 먹다가 생각하니 개와 고양이한테 미안해서 머리를 몇 개 남겨 굴비를 담갔던 쌀뜨물에 지느러미와 같이 죽을 끓였습니다.

이웃집 고양이는 말귀를 알아들었던지 정말로 저녁에 와서 호섭이네 고양이와 개와 같이 죽을 먹었습니다.

혼자 있을 새가 없는 일고 어머니

메밀 적

일교 어머니는 자식 하나 낳지 못한 것을 평생 한으로 살았습니다. 일교 아버지는 삼척에 사는 친척 형님네 집을 왔다 갔다 하더니 어느 해 잘생긴 사내 아기 하나를 안고 왔습니다. 일교 어머니 입에서는 사내 아기를 보자 "감사합니다. 감사합니다." 하는 소리가 저절로 나왔습니다.

아가 울지도 않고 잔병치레 없이 잘 커주었습니다. 아가 뭘 해도 슬금스럽게 잘합니다. 어느새 훌쩍 커서 농사일을 도맡아 하게 되었습니다. 아가 농사꾼 같지 않게 멀끔하게 생겼습니다. 서울 사는 이모네 집에 갔다가 나이 스무 살에 동갑내기

예쁘장한 색시를 연애하여 데려왔습니다. 오자마자 임신하여 손녀를 낳았습니다. 에미 닮아서 아도 아주 예쁩니다. 일교 어머니는 "세상에서 그렇게 예쁜 아는 처음 봤다"고 자랑을 합니다. 일교가 군인에 간 동안 어린것이 아를 잘 키워서 아주 고맙고 예쁩니다.

일교가 휴가를 나왔을 적에 둘째가 생겼습니다. 애비가 제대하기 전에 손주를 바랐는데 둘째도 또 딸을 낳았습니다. 같은 손주 딸이건만 왠지 둘째 손주 딸은 정이 가지 않습니다.

일교가 제대하자 일교 아버지는 일교하고 교대라도 하는 것처럼 며칠 앓더니 세상을 떠났습니다. 여태껏 잘 살던 며느리는 시아버지가 세상을 뜨자 토지를 팔아 서울로 이사를 가자고 조릅니다. 일교 어머니는 처음에는 "무슨 소리를 하느냐"고 펄펄 뛰며 며느리를 혼냈습니다. 착한 며느리는 여우같이 변하였습니다. 아들을 서울에서 공부를 시켜야 한다고 물러서지 않습니다.

"코가 뾰족한 년이 인물값을 하느라고 여우질을 한다고 처음부터 알아봤어야 하는 건데, 처음부터 발도 못 붙이게 했어야 했다"고 후회를 합니다.

"갈라거든 느들끼리 가그라. 그리고 내 죽기 전에는 토지는 못 팔아간다."못을 박았습니다.

　그래도 키우던 소 한 마리를 팔아 손주 딸을 둘 다 데리고 기어코 친정이 있는 서울로 갔습니다. 자식은 품안에 자식이라더니 효자라고 소문났던 아들은 여편네가 꼬드긴다고 너볏이^{자기 주장 없이 시키는 대로 함} 여편네를 따라가고 말았습니다.

　혼자가 된 일교 어머니는 누구든지 만나면 "고 여우 같은 년이 아들을 꼬드겨 갔다"고 웁니다. 손주 딸 얘기를 하고 또 하고 웁니다. 자기 손주 딸 또래의 아들을 보면 또 웁니다. 한동안 누구든지 만나면 붙들고 울다 보니 사람들이 슬슬 피합니다. '이건 아니다. 정신을 차리자.' 이러다가는 동네 사람들도 다 떠나고 아무도 곁에 없을 것 같습니다.

　아들 며느리가 있을 때는 자주 오가던 아들네 친구들도 코빼기도 보이지 않습니다. '어떡하지?' 아들 친구 집을 일부러 찾아가서 "여보게. 장날 장에 가거든 정종 한 됫병만 사다 주게." 아들 친구는 노인네가 '혼자 적적하니까 술이라도 드시려나.' 걱정하며 정종을 사다드렸습니다.

　"적적하시더라도 혼자서 술 드시지 마세요."

　"좀 한가한 날 친구들하고 와서 술 한잔 같이하세."

　일교 어머니는 첫눈이 펄펄 날리는 몹시 을씨년스러운 밤,

내일이면 아무래도 일교 친구들이 올 것 같은 생각이 듭니다. 오랜만에 아들 친구들이 온다 생각하니 아들이 오는 것처럼 마음이 설렙니다.

오랜만에 아들 친구들이 오면 술안주로 메밀 적^{부치기}을 구워 줄 생각입니다. 메밀을 서너 됫박 미리 담가 불립니다. 메밀은 충분히 불어야 맷돌에 잘 갈아집니다. 큰 함지박도 찾아 씻어 구들에 들여놓고 죽대를 찾아 함지박에 걸쳐놓고 맷돌을 올려 미리 준비합니다. 일교 어머니는 초저녁에 일찍 한잠 자고 일어나 맷돌에 메밀을 갑니다.

혼자서 왼손으로 어처구니를 잡고 시적시적 돌리면서 오른손에 수저를 쥐고 조금씩 떠 넣으면서 아주 보드랍게 갑니다. 이럴 때면 거들겠다고 설치던 손주 딸들이 눈앞에 어른거립니다. 떠나는 것이 괘씸해서 '여우 같은 년'이라고 욕은 했지만 싹싹하던 며느리가 새삼 아쉽고 보고 싶습니다. 허허 실실거리던 아들도 몹시 보고 싶어 자기도 모르게 눈물이 흐릅니다.

"내가 지금 뭔 청승을 부리는 거여." 깜짝 놀라 부지런히 맷돌을 돌립니다.

날이 밝기 전에 메밀을 다 갈았습니다. 뭘 좀 하려면 적게 하나 많이 하나 일이 많습니다. 호야불을 써^켜 들고 얼개미와 가

는체를 찾아옵니다. 우선 얼개미에다 초벌을 걸러냅니다. 시꺼
멓고 억센 메밀껍질을 먼저 걸러내고 가는체로 다시 한 번 걸
러야 거무스름한 적집^{부치기 반죽}이 만들어집니다.

참나무로 장작을 때 화롯불을 장만하여 구들에 들여놓습니
다. 한 손으로 쥐어지지 않는 큰 무수의 꽁지 쪽을 한 반 뼘쯤
되게 잘라 손으로 쥐기 좋게 손잡이가 있는 기름씻개^{기름을 바르}
^{는 도구}도 만들었습니다. 한옆으로 두레 소반에 양념간장과 동치
미도 퍼다 미리 상을 차려놓습니다. 화로에 굼벙쇠를 올리고
적 소댕이^{솥뚜껑}도 뒤집어 화롯불에 올려놓습니다. 소댕이에 기
름씻개로 들기름을 듬뿍 발라 질^길을 냅니다^{들입니다}. 맛이 잘 든
김장 김치를 쭉쭉 찢어놓고 물그스름한 적집을 한 쫑구리^{조롱박}
^{을 반으로 갈라 만든 작은 바가지. 국자 대신 씀} 퍼서 소댕이 가생이로 돌려
붓습니다. 움푹한 소댕이 중간으로 적집이 흘러내리며 아주 얇
게 적이 잘 구워집니다. 밖에서 하기는 너무 추워서 문을 열었
다 닫았다 하며 구들에서 합니다.

일교 어머니는 혼자서 무슨 잔칫집 같다고 생각합니다. '설마
아들 친구들이 안 오는 건 아니나. 혹시 나 혼자 김칫국 마시는
건 아니나. 서울에는 전화라는 기 있어서 멀리 있는 사람하고
도 얘기한다던데 전화가 있었으면 얼마나 좋겠나.' 혼자 중얼거

리며 '치지직 치지지직' 소댕이에 기름을 붓고 메밀 적을 연신 구워냅니다. 싸릿가지 채반에 적이 수북이 쌓였습니다.

밖에서 왁자지껄하며 누가 오는 소리가 들립니다. 아들 친구가 아니고 일교 어머니 친구들이 오고 있습니다.

"웬일들이여. 난 또 일교 친구들이 온다구."

"그럼 우린 도로 가버릴까?"

"그 손에 들고 온 거나 놓고 가든가."

"이런 흉악한 할마시를 봤나."

다들 손에는 뭔가 하나씩 들고 오고 있습니다.

"친구야, 오늘 무슨 날이나? 오늘이 친구 생일이나?"

"우짠 일이나. 한동안 발걸음질도 안 하드니, 수다는 그만 떨고 얼른 앉아들."

"이건 자다가 웬 떡이여~."

친구들은 생각지도 못한 메밀 적을 먹으며 다들 좋아합니다. 친구들은 장날에 만나서 오늘 일교네 집으로 모여 국수나 삶아 먹자고 의논들을 했었답니다. 소면을 사들고 온 사람도 있고 사과를 몇 덩이 사온 사람도 있습니다. 집에 있는 막걸리 한 주전자를 들고 온 친구도 있습니다.

오랜만에 일교네 집에서 아주 푸짐한 잔치가 벌어졌습니다.

"친구야, 정종도 한잔할까나."

"아니여, 아들 친구나 됐다 줘~. 우리는 막걸리면 충분하여~."

아낙들이 모였으니 서로 이런저런 얘기로 시끌벅적 소란스럽습니다. 메주를 아직 쑤지 못해서 걱정하는 친구도 있습니다. 일교 어머니는 꿈에 작은 손주 딸이 마당 작두 모탕^{몸체}에 앉아 있는 것을 안아봤다고 자랑합니다. "그게 작은 년이 아니고 큰 년이었으면 얼마나 좋았겠누." 눈물을 뚝뚝 흘리며 얘기합니다.

아들과 손주랑 다 같이 사는 사람들은 '뭔 꿈을 가지고 그러냐'고 속으로 웃었습니다. 그런데 집에 와서 생각하니 정말 안 돼서 다들 새삼스럽게 눈물이 났습니다. 영감도 없이 혼자 동그마니 사는 일교 어머니를 어떻게 돌봐야 하나 생각하게 합니다.

일교 어머니는 혼자 있을 새가 없습니다. 일교 친구들이 술 한잔한다고 찾아갑니다. 일교 어머니 친구들이 조금이라도 별다른 음식을 하면 들고 찾아갑니다.

일교 어머니는 자주 일교 친구들을 불러 '풍년 소주도 사다 달라' 하고 '막걸리도 사다 달라'고 합니다. 으레 일교 어머니가 술을 사다 달라고 하는 것은 일교 친구들을 먹이려고 하는 줄 압니다. 일교 친구들도 그냥 가서 술만 먹기는 미안하니까 눈이 오면 눈을 쓸어준다는 핑계로 모입니다. 그냥 가기가 미안하니까 나무도 한 짐 지고 갑니다.

세월이 약입니다. 일교 어머니는 집에서 막걸리를 담급니다. 항상 집에는 술이 떨어지지 않습니다. 누구든지 술 생각이 나면 '요즘 편안하시냐'고 너스레를 떨며 찾아옵니다. 부지런한 사람은 들어오지도 않고 마당을 쓸고 집을 돌봅니다. 일교 친구들은 다 아들 같아졌습니다. 동네에서 무슨 일이 생기면 일교네 사랑방에 모여서 의논합니다. 자주 일교네 집을 오가며 꿉꿉한데 술도 한잔하고 일교 어머니가 필요한 농사일도 돌봅니다.

일교 친구들은 아들에게 보내는 편지도 자주 써줍니다.

일교 보거라.

너는 서울서 돈이나 열심히 벌어라.

네 친구들이 너보다도 나를 더 잘 돌봐서 이제는 걱정 없이 산다.

일교 어머니는 씩씩하게 잘 살게 되었습니다.

억부 어머니가 마음대로 먹을 수 있는 양식

미꾸리탕

억부 어머니는 요즘 들어 아주 고약하고 사나워졌습니다. 억부가 하는 밥솥에 재를 한 불비댕이_{불을 담는 나무로 만든 삽 같은 도구} 퍼부었습니다. 억부가 음식을 하고 있으면 가만히 와서 부지깽이로 사정없이 두들겨 패기도 합니다.

"이놈의 새끼, 대학 가서 공부나 하랬지. 밥할 사람이 없어 밥을 하나."

억부 씨는 대학은 아예 꿈도 꿔본 적이 없습니다. 억부 씨는 바깥일을 하려고 하지 않고 꼭 벅에서 음식하기를 좋아합니다. 누나들은 다 공부를 잘하여 사범학교를 나와 선생님도 하고 공무원도 하고 또 부잣집으로 시집을 가서 다들 자기 몫을 하고 잘 삽니다.

억부 어머니는 아들이 공부를 잘하여 삼척집 아들처럼 판사가 되었으면 하고 바랐습니다. 아들이 양복에 네꼬다이넥타이를 매고 멋진 가방을 들고 다니는 신사가 되기를 바랐습니다. 웬지 아들은 누나들과는 달리 공부에 영 취미가 없습니다. 중고등학교도 고개를 타래미고 억지로 졸업하였습니다. 학교를 다니는 내내 "어느 식당에 가니 이런 음식이 맛있더라." 하며 집에 와서 음식을 하는 것이 낙인 것 같았습니다.

꾀죄죄해가지고 벅에서 밥하는 아들의 꼴이 억부 어머니는 보기 싫습니다. 여덟 명의 딸을 욕 한 번 안 하고 키운다고 양반이라 소문난 억부 어머니는 억부를 보면 속이 바글바글 끓습니다. 속이 속이 아닙니다. 속을 끓이다 끓이다 욕쟁이로 변했습니다. 억부는 얻어맞고 욕을 먹으면서도 음식을 합니다.

억부 어머니는 원래는 금자 어머니였습니다. 첫딸을 낳았을 때 첫딸은 살림 밑천이라고 시부모님은 기뻐하셨습니다. 천씨여서 금같이 귀한 딸이라고 '천금자'라 이름을 지었습니다. 둘째 딸을 낳았을 때도 그런대로 잘 넘어갔습니다. 셋째 딸을 낳고도 시부모님은 아직 젊으니 다음에는 꼭 아들을 낳으라고 하셨습니다. 넷째 딸을 낳고부터는 금줄도 치지 않고 시어머니는 미역국도 끓여주지 않았습니다. 금자 어머니는 남편이 하루 이틀 미역국을 끓여주어서 먹고 곧바로 일을 하였습니다. 다섯째 딸을 낳았을 때는 남편도 출생신고를 하지 않아서 동네 구장님 이장님이 큰딸의 이름을 따서 '자' 자 돌림으로 이름을 지어 출생신고를 해주었습니다.

시부모님은 딸들이 모여 앉아 밥을 먹는 것을 고운 눈으로 보지 않고 눈치를 줍니다. 쓸데없는 지즈바들이여자아이들을 낮잡아 이르는 말 밥만 많이 처먹는다고 숟가락을 던질 때도 있습니다. 시어머니는 곳간의 열쇠를 틀어쥐고 겨우 연명할 만큼의 쌀을 배급합니다. 닭을 잡아도 한 마리만 잡아서 남편과 시아버지와 시어머니, 셋이 먹어 치웁니다. 딸들이 미워서 살 만한데도 갖은 인색을 다 떨면서 딸들을 뭘 먹이질 못하게 합니다. 벅에서 밥을 하면 딸들을 위해서 하는 것처럼 눈치를 줍니다. 여덟 번째 딸을 낳았을 때는 남편이 직접 가서 '끝순'이라고 출생신고를 하였습니다. 이제는 딸을 그만 낳고 끝낸다는 뜻이었습니다.

금자 어머니와 딸들은 죄인처럼 삽니다. 금자 어머니는 고만고만한 여덟 명의 딸들을 여봐란듯이 잘 키우고 싶습니다. 금자 어머니가 어느 늦은 가을날, 어디를 갔다 오는데 질러오느

라고 물이 마른 보 도랑을 건너다 진펄에 푹 빠졌습니다. 시꺼
먼 진탕에 옷을 다 버리고 투덜거리며 일어나다 보니 징그럽
게 무엇이 오글오글거립니다. 자세히 보니 살이 통통하게 오른
산미끼_{미꾸라지의 한 종류}들이 모여 물이 없으니 땅속으로 서로 먼
저 들어가겠다고 난리를 칩니다. 금자 어머니는 얼른 집으로
와 호미와 소물구박_{쇠죽을 푸는 바가지. 나무를 손잡이 달린 바가지 모양으로 파}
_{서 만듦}과 다래끼를 가지고 갔습니다. 소물구박을 대고 진펄에서
미꾸라지를 호미로 긁어 담습니다. 금세 다래끼가 찼는데도 미
꾸라지는 여전히 많습니다.

　이런 걸 왜 진작 몰랐는지 모릅니다. 미꾸라지를 싹 씻어 화
롯불에 모태_{석쇠}를 놓고 구워서 아들을 발라주니 아주 잘 먹습
니다. 하루는 막장을 넣고 파도 넣고 국으로 끓여 먹습니다. 날
이 추워서 땅이 얼면 어떡하지 고민하다 미꾸라지를 캐다가 소
금을 뿌려 싹 씻은 다음에 김치 광 큰독에다 소금절이를 만듭
니다. 날마다 시간 나는 대로 한 다래끼씩 캐다가 큰독에 붓습
니다. 땅이 얼기 전에 독으로 하나 가득 소금절이를 만들었습
니다.

　처음에는 뼈째 끓여보니 국물만 먹고 거의 버리다시피 해서
생각 끝에 푹 삶아 얼레미에 걸러서 고사리도 넣고 배추 시래

기나 무청을 말린 것도 넣고 막장과 고추장도 넣고 끓입니다. 시어머니의 눈치를 보지 않고 딸들을 나물국이라도 한 그릇씩 먹일 수 있게 되어 다행입니다.

눈이 허연 겨울날, 소금에 절인 미꾸라지를 물에 잠깐 담가 짠물을 빼냅니다. 미꾸라지는 숭숭 썰고 쌀을 불려 섞어 맷돌에 곱게 갈아 밀가루를 섞고 김치 적을 만듭니다. 미꾸라지 한 독은 금자 어머니가 마음대로 먹을 수 있는 유일한 양식입니다. 한겨울에 미꾸리 한 독을 다해 먹고 나니 아들이 부쩍 큰 것 같습니다.

끝순이를 낳고 단산한 줄 알았는데 태기가 있습니다. 입덧이 별로 심하지 않아 다행입니다. '너무 늙어서 낳는 애는 힘이 없느니' 뭐 별별 말들도 많습니다. 배는 점점 불러오는데 또 딸을 낳을까봐 숨죽이고 삽니다. 딸을 낳을 때보다 배가 위로 올라붙고 두루뭉술한 게 '아들 배'라고도 합니다. 딸을 낳을 때보다 터울이 있고 먹는 것도 고기를 좋아하는 것을 보니 아들이 분명하다고들 합니다.

천금자 씨 어머니는 모진 고통과 고난의 세월을 산 후에 정말로 아들을 낳았습니다. 그것도 허여멀겋게 아주 잘생기고 실한 아들을 낳았습니다. 사람들의 얘기로는 미꾸리를 많이 먹어서 늦둥이 아들을 낳았다고도 합니다. 시아버지는 천 억의 부자가 되라고 '억부'라 이름을 지었습니다. 금자 어머니가 아니고 이제부터는 '억부 어머니'라 부르라고 하였습니다. 금자 어머니의 모진 시집살이도 끝이 났습니다.

무섭고 인색하던 시어머니는 천하를 얻은 것 마냥 오직 손주한테만 관심이 있습니다. 곳간 열쇠도 억부 어머니한테 넘겨주었습니다. 심술만 부리던 시어머니는 손주가 '찍' 소리만 내면 "에미야, 아 젖을 주라"고 합니다. 시어머니는 손주 때문에 벆에 들어가 밥하는 일을 자주 거들어줍니다. 기분이 좋아진 시어머니는 요즘 세상에는 여식 아들도 배워야 된다고 딸들도 힘껏 잘 키우라고 합니다.

억부 씨가 꽤 큰 다음까지도 누나들이 서로 업고 다녔습니다. 어디 머스마들하고 놀 틈이 없었습니다. 누나들 틈에 끼여 오줌도 앉아서 눕니다. 바느질도 하고 벆 구석에서 음식을 꼭 같이 만듭니다. 나가 놀라고 내어 쫓아도 꼭 집 안으로 싸고돌더니 이제는 벆 구석에만 들어가면 콧노래가 저절로 나옵니다.

천억부 씨는 미꾸리탕을 큰 가마솥으로 하나 끓입니다. 천억부 씨는 다른 일머리는 없는데 음식 머리 하나는 아주 잘 돌아갑니다. '내일 미꾸리탕을 끓여야지.' 하는 생각이 들면 자다가도 벌떡 일어나 고사리를 삶고 시래기를 삶아놓고 잡니다. 새벽부터 물이 떨어진 보 도랑에 가서 미꾸리를 캐옵니다.

어머니는 "아주 신이 났구먼. 왠지 밤중에 고사리를 삶고 난리를 치드라니." 지나다니면서 구시렁거립니다. 옛날 같으면 벌써 부지깽이로 얻어맞았을 텐데 이제는 어머니도 포기하신지 오래입니다. 그래도 여전히 속이 상하신 모양입니다.

천억부 씨는 지금은 장가가서 아들을 셋이나 낳았습니다. 며느리가 솜씨가 좋아서 살림을 곧잘 꾸려가는데도 억부 씨는 벅구석에서 연신 음식을 만듭니다. 어디서 한 번 먹어보면 그대로 만들어내는 재주가 있습니다. 그저 마음은 좋아 가지고 음식을 만들어 남을 퍼주는 것만 좋아합니다.

끝내는 어머니가 꼴이 보기 싫어서 "이 좋은 가을날, 가을걷이에 힘을 써야지. 미꾸리탕이나 끓이고 자빠졌냐"고 한바탕하였습니다.

"미꾸리탕이 남자들 거시기에 좋다잖여~."

억부 씨는 이담에 서울 가서 큰 식당을 하여 천 억 부자가 되겠다고 이죽거립니다. 하긴 평생을 음식을 한 어머니보다 훨씬 잘하긴 합니다. 아주 식당을 하기로 작심한 모양입니다. 미꾸리를 거를 철망을 엉근 것도 만들고 가는체도 별도로 장만해서 씁니다. 가마솥이 뻑뻑하게 삶은 미꾸라지를 걸러 붓습니다. 조선간장과 소금으로 대강 간을 맞춥니다. 고사리, 무시래기 삶은 것, 배추 시래기에 대파를 한 아름 씻어 손으로 뚝뚝 잘라 넣고 고추장, 고춧가루, 막장, 들깨가루, 마늘을 듬뿍 찧어 넣고 무쳐서 솥에 넣습니다. 아들은 아까운 것이 없습니다. 마지막에는 계란 한 바구니를 다 깨서 풀어 넣습니다. 아주 짐지게^먹 ^{음직스럽게} 한 가마솥을 끓였습니다. 억부 어머니는 "그렇게 양념도 안 아끼고 해서 돈을 벌겠다." 하며 속을 끓입니다.

"음식에는 정성과 확실한 양념이 들어갈 만큼 들어가야 하는 거여."

"이놈이 아주 에미를 가르치려 드나."

"아니, 그 욕 좀 그만하소. 오늘 사람들이 맛있다고 잘 먹으면 나는 음식 장사를 정말로 잘할 거여."

억부 씨는 동네 사람들을 불러들여 잔치를 합니다. 억부 어머니는 제발 맛이 없어야 저놈이 음식 장사를 안 할 터인데 노심초사합니다. 전라도에서 식당을 했었다는 친척집 아주머니는 미꾸리탕을 제대로 잘 끓였다고 칭찬이 대단합니다. 제피 가루
^{산초 가루}를 타 먹으면 더 맛있다고 합니다. 비린 것을 먹지 않는 다던 사람들도 비린내도 나지 않는다고 한 그릇씩 먹습니다.

미꾸리탕은 바닥났습니다. 억부 어머니는 "아들 하나 낳아 밥이나 하는 놈을 만들었으니 이다음 조상들을 어떻게 보겠냐"고 몸져누웠습니다.

고기는 눈 닦고 보아도 보이지 않습니다

밀만두

할머니는 만두를 잘 빚기로 소문나셨습니다. 한입에 쏙 들어갈 만하게 아주 예쁜 모양으로 빚습니다. 한 장 한 장 피를 만들어 빚어야 하는 메밀만두를 손이 얼마나 빠른지 혼자서도 금방 두레 소반으로 하나 가득 빚습니다. 메밀만두는 상 언저리부터 돌려놓습니다. 한 줄을 눕혀서 돌려놓은 다음부터는 세워서 뱅글뱅글 돌려 세워가다 보면 원이 점점 좁아지면서 마지막 중심 부분에 하나를 마저 세워 마무리를 합니다. 만두 소반이 얼마나 예쁘고 정교한지 후르륵 쏟아 삶아 먹기가 아깝습니다.

만두 속을 장만하는 날이면 아침부터 종일 준비해야 합니다.

부지런한 할머니가 돌아가시고 일손이 모자라 메밀 농사를 짓지 않은 지 오래되었습니다. 할머니가 돌아가시고 메밀로 만들어 먹던 만두가 밀만두로 바뀌었습니다. 밀가루가 흔해졌습니다. 공사장에서 일을 하면 밀가루를 품값으로 주기도 했습니다.

밀가루 만두는 먹기는 괜찮은데 만두피 만들기가 쉬운 일이 아닙니다. 밀가루 반죽은 메밀가루처럼 쉽게 뭉쳐지지 않아서 반죽을 미리 하여 치대고 또 치대야 멍울이 풀어집니다. 반죽을 만들어 국수처럼 넓게 밀어 주전자 뚜껑으로 찍어서 빚습니다. 주전자 뚜껑으로 찍어낸 다음 나머지 귀비레기^{중간중간 못나게 남은 부분}는 다시 치대어 반죽을 만들어 밀어야 하는 것이 여간 번거로운 것이 아닙니다. 반죽을 가래떡같이 늘려 만두가 하나가 될 만큼씩 칼로 잘라서 소주병이나 작은 방망이로 밀기도 합니다. 아무 방법도 신통하질 않습니다.

어떤 방법을 써도 하나하나 빚던 메밀만두 생각이 자꾸 납니다. 할머니가 계셨으면 저녁마다 만두를 빚어주어서 걱정이 없을 텐데, 그렇다고 온 가족이 좋아하는 만두를 해 먹지 않을 수도 없고 갑갑한 일입니다.

하루는 어머니가 혼자 만들다가 지루하고 짜증나서 홧김에 밀가루 반죽 자른 것을 여러 개 손바닥에 쌓아올려 꾹 눌렀습니다. 그런데 여러 개가 단번에 쭉 늘어났습니다. 화가 나서 이제 그만 빚고 반죽을 뭉쳐놓을 생각이었습니다. 신기한 일입니다. 한 개씩은 잘 늘어나지 않던 것이 웬일입니까. 어머니는 신이 났습니다. 밀가루 반죽을 길게 늘려 한입 크기로 뚝뚝 떼어 놓습니다. 떼어놓은 반죽을 손바닥에 쥐고 꼭꼭 주무른 다음 두 손으로 비벼 동그랗게 정성 들여 동그라미를 만듭니다. 납작하게 눌러 밀가루를 묻혀 손바닥 위에 열 개를 쌓아 위에서 꾹 눌러줍니다. 양손 엄지로 누르면서 돌려 반죽을 늘립니다. 적당히 늘어나기는 했는데 서로 들러붙어 떨어지지 않습니다.

다시 치대서 반죽합니다. 이번에는 꼭 누른 다음 한두 번만 다독인 다음 다시 흩어서 밀가루를 묻혔습니다. 다시 하나하나 밀가루를 사이사이에 놓으며 올려 여러 번을 더 다독였습니다. 아주 동그랗지는 않지만 그런대로 쓸 만하게 피가 되었습니다.

왼손 바닥에 만두피를 얹고 손을 오그리고 속을 넣습니다. 반을 접어 엄지와 검지에 밀가루를 묻히고 힘을 주어 만두피 끝을 종잇장같이 얇게 붙입니다. 어머니 혼자서도 아주 쉽게 만두 열 개를 만들었습니다. 이번에는 너무 욕심부리지 않고 다섯 개만 해보았습니다. 아주 예쁜 만두피가 됩니다.

이제는 밀만두를 하는 것이 일도 아닙니다. 만두를 빚는 것이 다른 사람들이 보기에는 쉽고 재미있어 보입니다. 보는 사람마다 자기도 하겠다고 합니다. 만두 반죽을 일정하게 자르는 것부터가 어렵습니다. 도와준다면서 크고 작고 들쑥날쑥하게 아무렇게나 합니다. 한 개씩 자른 것은 우선 동그라미를 잘 만들어야 하는데, 아무렇게나 쓱쓱 비벼 밀가루에 던져 넣습니다. 만두피를 할 동그라미 사이에 밀가루가 들어가면 사이가 갈라지면서 갈가리 찢어져 쓸 수 없습니다. 아니면 또 만두를 빚겠다고 속을 조금 넣고 아주 야무지게 꼭꼭 붙여서 삶으면 딱딱한 수제비 수준이 됩니다. 그렇게 만들어놓고는 그래도 만두를 빚었다고 좋아합니다. 음식이란 타고난 솜씨가 따로 있는 것 같습니다. 일고여덟 살 되는 애들도 생전 처음 만지는데도 어른들보다 더 잘 만드는 아이들도 있습니다.

여러 번 시행착오를 하면서 이제는 눈을 감고도 만두를 잘할 수 있게 되었습니다.

이제 어머니는 하루에 만두를 하지 않고 여러 날 두고두고 장만하여 여러 날을 먹습니다. 두부부터 미리 해놓습니다. 두부를 한 번에 많이 만들어서 물동이에 담가 두고두고 먹습니다. 겨울에는 얼지 않게 두부 동이를 건사하는 것이 쉽지 않습니다. 웬만치 추우면 이불을 두부 동이에 덮어줍니다. 자칫하면 쉬기 때문에 물을 자주 갈아주어야 합니다. 너무 날이 추우면 얼지 않게 선선한 웃방^{윗방}에 들여놓았다 내놓았다 해야 합니다. 한번은 무거운 두부 동이를 옮기려고 포대기를 받쳐 끌고 문지방을 넘다가 미끄러져 방 안과 마루에 물이 쏟아졌습니다. 엎어지니 물이 왜 그리 많은지 걸레로 닦아 짜고 또 닦아 짜고 추운데 엄청 고생한 날도 있습니다.

마늘은 너무 춥지 않은 광 구석에 매달아놓고 먹을 때마다 필요한 만큼 까서 먹습니다. 시간이 날 때 김치를 큰 다라이로 하나 꺼내다 쫑쫑 썰고 다져서 김치 국물과 함께 도로 항아리에 넣어놓습니다. 장날 돼지고기도 댓 근 갈고 당면도 사고 숙주도 사옵니다. 모든 재료가 모아졌습니다.

고기는 미리 후추도 뿌리고 마늘, 생강, 왜간장에 참기름을 조금 넣고 미리 재어놓습니다. 두부는 물이 빠지도록 삼베 보자기에 싸서 맷돌짝으로 눌러놓습니다. 미리 다져두었던 김치는 큰 삼베 보자기에 싸서 떡 암반에 올리고 팻돌로 눌러놓습니다. 무수 구덩이에 묻어놓은 무를 여남 개 꺼내다 씻어 수저로 얇게 긁어 꼭 짜서 씁니다. 무 물은 만두를 삶을 적에 국물에 넣어 먹습니다. 벅 구석의 솔갈비 속에 묻어두었던 감낭^{양배}^추도 너덧 덩이 썰어 볶아 넣습니다. 당면은 삶아 건져서 뜨거운 채로 아주 곱게 다집니다. 숙주는 깨끗이 씻어 삶아 물기를 꼭 짜고 다집니다. 숙주를 삶은 물은 만두 국물로 씁니다.

김치를 할 때 쓰는 큰 고무 함지에 고기를 담고 꼭 짜진 두부를 넣고 아주 잘게 부스러트립니다. 두부를 미리 부숴주지 않고 다른 재료와 함께 섞으면 두부 덩어리가 굴러다니게 됩니다. 두부를 부스러트린 다음 고기와 여러 번 섞으면 아주 차지게 됩니다.

이제 모든 재료를 한데 섞습니다. 마늘, 생강, 깨보생이, 들기름, 고춧가루를 넣고 고루 무칩니다. 너무 많아 아버지가 집에 계실 때면 섞어주시기도 합니다. 김치랑 부재료가 얼마나 많은지 고기는 눈 닦고 보아도 보이지 않습니다. 김치 광 빈 독에 꼭꼭 눌러 담아놓습니다.

하루는 밀가루 반죽을 합니다. 밀가루 20킬로그램짜리 한 포대를 큰 다라이에 다 붓고 복판을 파고 물을 붓습니다. 가운데부터 두 손을 갈퀴처럼 하여 슬슬 저어주면서 일차적으로 거의 물이 맞는다 싶으면 대강 뭉쳐서 작은 함지에 담고 젖은 보자기를 위에 덮어놓습니다. 한참을 놓아두면 저절로 물이 잘 스며듭니다. 한참 있다가 치대어주기를 저녁때까지 반복하면 저녁때는 아주 꽈리가 생기도록 반죽이 잘됩니다. 비닐 자루에

넣어 꼭꼭 묶어 김치 광 빈 독에 보관합니
다. 먹을 때마다 필요한 만큼 칼로 잘
라다 만두를 빚습니다. 손님이 오
면 고기나 두부를 더 보충하여
만들기도 합니다. 이렇게 몇 날
며칠을 장만하면 온 겨울 동안 만
두를 먹고 살 수 있게 됩니다.

　대개 저녁은 만두를 많이 해 먹습니다. 추운 겨울 일찌감치
만두를 만들어 저녁을 먹습니다. 많이 하여 저녁을 먹고도 작
은 대야로 하나씩 남습니다. 우리 형제는 화롯가에 둘러앉아
이야기를 하고 놉니다. 큰오빠와 작은오빠는 항상 웃기는 얘기
를 잘하여 "하하" 웃다 보면 초저녁잠이 많은 아버지와 어머니
는 그만 좀 술술거리고 자라고 하십니다. 우리는 화로에 남은
만두 대야를 올려놓고 소곤소곤 이야기를 합니다. 한참을 조용
조용하다 보면 또 와르르 웃어 혼납니다. 그래도 그 밤에 남은
만둣국 한 대야를 다 데워 먹고서야 잠을 잤습니다.

내 언제 한번 먹게 해주꾸마
총각무 동치미

가끔씩 작은오빠와 같이 종만이네 집에 놀러 갔습니다. 종만이네 안방 한쪽에서는 어머니가 삼베를 삼고, 종만이 아버지는 천장부터 길게 매어 달아놓은 노끈을 꼬면서 재미있는 얘기를 해주어서 좁은 방인데도 불구하고 끼여서 놀다 오곤 했습니다.

종만이 아버지는 고향이 함경도인데, 겨울날 친구 집에 갔는데 밤에 눈이 처마에 닿도록 많이 내려 집에 오지 못하고 며칠이 지나서야 솔은 눈^{굳어 딱딱해진 눈} 속에 굴을 파고 집으로 왔다는 둥, 어머니와 나물을 뜯으러 가서 벼랑 밑에 너무 예쁜 강아지가 있어 집에 데려가 키우려고 쓰다듬고 있는데 벼랑 위에서

302

눈에 불이 철철 흐르는 호랑이가 으르렁거려 나물 다래끼도 다 버리고 디굴디굴 굴러 집으로 와서 며칠 죽도록 앓았다는 등의 이야기를 해주십니다.

우리도 눈이 많이 와서 눈 속에 굴을 파고 집으로 가고 싶다는 생각이 듭니다. 종만이 아버지는 노끈을 꼬면서 총각무 동치미를 세 개씩 드셨습니다. 살얼음이 동동 뜨는 큰 대접에 풋고추와 총각무가 든 동치미 그릇은 보기만 해도 침이 넘어가게 맛있어 보입니다. 종만이 아버지는 얼음이 조금 녹은 다음에 국물을 벌컥벌컥 세 번 마시면서 "아, 시원타." 하십니다. 한참 노끈을 비벼 꼬다가 총각무를 손에 들고 베어드십니다. 종만이 아버지가 국물을 마실 때마다 우리는 침을 꿀꺽 삼킵니다.

"아저씨, 맛있어요?"

"아니다, 씨굽다^{쓰다}."

"맛있어 보이는데요."

"아니다, 속이 안 좋아서 약으로 먹는다."

총각무 동치미를 얻어먹으려고 점심때가 되어도 집에 오지 않고 있었습니다. 그런데 점심때 나온 동치미는 총각무 동치미가 아니고 큰 무로 만든 동치미를 썰어 물을 탄 것이었습니다. 점심을 먹지 않고 일어서 왔습니다. 집에 와서 어머니한테 "우리 집은 왜 총각무 동치미가 없느냐"고 하니 그거 별로 맛이 없어서 하지 않는다고, 언젠가 했는데 잘 먹지 않아서 소를 줬다고 합니다.

종만이한테 물어봤습니다.

"너희 아버지는 왜 총각무 동치미를 맨입에 드시나."

종만이 아버지가 어려서 큰집에 갔었는데 큰형님이 노끈을 꼬면서 총각무 동치미를 먹으면서 아버지보고는 먹어보라는 소리를 하지 않아서 너무 먹고 싶었다고 합니다. 결혼하고 다음 해부터는 총각무를 심고 특별히 신경 써서 동치미를 만들었다고 합니다. 강릉 사는 이모가 올 때 청각도 부탁해서 소금에 절여두었다가, 김장 때면 소금물을 빼서 넣고 큰 무는 갈아서 국물을 짜서 넣고 삭힌 고추도 넣고 비싼 배도 몇 덩이씩 사다 넣고 대파는 줄기만 넣고 갓은 청갓을 넣고 생강과 마늘은 썰어서 넣고 소금도 잘 말린 천일염을 써서, 자기네 총각무 동치미는 아주 특별한 맛이라고 자랑합니다. "그럼 많이 해서 식구들이 같이 먹지 그러나." 하니, 올해 총각무가 잘 안 돼서 아버지 드실 만큼뿐이 만들지 못했다고 합니다.

"와? 너들도 총각무 동치미가 먹고 싶나. 기다려봐라, 내 언제 한번 먹게 해주꾸마."

종만이는 한껏 으스대면서 이야기합니다.

"그기 언젠디."

"급하기는. 기다려보라니까."

하루는 놀러 갔는데 종만이 어머니는 계시지 않고 종만이와 종만이 아버지만 노끈을 꼬고 계셨습니다. 종만이 아버지는 한참 노끈을 꼬다가 동치미 그릇을 둔 채 뒷간에 가셨습니다. 종만이가 동치미 국물을 벌컥벌컥 세 번 마시더니 "아, 시원타." 하고, 작은오빠보고 "너도 얼른 세 번 마시라"고 했습니다. 작은오빠도 세 번 마시고 "아, 시원타." 하더니, "야, 너도 얼른 마셔." 해서 나도 세 번 벌컥벌컥 마셔보니 골이 찡 하면서 "아, 시원타." 하는 소리가 저절로 나왔습니다. 국물이 달착지근하면서 약간 매콤하기도 한 것 같고 지금까지 먹어보지 못한 아주 시원한 맛이었습니다.

종만이는 총각무를 건져들고 한 입 베어 먹으며 너들도 총각무를 하나씩 먹으라고 합니다. 작은오빠와 나도 총각무 이파리 쪽을 들고 베어 먹습니다. 짜지 않고 맨입에 먹기에 아주 좋습니다.

총각무를 한 입 베어 먹자 종만이가 "느들, 아버지 오시기 전에 먹으면서 빨리 가라"고 합니다. 총각무를 먹으면서 도망 오는데 뒷간에 가셨던 종만이 아버지와 마주쳤습니다. 두 번은 베어 먹어야 할 총각무를 이파리가 달린 채 한입에 집어넣었습니다. 입이 꽉 찼습니다. 종만이 아버지가 "느들 놀다 가지. 와 벌써 가나." 하시는데 우리는 고개를 푹 숙이고 인사도 하지 못하고 도망을 와서 그해 겨울은 종만이네 집에 놀러 가지 못했습니다.

아무것도 모르는 어른들은 "느들, 요즘 종만이네 집에 안 놀러 가냐"고 묻습니다.

그해 겨울은 고소했네

잣죽

일교 어머니는 입맛이 아주 똑 떨어졌습니다. 입에 무엇을
넣어도 모래알 씹는 것 같습니다. 한 해 여름을 그렇게 굶고 나
니 허리가 착 꼬부라지고 뱃가죽이 등에 붙었습니다. 날마다
골이 우리하게 아픕니다. 어질어질해서 일도 잘할 수 없게 되
었습니다. 동네 사람들은 일교 어머니가 무슨 중병이라도 든
줄 알고 걱정들을 합니다.

일교 어머니는 이른 아침 뒷동산의 잣나무 밑이 궁금하여 꼬
부라진 허리로 올라가 보았습니다. 웬일인지 잣나무 밑에는 누
가 따놓은 것 같이 잣송이가 수북이 쌓여 있었습니다. 일교 어

머니는 제일 무게가 나가지 않는 양은 세숫대야를 들고 자박자 박 걸어서 잣송이를 주워 나릅니다.

헛간에 두자니 쥐들이 먹을 것 같아서 웃방에다 날라다 붓습 니다. 웬 횡재인지 누가 주워가기 전에 하루 종일 있는 힘을 다 해 해가 질 때까지 퍼 날랐더니 웃방에 잣송이가 수북이 쌓였 습니다.

어둑어둑해지자 시꺼먼 청설모들이 하나둘 모여들더니 찍찍 거리며 집을 싸고돌기 시작합니다. 웃방 창호지 문을 발로 할 퀴어 뜯고 문구멍으로 잣송이를 보고 찍찍거립니다. 그러다 말 겠거니 했는데 점점 떼거리가 몰려들며 사나운 기세로 사람도 할퀴어 뜯을 기세입니다. 종일 퍼 나른 잣송이가 아깝지만 문 을 열고 "에이, 더러운 놈들. 옜다, 잣 여기 있다. 도로 다 가져 가거라." 잣송이를 청설모들이 맞거나 말거나 마구마구 냅다 던졌습니다. 새까만 청설모 떼가 잣송이를 물고 뒷동산으로 올 라갔습니다.

남겨놓은 잣송이를 청설모들이 또 와서 들여다보고 달라고 할까봐 잠이 오지 않습니다. 일교 어머니는 그 밤에 비료포 종 이를 뜯어 풀을 물그스름하게 쑤어 창호지 문을 바릅니다. 한 번 바르고 나니 맘이 놓이지 않습니다. 화롯불을 문 앞에 놓고 불을 쬐어 새로 바른 종이가 다 마르면 다시 또 한 번 바릅니다. 한 서너 겹을 바르고 나니 팽팽한 것이 청설모들이 들여다볼 수도 없고 발로 할퀴어도 찢어지지 않을 것 같습니다.

솔향기같이 향긋한 잣송이 향기가 집안에 가득합니다. 다듬잇돌에다 잣송이를 놓고 작은 망치로 때려 바수었습니다. 잣을 까는 게 쉬운 일이 아닙니다. 잣알이 터져 껍질과 섞인 것을 한 움큼 골라서 찹쌀을 조금 넣고 죽을 끓였습니다. 그동안 입맛이 없어 맛이라고는 몰랐는데, 아주 고소한 맛이 씹을 것도 없이 입에 떠 넣으면 술쩍 넘어갑니다. 오랜만에 배가 벌떡 일어났습니다.

혹시라도 청설모들이 잣송이를 찾으러 올까봐 문을 꽁꽁 걸어 닫습니다. 밖에 나갈 때는 문을 빼꼼 열고 청설모들이 있나 없나를 살펴보고 문을 얼른 열고 드나듭니다. 두고두고 잣송이 냄새를 맡으려고 날마다 손으로 잣알을 일일이 빼냅니다. 처음에는 잣알을 다듬잇돌에 놓고 살짝 때린다는 것이 힘이 너무 들어가서 잣알이 다 터졌습니다. 일교 어머니는 날마다 꼬부리고 앉아 잣을 까다 보니 잣을 까는 기술이 늘었습니다. 펜치 끝에 잣알을 물리고 살짝 눌러 예쁜 잣알을 쏙 빼낼 수 있게 되었습니다.

일교 어머니는 참깨보다도 더 고소한 잣알을 날마다 여남은 알씩 꼭꼭 씹어 먹습니다. 칼도마에 잣을 놓고 왼손으로 칼끝을 누르고 오른손으로 칼자루를 쥐고 잣을 쫑쫑 썹니다. 쌀을 불려 절구에 몇 번 펑펑 찧어 죽을 끓이기도 합니다. 잣을 넣고 밥을 해 먹기도 합니다. 빈 잣송이는 큰 삼베 자루에 차곡차곡 담아 벽에 기대놓고 등을 대고 일렁일렁하면 등이 시원시원합니다.

일교 어머니는 겨우내 문을 꽁꽁 걸어 닫고 날마다 잣죽을 끓여 먹다 보니 봄이 왔습니다. 어느새 배가 두둑해졌습니다. 일교 어머니는 문을 활짝 열고 자리를 걷어내고 구들바닥에 물을 훌훌 뿌리고 장목 수수 빗자루로 알뜰히 쓸어냅니다. 자리를 빨랫줄에 걸어놓고 막대기로 퍽퍽 두들겨 자리 틈의 먼지를 알뜰히 털어내고 다시 깝니다. 빈 잣송이가 든 자루는 무슨 장식품처럼 구석마다 잘 세워놓습니다.

우리하던 골이 어느새 다 나았는지 자기도 모릅니다. 일교 어머니는 뒷동산으로 척척 걸어 올라갈 수 있게 되었습니다.

촌스런 나물을 먹고 가는 대화 할머니

콩비지밥

대화에 사시는 박병수네 할머니가 작은 아들과 같이 짐을 바리바리 싸들고 오셨습니다. 자다가도 벌떡 일어나 먹는 자반고등어와 돼지고기, 소고기, 과자도 많이 사오셨습니다. 가족들의 옷과 양말도 사오셨습니다.

박병수 할아버지는 돌아가셔서 우리는 박병수네 할머니를 그냥 '대화 할머니'라고 부릅니다. 우리 할아버지도 일찍 돌아가셔서 할머니만 계십니다. 두 할머니는 친척이기도 하지만 이웃에 살면서 친구처럼 다정한 사이여서 대화 할머니는 이사 가서도 어두니골이 그립고 우리 어머니 음식이 늘 먹고 싶다고 놀러 오시곤 했습니다.

사람들은 대개 봄에 밥맛이 없다든가 여름을 탄다든가 하는데 대화 할머니는 겨울에 밥맛이 없다고 합니다. 대화 할머니가 오시면 묵은 나물도 삶고 매달아놓은 시래기도 물렁하게 삶습니다. 대화 할머니는 그렇게 맛있는 것을 많이 싸들고 와서 오랫동안 묵으면서 아주 촌스런 나물 반찬이나 시래기, 두부나 뭐 그런 것을 드시고 가십니다. 어머니보고 "자네 손길이 닿으면 무엇이나 구수하고 맛이 있다"고 끼니때마다 칭찬하시며 많이 드십니다.

대화 할머니가 가장 좋아하는 밥은 콩비지밥입니다. 콩비지밥을 하자면 오후 내내 종종걸음을 쳐야 저녁을 먹을 수 있습니다.

큰 함지 위에 죽대를 올리고 맷돌을 깨끗이 씻어 올려놓고 미리 불려놓은 흰콩을 어머니와 마주 앉아 맷돌 손잡이를 잡고 돌리면서 맷돌 입구에 콩을 조금씩 수저로 떠 넣어 곱게 갑니다. 맷돌 밑으로 콩 모양은 간데없고 묽고 하얀 죽같이 되어 뚝뚝 흘러 떨어지는 것이 신기하고 재미있습니다. 한 손으로 맷돌을 돌리면서 떠 넣는 것이 재미있을 것 같아 나도 해보고 싶었습니다. 어머니 몰래 수저를 감추어 가지고 있다 어머니가 떠 넣기 전에 얼른 콩을 떠 넣는다는 것이 어머니 수저와 부딪쳐 콩이 다 흩어져 혼나기도 하고, 돌아가는 맷돌 입구에 콩을 넣는 것이 쉽지 않아 엉뚱하게 퍼 흩트리고 일만 더디게 한다고 야단맞으면서 합니다.

콩비지밥은 밥물을 맞추기가 까다롭습니다. 맨 밑에 적두팥 반 쪼갠 것을 깔고 위에 쌀을 씻어 안치고 그 위에 생콩을 간 것으로 밥물을 맞춥니다. 생콩을 간 것은 버글버글한 것이 물의 양이 짐작이 되지 않지만 어머니는 어떻게 물을 잘도 맞춥니다. 보통 밥을 할 때는 솥에 물을 붓고 불을 때면서 쌀을 안치고 불을 잘 조절하여 밥물이 넘치지 않도록 솥뚜껑을 한 번도 열지 않고 귀를 귀울여서 소리를 들어보고 밥을 하지만, 콩비지밥은 잘 넘치기 때문에 솥뚜껑을 열어놓고 잠시 동안 끓은 뒤에 뚜껑을 덮습니다.

밥을 하다 솥뚜껑을 세 번만 열어보면 그 밥은 개도 안 먹는다고 하는데 콩비지밥은 열어놓고 끓였어도 맛있습니다. 물렁하게 삶은 시래기무침과 시래기 막장국과 함께 먹습니다. 밥이 구수하고 부드러워 반찬이 없어도 한 그릇 뚝딱 먹어 치울 수 있습니다. 밥 먹는 마음들도 다 구수해지는지 웃음소리가 떠나지 않습니다.

대화 할머니는 아침을 먹을 때면 "어제 콩비지밥 안 남았는
가." 넌지시 묻습니다. "남기는 했는데 다 식어서요." 하면 괜찮
다고 하셔서 부랴부랴 화롯불에 데워서 드립니다. 다음부터는
아주 넉넉히 하여 끼니때마다 밥 위에 쪄서 드리면 부들부들한
것이 맛있다고 잘 드십니다.

대화 할머니는 이사 가기 전까지 우리 옆집에 사셨습니다.
뒷동산도 우리 산 옆의 산은 대화 박병수 할아버지의 산이고
우리 집 땅을 경계로 박병수 할아버지네 땅이어서 우리 할머
니와 옆에서 농사짓고 살던 시절, 막상막하로 부지런하여 서로
다투어 농사를 지었답니다.

우리 할아버지는 강변을 따라 줄밤나무를 심고, 박병수 할아
버지네는 강변에서 멀리 떨어져 있어서 우리보다 더 많이 심으
려고 산에도 심고 밭 가운데도 여기저기 심었다고 합니다. 뒷
동산에는 산머루와 다래가 많았는데, 어느 가을날 올머루를 서
로 빼앗기지 않으려고 밤중에 우리 할머니와 할아버지가 관솔
불을 켜들고 가, 할아버지는 주루먹으로 하나 따서 지고 할머
니는 다래끼로 이고 왔답니다. 산에 있는 것은 내 집에 갔다놔
야 내 것이 되기 때문이라면서요. 다음 날 박병수 할아버지네
가 아침 일찍 일어나 할머니와 같이 갔는데 언놈이 밤새 따가

고 없더랍니다.

박병수 할아버지네 아버지가 대화에서 부자로 살았는데 돌아가시면서 모든 돈과 재산을 다 물려주고 가셔서 대화 할머니는 어두니골 토지를 그대로 두고 이사를 가서 사십니다.

그때는 언제 난리가 날지 불안한 시기여서 곳간 안 쌀독에는 삼 년 묵은 곡식들이 많다고 했습니다. 난리가 나도 삼 년은 먹고살 만큼 먹고사는 것이 걱정이 없는데, 대화 할머니는 입맛이 없고 늘 어두니골에서 먹던 음식들이 그리워 겨울마다 오셔서 우리 할머니와 한겨울을 나다시피 하고 가시곤 하였습니다.

어메는 어디 가고 언나들끼리 쌀을 빻나

절편

방앗간 쪽에서 아들의 지껄이는 소리가 나더니 봉순이가 화롯불을 달라고 합니다.

"느들 뭐 하나?" 물으니 설에 먹을 절편을 만들려고 쌀을 빻는데 체가 얼어서 쌀가루가 빠지지 않아서 녹이려고 한답니다. 어머니가 할 때는 체질이 재미있어 보였는데 자기가 "직접해 보니 손이 너무 시렵고 팔도 너무 아프고 힘이 든다"고 합니다.

"어메는 어디 가고 언나들끼리 쌀을 빻나."

봉순이 어머니는 밥을 먹지 못한 지가 열흘이나 돼서 아들끼리 설을 장만하느라 방앗간이 붐비기 전에 일찌감치 준비를 시작했다고 합니다. 봉순이 아버지는 전쟁 후 아직까지 소식이 없습니다. 아들을 데리고 열심히 살던 봉순이 어머니는 설이 가까워지자 삽짝^{사립짝} 밖에서 아랫마을을 한없이 바라보기를 며칠 하더니 아무것도 하기 싫고 만사가 귀찮다며 밥도 먹지 않고 몸져누웠습니다. 약도 넘어가지 않아서 먹지 못한답니다.

"느들끼리 뭘 하겠노. 언나들은 방에 들어가 몸이나 녹이고 있어라."

할머니랑 어머니가 하던 일을 멈추고 빨아주려고 하니 아니라고 즈들끼리 한답니다.

즈네들 어머니가 '사람은 열너덧 살이 되면 궁리가 넓어져 무슨 일이나 다할 수가 있다'고 했답니다. 봉순이는 나흘 뒤면 열다섯 살이 되기 때문에 괜찮다고 합니다. 머스마는 '나흘이 되면 열세 살'이 돼서 자기도 할 수 있다고 합니다. 막내도 '나도 나흘 후면 열한 살'이라고 입을 앙당그레 물고 두 주먹을 불끈 쥡니다. 세 오누이가 절편거리를 빻습니다. 방아가 잘 올라가지도 않는데도 즈들이 설 준비를 잘하면 어머니도 살리고 아버지도 찾아올 거라며 열심히들 합니다.

봉순이는 절편을 어떻게 만들까 궁리하다 다듬잇돌에다 다듬이 방망이로 절편 반죽을 두드립니다. 칼도마에다 반죽을 잘 만져서 모양을 만들고 종지기로 떡살을 대신 찍어 그럴듯하게 절편을 잘 만들었습니다. 동생들을 시켜 이웃에 절편을 돌리면서 "우리 어머니가 아프다고, 어머니를 살릴 수 있는 약을 가르쳐달라"고 합니다.

"그러냐. 이웃에서 사람이 죽어도 모르고 우리가 너무 무심했다."

모두들 죽을 끓여 들고 모여왔습니다.

봉순이 어머니는 북어처럼 말라서 눈 뜨고 볼 수 없는 참혹한 꼴로 누워 있습니다. 동네에서 반은 의원이라고 소문난 완식이 할머니도 조당숙^{좁쌀죽}을 쑤어들고 왔습니다. 굶은 사람한테는 조당숙이 약이라고 죽을 좀 먹자고 하니, 봉순이 어머니가 모기만 한 소리로 "자기는 아무것도 안 넘어간다고 아들을 잘 부탁한다"고 했습니다.

"새파랗게 젊은 것이 못하는 소리가 없네."

완식이 할머니가 벼락같이 소리치며 등줄기를 냅다 때립니다. 모두 다 깜짝 놀랐습니다.

"저 어린것들을 두고 그런 소리가 나오나. 빨리 일어나 죽을 먹지 못해!" 하시면서 수저로 입에 죽을 떠 넣습니다. 목에 넘어가기 전에 토해놓습니다. 그래도 할머니는 자꾸만 떠 넣습니다. "못 먹는 것이 무슨 자랑이라고, 먹고 토해도 남는 것 있으니 먹으라"고, 죽 한 그릇을 토하고 떠 넣고 하느라 할머니 옷도 다 버렸습니다.

어린것들이 말없이 어메가 토해놓은 것을 닦아 치웁니다. 한바탕 난리를 치고 나니 봉순이 어메도 눈을 뜨고 쳐다봅니다.

봉순이는 고맙다고 떡상을 차렸습니다. 느덜너희들도 떡도 먹고 죽도 같이 먹자고 했더니 아들이 정신없이 먹습니다. 떡이 간도 맞고 반죽도 맞고 제법 잘 만들었습니다. 떡은 어떻게 만들었느냐고 물으니, 화롯불을 어머니 곁에 갖다 놓고 앉아서 어머니가 모기만 한 소리로 가르쳐주는 대로, 물을 끓여 떡가루 함지에 팔팔 끓는 물을 단번에 많이 붓지 말고 조금씩 부으면서 작은 주걱으로 빨리빨리 저어 뭉쳐서 손가락 사이로 삐져나가지 않도록 손안에서 말랑말랑 뭉치라고 해서 그대로 했답니다.

많이 치댄 다음에 부엌에 가서 솥에 물을 넉넉히 붓고 시루에 작은 보재보자기를 깔고 강냉이 가루에 밀가루를 섞어 시루빈김이 새는 것을 막기 위해 바르는 반죽을 만들어 시루와 솥 사이에 바릅니다. 그다음, 불을 때 물이 설설 끓어 김이 오르기 시작하면 떡반죽을 한 켜 안치고 불을 때서 다시 김이 오르면 다시 반죽을 안치라고 해서, 세 번을 안쳐 찝니다. 김이 다 오른 다음에 밥보자기를 덮고 소댕이를 덮고 불을 치우고 한참 뜸들인 다음에, 방에 가져와 만들었다고 합니다.

완식이 할머니가 정선에 사실 적에 갓 시집온 앞집 새댁이 무엇을 잘 먹지 않더니 나중에는 아무것도 먹지 못해서 무슨 죽을병이라도 걸린 줄 알고 의원한테 갔답니다. 먹지 않는 것이 습관이 돼서 그렇다고 먹고 토해도 좋으니 자꾸 먹으라고, 못 먹는 것이 아니고 먹지 않는 버릇을 고치라고 해서 먹고 토하고 먹고 토하고 하면서 안 먹는 버릇을 고쳐 아들딸 낳고 잘 사는 것을 보았다고 얘기해줍니다.

사람들이 봉순이 어머니에게 남은 죽은 선선한 데 두고 부지런히 데워 먹고, 설 때는 아들 데리고 놀러 오라고 당부당부하고 돌아갔습니다.

고추는 머리 쪽을 들고 먹어야 한다

콩죽과 고추 장아찌

초가을에 막장에 박아두었던 고추 장아찌가 맛이 들 때쯤이면 별미로 꼭 콩죽을 쑤어 먹습니다. 고추 장아찌는 두 종류로 나누어 담급니다. 겨울 동안 일찍 먹을 고추는 맛이 잘 배도록 고추 끝부분을 바늘로 찔러 구멍을 내주고, 일 년 내내 두고 먹을 것은 구멍을 내지 않고 그냥 막장에 넣습니다. 일 년 내내 두고 먹을 고추에 구멍을 뚫으면 시간이 지날수록 삭아서 껍데기만 남기 때문입니다.

구멍을 낸 막장 고추 장아찌를 막장과 함께 퍼 담고 짠맛을 줄이기 위해 무를 도톰도톰하게 썰어서 넣고 미리 준비한 화롯불에 버글버글 지지다가 은근히 보글보글 끓여서 고추가 푹 무르도록 큰 장뚜가리로 하나 빡빡하게 지져놓습니다. 잘 익은 시원한 동치미도 준비합니다.

이제 콩죽을 준비합니다. 가을에 추수한 햇콩을 한 되들이 양푼으로 하나 빡빡 움켜서 깨끗이 씻어 큰 그릇에 물을 많이 붓고 불립니다. 콩이 너무 많이 들어가면 텁텁하고 적게 들어가면 고소한 맛이 없어서 양 조절을 잘해야 합니다.

아침나절에 담근 콩이 다 불면, 저녁할 때쯤 담갔던 물에 콩을 살짝 삶아서 맷돌에 아주 조금씩 떠 넣으며 곱게 갈아놓습니다. 콩을 삶을 때 너무 오래 삶으면 뜬내가 나고 너무 덜 삶으면 비린내가 나기 때문에 콩을 솥에 안치고 불을 때면서 콩이 부르르 끓어오르면 불을 멈추고 찬물에 얼른 담가 식혀서 건져놓습니다. 콩을 삶은 물도 버리지 않고 솥에 남겨두었다가 그대로 죽의 국물로 사용합니다. 곱게 갈아놓은 콩을 콩 삶은 물과 함께 큰솥에 안치고 쌀을 씻어 넣고 물을 맞추고 넘치지 않게 조심해서 끓입니다. 자칫 끓어 넘치면 사정없이 콩 물이 넘쳐 먹을 것도 없고 맛도 없어집니다.

벅 앞을 떠나지 않고 지키고 불을 때면서 끓을 때쯤이면 솥뚜껑을 열어 한 번 저어주고 솥뚜껑을 반쯤 열어놓고 넘치지 않게 끓이다가 다 끓으면 그제야 솥뚜껑을 닫고 불을 치우고 잠시 뜸을 들여 작은 버래기 두 개에 퍼 담습니다. 밥때가 되면 언제나 객식구가 있기 마련이서 여분을 더 만듭니다.

아버지와 할머니와 집안 할머니와 큰오빠, 작은오빠가 한 상에 앉고, 어머니와 동생과 동생 친구와 친척 아주머니가 한 상에서 먹습니다. 지진 고추를 작은 뚝배기에 담아 동치미와 함께 차립니다. 어머니는 죽을 먹기 전에 당부하십니다.

"느덜 고추는 머리 쪽을 들고 먹어야 한다. 꼬리 쪽을 들고 먹으면 고춧물이 멀리 튀어 남의 옷도 버리고 얼굴에도 튈 수가 있으니 아예 아덜은 손으로 들고 맛있게 먹고 다 먹은 후에 손을 씻어라."

두 번이나 얘기해주셨습니다.

콩죽 한 그릇에 지진 막장 고추를 먹느라고 정신이 없습니다. 모두 다 약속이나 한 것처럼 죽 한 숟갈을 떠먹고 고추 한 번 베어 먹은 다음에는 죽을 뜬 수저에 고춧물을 부어서 먹고 나머지는 죽과 함께 먹고, 고추 하나에 죽을 세 숟가락씩 먹습니다. 지진 막장 고추는 짭조름한 물이 나오고 물렁하면서도 너무 짜지도 않고 맛있습니다.

동생 친구는 동생과 마주 앉아 저녁을 먹습니다. 두 놈은 서로 빙글거리며 고추를 거꾸로 들고 깨물어서 고춧물을 '찍' 튀깁니다. 갑자기 동생 친구가 "아이구, 눈이야. 앙앙~." 웁니다.

"너, 이 새끼. 내 얼굴에다 일부러 고추를 칙 깨물어서 눈에 고춧물이 들어가게 했지."

"미안해, 실수였어."

동생은 잽싸게 도망갔습니다.

"이 새끼, 꼼짝하지 말어. 나도 네 얼굴에 대고 고추를 칙 깨물어서 네 눈에 고춧물을 튀길 거여. 그래야 얼마나 쓰라리고 아픈지 알지."

친구는 동생을 잡으려고 쫓아다니며 한 번 터진 울음이 끝이 나지 않습니다.

저녁을 먹을 수 없이 시끄러워 오빠들이 동생을 붙들어다 줄 테니 울지 말라고 달랠수록 더 서럽게 웁니다. 집이 그리워진 모양입니다.

오빠들은 자기들이 아끼던 팽이도 주고 멀리 뛰어가는 자치기도 주었습니다. 그랬더니 "저 새끼가 가지고 있는 예쁜 팽이채를 주면 울지 않겠다"고 하여 동생 팽이채를 주고서야 조용해졌습니다.

동생 친구는 언제 싸웠냐는 듯이 고추를 뭉텅뭉텅 베어 먹으며 동치미 국물도 홀홀 마시면서 죽 한 그릇을 순식간에 먹어 치우고, 떼써서 번 물건들을 가지고 동생보고 빨리 먹고 나오라고 하며 나갔습니다. 어른들이 어이가 없어 웃습니다. "녀석하곤. 저녁도 먹지 못하게 난리를 치더니. 자칫하면 우리도 싸울지도 몰라. 조심해서 먹자"고 하면서 죽 그릇을 상 끝으로 잡아당겨 거리를 넓힙니다. 죽 위에 막장에 끓인 무를 얹어 먹어도 맛있습니다. 쉬었다 먹으니 더 맛있다고, 동치미에 있는 배추도 찢어서 죽 위에 걸쳐 먹고 무와 동치미 국물도 마시고 아주 한가롭게 천천히 즐기며 먹습니다.

대보름에 처녀들은 밤새 노래합니다

찰밥

정월 대보름은 큰 명절이기는 하지만 제사를 지내지 않아 아낙네들이 명절을 준비하기가 훨씬 수월하고 친정이나 친척 어른들의 집을 찾아 인사를 다닐 여유가 생깁니다. 정월 열나흗날 밤은 일찍 자면 눈썹이 센다고 하여 아덜도 자지 않고 수선을 떨고 어른들은 나물을 볶고 찰밥을 찌느라고 밤을 새웁니다. 특히 동네 아가씨들도 보름 하루는 모여 널도 뛰고 안방이 넓은 집에 모여 밤을 보낼 수 있어 설레는 마음으로 보름을 준비합니다.

정월 대보름에는 집집마다 찰밥을 준비하느라고 분주합니

다. 적게 하든지 많이 하든지 시루에 쪄서 찰밥을 하고, 어떤 집은 평소에 밥하듯이 그냥 솥에 찰곡식으로 찰밥이라고 흉내만 내더라도 찰밥은 다해 먹습니다. 쌀이 귀하고 값이 비싸 집집마다 잡곡을 섞어 찰밥을 합니다. 잡곡 찰밥은 준비 과정이 찹쌀로만 하는 것보다 시간이 많이 걸리고 일이 많고 여간 분주한 일이 아닙니다.

찰옥수수쌀은 하루 전에 담가서 불리고 수수쌀은 보리쌀처럼 여러 번 웅켜 움켜. 쌀에 물을 붓고 약하게 문지르는 것 씻어 살짝 삶아 건지고 차좁쌀과 찹쌀도 불립니다. 잘 갈무리해두었던 줄콩들을 삶고 팥도 삶아 준비합니다. 벽 앞에 구덩이를 파고 묻어두었던 밤을 꺼내 머리 부분에 칼집을 넣어 잿불에 부지깽이로 휘휘 지지면 겉껍질이 타면서 벌어질 때 까서 노랗게 속 버물을 벗겨놓고, 마른 대추는 씻어 건져 씨를 발라 준비합니다.

준비한 각종 찰잡곡쌀들과 밤, 대추, 줄콩 삶은 것과 팥을 삶은 것을 넣고 큰 시루에 안쳐 찝니다. 한 번 김이 오르면 소금물을 약간 타서 아직 덜 쪄진 밥 위에 뿌립니다. 차진 밥을 좋아하는 사람은 물을 많이 뿌리고 고슬고슬한 밥을 좋아하는 사람은 물을 조금 뿌려 다시 푹 쪄서 뜸을 들인 다음 큰 함지박에 쏟아 떡메로 슬슬 문대어 다시 시루에 안쳐 푹 쪄냅니다. 아침에는 주걱으로 퍼서 밥처럼 먹지만 식으면 칼로 큼직큼직하게 떡덩이처럼 썰어 광주리에 담아 얼려놓고 이월 초하루까지 먹습니다.

논마지기나 부치는 집도 잡곡 찰밥을 하지만 유독 숙자네 집만은 찹쌀만 쪄서 차돌처럼 맛있는 찰밥을 해 먹습니다. 숙자는 아침나절부터 친구들을 불러들여 마당에서 널도 뛰고 찰밥을 먹으며 놉니다.

딸이 많은 숙자네는 큰언니가 충북 제천에서 제일 큰 미곡상을 하는데, 큰언니네 집에서 찹쌀을 한 가마니나 가져왔기 때문입니다. 언니네서 왜간장을 가져와 무말랭이도 무치고 마른 고춧잎도 삶아서 실고추만 넣고 잘박잘박하게 무쳤습니다. 왜간장으로 간을 하면 달짝지근한 것이 무척 맛있게 느껴졌습니다. 나물 반찬도 참기름으로 무쳐 엄청 맛있습니다. 숙자는 자기네 언니 집에는 큰 창고에 곡식이 억수로 쌓여 있다고 자랑합니다. 집 간장과 들기름으로 반찬을 해 먹다가 숙자네 집 반찬을 먹으니 살살 녹는 기분이 듭니다.

밤이 되자 안방에 등잔불을 밝히고 처녀 애들이 모였습니다. 숙자는 제천에서 새로 배워온 노래를 부릅니다.

오동추야 달이 밝아 오동동이냐,

동동주 술타령이 오동동이냐,

아니요 아니요.

궂은 비 오는 밤 낙숫물 소리,

오동동 오동동 그침이 없이,

독수공방 타는 간장 오동동이요.

여태껏은 학교에서 배운 〈나의 살던 고향〉 같은 만날 부르던 몇 가지 노래만 불러 별로 흥이 나지 않아 일찍 잠을 잤었는데, 〈오동추야〉는 부르고 또 불러도 지치지 않고 재미있습니다. 그만 자라고 장닭이 '꼬끼오오오 꼬끼오' 해도 여전히 〈오동추야〉를 부릅니다. 끼가 많은 숙자는 신이 나서 문에 그림자가 어른어른 비치지 않도록 등잔불을 문 앞에 놓고 모두 다 방 안쪽으로 모이라고 합니다.

여태껏 어른들이 추는 걸 따라 어깨춤을 추고 놀았는데 숙자는 새로 배워온 춤을 춥니다. 두 팔을 가슴께까지 올리고 한쪽 다리를 들고 온몸을 얄랑거리며 흔들며 모두 다 따라 하라고 합니다. 다들 우스워서 배꼽을 잡고 웃습니다. 무엇이 그리 우스우냐고 그러다 배꼽 빠지겠다고 하며 여전히 얄랑거리며 양쪽 발을 번갈아 비비며 열심히 춤을 춥니다. 모두 웃다 웃다 다 같이 숙자를 따라 춤을 춥니다.

장닭이 "꼬끼오오오 꼬끼오~" 해도 여전히 "동동 뜨는 뱃놀이가 오동동이냐, 사공의 뱃노래가 오동동이냐, 아니요 아니요. 멋쟁이 기생들 장구 소리가, 오동동 오동동 밤을 새우는, 한량님들 밤 놀음이 오동동이요." 하고 계속합니다.

백사를 잡았다고 소문냅시다

감기약

구장님과 반장님 들이 어두니골 강변에 모여 장날인데 장에 가지 않고 큰 가마솥을 걸고 무언가 준비를 하고 있습니다.

"여보게들, 백사를 한 마리 잡았다네. 내일 백사탕을 끓이려고 하니 약재 한 가지씩 가지고 아침 일찍 오시게나. 가장 귀한 약재를 가져오는 사람한테는 백사탕을 제일 많이 줄 터이니 집집마다 집안에 있는 약재 한 가지씩 꼭 가지고 오라고 얘기를 좀 해주게나. 아주머니, 내일 백사탕을 끓이려고 하니 아무것이라도 한 가지 약재를 꼭 가지고 와서 귀한 백사탕을 가져가세요."

장에 가는 사람마다 소리쳐 불러 이야기하고 자기네들끼리 많이 웃습니다. 약을 담아갈 그릇하고 차조기가 있으면 꼭 가지고 오라고 합니다.

그때는 겨울이 무척 추웠습니다. 입성도 변변치 않은 때여서 겨울이면 감기를 달고 지내는 사람들이 많았습니다. 노인들은 천식이 도져 자지러질 듯이 기침을 했습니다. 거기다 혼자 사는 노인들이 몇 명 있어서 겨울이면 맘을 놓을 수 없었습니다. 병원을 간다거나 약을 먹을 형편들도 안 돼서 겨울은 위험한 계절이었습니다.

구장님과 각 동네 반장님들이 모여 '어떻게 하면 온 동네가 감기 없는 겨울을 보낼 수 있을까' 대책 회의를 했습니다. 우선 감기가 걸렸을 때 어떻게 하는지부터 각자 이야기합니다.

꿀물을 팔팔 끓여 먹는 집도 있고 인동덩굴에 차조기와 꽈리, 밤, 대추, 여러 가지 약재를 삶아 먹는 집도 있는데, 그중에서 인동덩굴과 차조기가 감기에 가장 잘 든다고 이야기들을 합니다. 흰 눈 속에서 파란 잎이 죽지 않고 살아 있는 인동덩굴은 감기에 특효약으로 꼽습니다.

모두가 이런저런 얘기를 하더니 그러지 말고 올겨울은 온 동네가 감기약과 보약을 겸하여 함께 만들어 먹자는 의견이 나왔습니다. 집집마다 무엇이든 약재 한 가지씩은 다 있을 터이니 약재를 모아서 삶자고 합니다. 하지만 약재를 거두어들이는 것도 어렵고 어디서 누가 삶을지가 문제입니다. 그러다 보면 시간이 많이 걸려 겨울이 지나가고 말겠습니다. 이야기 끝에 장날 어두니골 강변에서 지나가는 장꾼들한테 얘기하자는 의견이 나왔습니다.

뇌운리 본말 반장인 광덕 씨가 막 웃으면서 하는 말이 "우리 백사를 한 마리 잡았다고 소문을 내자"고 합니다. 어두니골에는 백사가 살고 있다는 소문이 있으니 사람들이 곧이들을 것이고, 백사는 죽는 사람도 살린다는 말이 있으니 쉽게 약재를 모아서 보약을 만들 수 있을 거라고 했습니다.

강에 큰물이 나갈 때 떠내려가다 여기저기 걸린 나무를 주워 황닥불을 피우고 종일 산지슬^{산기슭}로 돌아다니면서 눈 속에 묻힌 인동덩굴을 베어 날라다 가마솥에 끓입니다. 장에 갔다 일찍 오는 사람들도 나무를 주워 모아 산더미처럼 나무가 쌓였습니다. 인동덩굴을 먼저 삶아 물을 내놓고, 사람들이 가져오는 약재가 많을 터이니 각종 약재를 넣어 삶기로 합니다.

다음 날, 생전 남을 줄 줄 모르고 얻어만 먹던 굳은배기로 소문난 약초꾼인 최씨도 영지버섯 한 다래끼와 물초롱^{입이 넓은 깡}

통으로 된 물통을 들고 왔습니다. 어떤 사람은 큰 호박을 가져오고, 말려두었던 도라지도 가져오고, 묻어두었던 더덕도 가져오고, 오미자도 가져오고, 대추도 가져왔습니다. 집집마다 매달아두었던 차조기와 엄나무, 오가피 등 많은 약재를 넣고 한 가마솥을 뻑뻑하게 달입니다.

약재가 없는 사람은 삶아서 매달았던 강냉이도 가져왔습니다. 고구마와 감자도 가져왔습니다. 가마솥을 중심하여 사면으로 좀 멀찍이 떨어진 곳에 여기저기 황닥불을 많이 해놓습니다. 강에는 얼음이 얼고 눈이 허연 강변이지만 사면에 황닥불이 있어 등도 배도 뜨뜻하니 좋습니다. 둘러서서 놀다가 사그라지는 불에 감자와 고구마를 묻어놓고 다른 곳에다 황닥불을 또 피우고 놀다 보면 고구마와 감자가 잘 익었습니다. 작은 솥단지를 내다 걸고 마른 강냉이도 삶습니다. 사람이 많다 보니 못하는 일도 없이 잘도 해 먹습니다. 호박도 많아 먼저 익은 것은 건져 수저로 퍼먹고 국물도 바가지로 퍼먹으며 추운 줄도 모르고 신났습니다.

"개뿔 백사는 무슨 백사!"

최씨가 갑자기 소리칩니다.

"풀때기만 삶으면서 사기꾼 같은 놈들. 내 아까운 영지 내놔라."

"미안하네. 너무 과한 농담을 했네."

사과도 했지만 최씨는 자기 영지를 건져간다고 막무가냅니다. 한쪽에서는 말리는 동안 구장님은 영지 물을 최대한 많이 우려내려고 불을 많이 지펴 아주 세게 펄펄 끓입니다. 한참을 실랑이를 하다 최씨를 놔주었습니다. 최씨는 끓는 가마솥을 막대기로 휘저으며 영지를 건져 초롱에 담고 여러 가지 달인 약물을 담아 가지고 휑 하니 가버렸습니다.

끓을 만큼 끓었으니 불을 멈추고 식힙니다. 큰 통나무 함지에 죽대를 올리고 삼베 자루에 약재를 퍼 담아 자루 주둥이에 나무 막대기를 휘감아 꾹꾹 눌러 짜서 다른 그릇에 퍼 담고 알뜰히 짜서 모두 다 똑같이 나누어 담습니다. 참석하지 못한 연로한 노인들의 몫은 자기 반마다 반장들이 챙깁니다. 먹어보고 효과가 좋으면 다시 한 번 해 먹자고 약속을 합니다.

모두 다 헤어졌지만 반장님과 구장님은 뒷설거지를 하고 가느라고 어두워서야 집으로 돌아갔습니다.

60년 만에 자유의 몸이 되다

팥죽

간난이 할머니는 대한 추위에 영감님이 좋아하는 팥죽을 정성 들여 끓입니다. 올해는 추워도 팥죽을 끓여주고 '특별한 부탁'을 할 생각입니다.

아침부터 추운 벅 앞에 앉아 팥을 삶습니다. 팥은 반나절은 푹 삶아야 거를 수 있을 만큼 잘 무릅니다. 간난이 할머니는 팥솥에 불을 때서 은근히 끓입니다. 옹심이 할 찹쌀을 디딜방아에 빻습니다. 방확이 얼어붙어 잘 빻아지지 않습니다. 간난이 할머니는 화롯불을 방확 옆에 놓고 체를 녹이면서 옹심이 가루를 만듭니다. 너무 추워서 수건이랑 많이 싸 동이고 하는데도 콧물이 뚝뚝 떨어집니다.

한나절을 팥을 삶아 퍼서 식힌 다음 대바구니에 담아놓고 주물러 거릅니다. 1차로 거른 팥은 물에 헹궈 다시 주물러 거르기를 여러 번 합니다. 팥 껍질이 앙크랗게_{팥의 살이 다 빠지고 껍질만 억세게 남은 상태} 살을 쏙 뺀 다음 다시 고운체로 거릅니다. 아주 걸쭉한 팥물을 큰 다라이로 하나 만듭니다. 찹쌀 옹심이를 엄지손가락 한 마디만 하게 열심히 만듭니다. 혼자서 하니 일이 더 딥니다. 옹심이를 만드는 동안 걸러놓은 팥물이 가라앉았습니다. 윗물만 조르르 따라 솥에 붓고 찹쌀도 약간 넣어 팥물을 끓입니다. 1차 팥물을 끓인 다음 다라이에 남은 팥물을 잘 저어서 붓고 눌어붙지 않게 잘 저으면서 끓입니다. 쌀이 너무 퍼지기 전에 옹심이를 넣고 눌어붙지 않게 잘 저으며 옹심이가 떠오를 때까지 끓입니다.

간난이 할머니는 정성을 들인 만큼 팥죽이 잘 끓여져서 아주 기쁩니다. 팥죽은 큰 양푼에다 하나 퍼놓고 식기에 한 번 먹을 만큼씩 여러 그릇에 퍼 식혀서 복지개_{주발의 뚜껑}를 덮어 광 방에 죽 늘어놓습니다. 살얼음이 살짝 얼었지만, 언 대로 시원하게도 먹고 은근한 잿불 화로에 얹어놓았다 따뜻하게도 먹습니다.

영감님은 "해가 서쪽에서 뜨려나, 어찌 이리 추운 날 맛있는

팥죽을 끓였소?" 하며 좋아합니다.

"그래, 말이요. 나도 특별한 소원 한 가지를 부탁하려고 특별한 팥죽을 끓였소. 올해 내가 일흔아홉 번째 생일이잖소. 내 생일을 잊지 말고 당신 손으로 미역국도 끓이고 예쁜 병에 든 동동 구루무50년대 얼굴에 바르던 크림 한 병만 선물로 사다 주오. 웬지 올해 말고는 내 생일이 다시없을 것 같은 생각이 드오."

"그러지, 뭐. 그게 뭐 어렵다고."

자식들이 여럿 있지만 간난이 할머니의 생일은 영감님의 생일보다 일주일 먼저여서 번거롭게 왔다 갔다 하지 못해서, 항상 간난이 할머니는 늘 영감님도 기억 해주지 못하는 쓸쓸한 생일을 혼자 보냅니다. 간난이 할머니는 "올해 생일도 기억 안 해주면 그동안 자기한테 잘못한 모든 것을 자식들한테 공개하겠다"고 합니다. 이미 작년에 약속을 지키지 않아서 미리 다 써두었지만 기회를 한 번 더 주는 것이라고 단단히 약속을 합니다.

간난이 할머니는 아들 며느리가 있는 시어머니가 된 지금도 자기의 며느리 적 설움을 얘기합니다. 자기가 시어머니라는 생각을 하지 못하는 것 같습니다.

시집가던 해 겨울입니다. 시어머니는 "느 시아버지는 팥죽을 좋아하신다. 팥죽을 끓이라"고 합니다. 걸러서 끓이기는 힘드니까 통 팥죽을 끓이라고 합니다. 간난이 할머니는 벽 앞에 네 거리솥을 올리고 불을 땔 수 있도록 함석으로 만든 도구를 놓고 불을 때면서 팥죽을 끓입니다. 팥을 푹 삶습니다. 통팥 중간이 툭툭 터질 때까지 삶아야 합니다. 팥이 잘 삶아져서 미리 씻어놓은 쌀을 넣고 끓이면서 주걱으로 젓습니다. 벽 이마 돌에서 콩알만 한 진흙 조각이 뚝 떨어지면서 팥죽 솥으로 쏙 들어갔습니다. 아무리 진흙 조각을 찾으려고 주걱으로 저어보았지만 찾지 못했습니다. 작은 흙덩이 하나 때문에 팥죽 한 솥을 다 버릴 수도 없습니다. 흙도 때론 약이 된다는데 작은 흙 조각 하나가 풀어지면 약 삼아 먹지 하는 생각도 해봅니다. 혹시나 몰라 죽을 휘휘 저어 위에서 살며시 시아버지 죽부터 퍼 담습니다. 혹시라도 흙덩이가 있다면 밑으로 가라앉을 것이라고 생각했습니다.

아버지를 닮아서인지 온 식구가 다 팥죽을 좋아합니다. 삭힌 고추를 넣은 잘 익은 동치미와 함께 온 식구가 맛있게 먹습니다. 한참 맛있게 먹고 있는데 시아버지 팥죽 속에서 흙덩이가 나왔습니다.

시아버지가 시어머니보고 "여보, 팥죽 속에서 흙덩이가 나왔소." 하니 시누이와 시동생들도 "어디? 어디?" 다들 무슨 큰 구경이라도 난 듯이 들여다보고 난리가 났습니다.

신랑이 소리칩니다.

"무슨 음식을 조심해서 하지, 그렇게뿐이 못해. 어엉~?"

쥐구멍이라도 있으면 들어가고 싶습니다. 간난이 새댁은 기껏 저녁을 해 먹이고도 죄인이 되었습니다.

간난이 할머니는 지금도 그때 생각을 하면 영감님이 얄밉습니다. 시아버지도 야속합니다.

간난이 할머니는 농부의 딸입니다. 간난이 할머니네 식구는 부지런하여 농사를 잘 짓기로 소문난 집이었습니다. 간난이 할머니는 농삿집도 아니고 어중되게 이것저것 해 먹고 사는 집으로 시집왔습니다. 남편이 공무원이어서 어른들은 농사짓지 않고 편하게 살 거라고 시집보냈습니다.

간난이 할머니는 나무 때는 집에서 연탄 때는 집으로 시집왔습니다. 연탄불을 피우는 것이 여간 걱정거리가 아닙니다. 연탄불을 언제 갈아야 하는지 짐작이 잘되지 않습니다. 연탄불 걱정에 잠이 잘 오지 않습니다. 연탄불에 밥하는 것이 여간 걱정이 아닙니다. 빨리 끓이려고 아궁이 앞에 네거리를 걸고 불을 때서 합니다.

나무가 많지 않아 큰솥, 작은 솥이 걸려 있는 벗이기는 하지만 아궁이에 마음 놓고 불을 땔 수가 없습니다. 아궁이 앞에 네

거리를 걸고 불을 때기 때문에 언제나 벍에는 연기가 가득 찹니다. 새로 시집온 새댁인데도 몸에서 항상 연기 냄새가 납니다.

시집온 그해 겨울이 가기 전에 신랑은 외박을 했습니다. 밤새 들어오지 않던 신랑은 아침에 들어와 아주 기분 좋게 벍 문지방에 날름 올라앉아서 "여보, 나 왔어~." 합니다. 쳐다보기가 싫어서 그냥 구부리고 아침을 합니다. "남정네가 외박할 수도 있지. 뚱해 있지 말고 나가 보라"고 시어머니가 소리칩니다.

신랑은 외박을 하고 그냥 그렇게 넘어갔습니다. 며칠이 지나고 외지에 살던 큰시누이가 왔는데 "언니, 가만히 있어봐." 하더니 이마에서 이상한 이와 석카리서캐를 뽑아냈습니다. 이것은 '털이'라고 했습니다. 남편과 간난이 새댁은 이상한 곳까지 살 속으로 파고드는 이와 석카리를 한동안 뜯어내고 뽑아냈습니다. 남편은 그 일로 시작하여 평생 얌통머리 없는 짓을 하고 살아온 것이 일흔아홉 살이 되는 지금까지라고 합니다.

얼마나 얌통머리가 없는지 어린이날에 술집 계집과 바람이 나서 2박 3일을 즈들끼리 여행을 갔다 온 적도 있었답니다. 간난이 새댁과는 신혼여행도 가본 적이 없었습니다. 아들딸이 여섯 명이나 있습니다. 간난이 할머니는 "느그 아버지는 볼일이 있어 출장을 갔노라고", 나름대로 떡도 해 먹이고 부치기도 해 먹이면서 아들이 힘을 잃지 않게 키웠답니다.

간난이 할머니는 온갖 집안일에 동네 바느질을 하여 용돈을 벌어 쓰고 평생 황소처럼 일하며 살았습니다. 젊어서도 월급봉투를 구경한 적도 없다고 합니다. 빌어 빌어서 꼭 필요한 돈을 타서 썼습니다. 영감은 아들한테도 돈을 줄 때는 언제나 화를 냈습니다.

영감은 여직원과 바람이 났습니다. 시어머니는 아주 큰소리로 허허허 웃으면서 "공무원 며느리를 보게 생겼다"고 좋아합니다. "그놈은 좋은 년하고 살라고 하고, 너는 아들 데리고 따로 살 생각하라"고 합니다.

지금도 영감은 간난이 할머니가 파마 한 번 하겠다고 해도 선뜻 돈 한 번을 주는 적이 없답니다. 간난이 할머니가 넘어져 오른손을 다쳐서 피가 철철 흘러도 "거기 약 있으니, 약 바르고 왼손으로 잘 싸매라"고 했답니다. 그러다 동네 과부댁이 다쳤다며 영감은 집안을 뒤집고 약을 찾아 바르고 싸매주고 난리를 떠는 일은 자주 보는 일입니다.

집안에 아궁이가 무너져 간난이 할머니는 늘 아궁이 수리를 직접 하고 평생을 살았지만, 영감은 동네 과부댁 아궁이는 맡아놓고 고쳐줍니다. 아내 생일날은 몰라도 동네 사람들의 생일은 다 꿰고 앉아서 선물을 잊지 않고 살아서 '사람 좋다' 소리를 듣습니다.

남편은 자식이나 마누라를 보면 짜증이 나고 돈도 아깝습니다. 대신 다른 사람만 보면 천사의 얼굴로 변합니다. 돈을 아껴서 이웃에게 선을 베풀고 내가 이렇게 선한 일을 했노라고 아주 만족해합니다. 간난이 할머니는 '평생 남이 저렇게 좋으니 내가 먼저 죽고 저놈의 영감탱이 남의 손끝에서 살다 죽게 해야지' 하는 생각도 많이 해보았다고 합니다.

간난이 할머니의 생일날입니다. 아무리 기다려도 생일을 기억하는 것 같지 않습니다. '그렇지, 뭐. 내 팔자에 생일은 뭔 생일.' 간난이 할머니는 말없이 아침상을 차립니다. 아침을 먹는데 영감님은 멀쩡히 "내일은 저 윗동네 과부댁 생일이고 모레는 제수씨 생일"이라고 합니다.

간난이 할머니는 부들부들 떨다가 뒤로 넘어졌습니다. 간난이 할머니는 깨어나지 않습니다. 희미한 정신 속에서 '나이 여든 살이 넘어도 밖으로만 달려가는 영감의 마음이나 여든 살이 되어도 그런 꼴을 보는 것이 불편한 심정은 똑같으니 이대로 일어나지 않았으면 좋겠다'고 생각을 합니다.

영감님은 겁이 났습니다. "이놈의 할마시야. 내가 평생 믿고 살았는데 공기나 물보고 고맙다 하는 사람 보았나. 빨리 일어나라. 자식들을 불러 보는 앞에서 연금 통장도 당신에게 줄 테니, 마음대로 아들딸 사주고 싶은 거 다 사주고 가고 싶은 데 가고 마음대로 살게 한다"고 약속합니다.

간난이 할머니는 봄이 되자 건강해졌습니다. 시집 온 지 60년 만에 자유의 몸이 되었습니다.

어린 시절 첫눈이 나리는 날, 큰오빠 방에 들어갔더니 바둑이와 아이가 그려져 있는 아주 예쁜 책이 있어서 보고 있는데, 큰오빠가 왔습니다. "너 글 배우고 싶나?" 하길래 그러겠다고 했더니 그날 저녁부터 한글 공부가 시작되었습니다. 받침 하나 틀리면 손바닥을 때리고 글씨 하나 잘못 읽으면 또 때리면서 큰오빠는 아주 독하게 내게 한글을 가르쳤습니다. 국민학교 입학하기 전에 확실하게 한글을 읽고 쓸 줄 알게 되었습니다.

산골에서 혼자 놀다가 학교에 가니 아들도 많고 너무 좋았습니다. 한 2~3일 갔더니 집에서 언나 보라고 학교에 가지 못

하게 했습니다. 어른들이 농사일을 쉬는 비오는 날에만 학교에
갔습니다. 나는 집에서 혼자 '안방학교'를 열었습니다. 아기를
업고 책을 읽고, 벽에다 노트를 대고 서서 글씨도 쓰면서 놀았
습니다. 한참 만에 학교를 가면 진도가 훌쩍 나가 산수를 따라
갈 수가 없었습니다. 그래도 다른 과목은 안방학교에서 공부해
어려움이 없었습니다.

　국민학교 4학년인 어느 날 저녁, 큰오빠가 《집 없는 천사》라
는 책을 머리맡에 놓고 잠들어 있었습니다. 조금 읽어보니 너
무 재미있었습니다. 큰오빠가 눈을 번쩍 뜨더니 "니가 뭘 안다
고 그걸 보느냐"고 소리쳤습니다. 그 후 3일 저녁을 오빠가 잠
든 사이 몰래 가져다 울면서 읽었습니다. 내가 책을 다 읽은 걸
안 큰오빠는 그다음부터 학교 도서를 계속 빌려다 주었습니다.
너무 재미있어 감탄 감탄하면서 읽었습니다. 책들을 읽으며
'나도 이다음에 소설가가 되어야지.' 하고 마음먹었습니다.

　국민학교 6학년 때 특별활동으로 문예부에 들어갔습니다. 시
조 시인인 정태모 선생님의 지도로 동요, 동시, 산문을 썼습니
다. 선생님은 학생들이 쓴 글을 일일이 평가해주었습니다. 그
렇게 글쓰기를 배우면서 '작가가 되어야지.' 하며 꿈꾸게 되었
습니다. 산문 노트에 '중학교만 가도 나는 소설가가 되겠다, 공

부를 계속하고 싶다'고 썼습니다. 선생님은 나를 진학시키려고 부모님을 설득했습니다. 하지만 큰오빠만 학교에 보내고 땅을 늘려가는 것이 목표인 부모님에겐 어림도 없는 일이었습니다. 선생님은 우리 부모님 몰래 도장을 파고 호적등본을 떼고 자기의 박봉을 털어 중학교에 보내주었습니다. 선생님께 작가가 되어 꼭 은혜를 갚겠다고 약속했습니다.

그 후 여러 가지 여건상 글을 쓰지 못했습니다. 그래도 공모전이 있을 때마다 가슴이 쿵쾅거렸습니다. 소설을 쓰고 싶다는 생각으로 살았지만 한 번도 써본 일이 없이 평생을 살았습니다. '세상 누가 어린 날의 꿈을 다 이루고 살겠나, 현실에 주어진 대로 열심히 살면 되지.' 하며 스스로 위로하며 살았습니다.

일 잘한다고 소문나서 스물일곱에 중매로 아주 일 많은 집의 동갑내기 남편과 결혼하였습니다. 열심히 살기는 하지만, 뭔가 '이건 아닌데, 여기가 아닌데.' 글을 쓰고 싶다는 생각으로 가끔 아무도 몰래 몸살처럼 앓았습니다.

꽃이 활짝 핀 봄날, 나의 집에 두고 온 글짓기 노트를 가지러 갔습니다. 나의 소중한 글짓기 노트는 변소 휴지로 써서 마지막 한 장이 남아 있었습니다. 아무도 몰래 밤새워 울었습니다. 선생님의 지도와 평가와 격려가 담긴 산문 노트와 100여 편이 되는 동요와 동시는 마지막 본 한 장 외에는 나의 기억에서 가물가물 아주 사라져갔습니다. 밑천이 없어졌습니다. 내가 믿었던 나의 밑천이 없어져서 나는 아주 망했습니다.

1982년, 강원도에서 하던 사업을 정리하고 아이들을 공부시키려고 서울로 이사했습니다. 서울 인심은 촌뜨기가 살아가기에는 야박하고 야속스러웠습니다. 그럴 땐 고향을 떠올렸습니다. 그곳엔 나무를 팔아 아무도 몰래 용돈을 쥐어주던 작은오빠가 있고, 서리 내린 아침 일찍 시린 손을 호호 불며 학교에 가는 나를 위해 삿대를 저어 배를 건너주던 남동생도 있습니다. 세상에서 가장 예쁜 여동생들이 해맑게 웃고 있습니다. 배움이 없어도 타고난 슬기로움으로 꼿꼿하게 살던 아버지와 아무리 아파도 기어서라도 가족들에게 따뜻한 밥을 먹이던 어머니가 있습니다. '우리 순예는 무엇이나 잘한다'고 칭찬을 아끼지 않던 할머니의 목소리가 들리는 것 같아서 또다시 힘을 내어 살았습니다.

환갑에 아이들이 마련해준 여행비로 신학교에 등록했습니다. 학교에 가서 자기 소개서를 쓰는 것이 내 글을 쓰는 첫 계기가 되었습니다. 어린 날의 꿈이 소설가였다고 하니, 교수님이 지금도 늦지 않았으니 부지런히 써보라고 권하셨습니다. 동화 같던 나의 고향 이야기를 썼습니다. 계절 따라 나물을 뜯고 강에서 고기를 잡고 서늘한 바람이 부는 가을이면 밤을 줍던 일이며, 심고 가꾸지 않아도 풍성했던 고향 이야기는 써도 써도 쓸 것이 많았습니다. 평생 마음으로 생각으로만 썼던 이야기들입니다.

아들딸들이 읽어보고 "우리 엄마는 진솔하게 글을 잘 써." 하며 칭찬하고 세 살짜리 손주한테 읽어주니 깔깔 웃으며 들어주어서 용기 내어 쓰게 되었습니다. 작은오빠를 주인공으로 한 《줄밤나무집 아이들》이라는 소설을 밤을 새우며 한 달 만에 썼습니다. 공모전에 내보았지만 당선은 되지 않았습니다. 길을 가다가도 지하철에서도 좋은 생각이 나면 메모하고 수첩에 빡빡하게 썼습니다.

우연한 기회에 시사주간지 〈한겨레21〉에 '강원도의 맛' 칼럼을 쓰게 되어서 나이 일흔에 다시 한 번 새로운 인생을 시작할 수 있게 되었습니다. 이름도 경력도 없는 내게 기회를 주어 2년간 행복하게 글을 쓸 수 있었습니다. 인터넷에 달린 댓글을 일일이 확인하며 행복했습니다. 또한 댓글이 많은 것들을 생각하게 했습니다. 내가 쓴 한바가지 할머니가 불쌍해서 엉엉 울었던 적도 있습니다. 어머니가 해주시던 밥과 고향이 생각난다는 독자들, 이밥의 시어머니가 불쌍해 울었다는 독자님도 있었습니다.

앞으로도 쓰고 싶은 이야기가 아주 많습니다. 이제는 '1945년생 주부'가 아닌 작가로 글을 쓰며 살고 싶다는 생각을 해봅니다. 의외로 글을 쓰고 싶다는 많은 이들을 만납니다. 글이란 잘 쓰고 못 쓰고를 떠나서 쓰지 않으면 못 쓰는 것이 진리임을 깨달았습니다. 쓰고 싶다면 모두 용기 내어 써보라고 말해주고 싶습니다.

'강원도의 맛' 칼럼을 기획해준 구둘래 기자님과 지면을 내어준 〈한겨레21〉 최우성, 안수찬 편집장님께 감사를 드립니다. 읽어주신 독자님들께 감사를 드립니다. 정종성 교수님, 이경 교수님, 남편과 송민, 송이, 송은이. 여러 고마운 사람들의 도움으로 60년 만에 선생님과의 약속을 지킬 수 있게 되었습니다. 감사합니다.

2018년 봄
전순예

국립중앙도서관 출판예정도서목록(CIP)

강원도의 맛 / 지은이: 전순예. — 서울 : 송송책방, 2018
  p. ; cm

ISBN 979-11-962023-8-5 03810 : ₩16000

수기(글)[手記]
음식[飮食]
강원도[江原道]

818-KDC6
895.785-DDC23   CIP2018014956

강원도의 맛

ⓒ 전순예 2018

1판 1쇄 발행 2018년 5월 28일
1판 2쇄 발행 2020년 5월 8일

지은이 전순예
펴낸이 김송은
책임편집 김윤정
일러스트 방현일
디자인 송윤형

펴낸곳 송송책방
등록 2011년 5월 23일 제2018-000243호
주소 06317 서울시 강남구 언주로 110. 경남2차상가 203호
전화 070) 4204-7572
팩스 02) 6935-1910
전자우편 songsongbooks@gmail.com

ISBN 979-11-962023-8-5 03810

• 파본은 구입하신 서점에서 바꾸어 드립니다.

이 도서의 국립중앙도서관 출판도서목록(CIP)은
e-CIP 홈페이지(www.nl.go.kr/ecip)에서 이용하실 수 있습니다.
(CIP제어번호: 2018014956)